石城安顺

Shicheng Anshun

戴明贤集 第一卷

戴明贤 著

广西师范大学出版社
GUANGXI NORMAL UNIVERSITY PRESS
·桂林·

图书在版编目（CIP）数据

石城安顺 / 戴明贤著. —桂林：广西师范大学出版社，2016.11
（戴明贤集；1）
ISBN 978-7-5495-8980-7

Ⅰ. ①石… Ⅱ. ①戴… Ⅲ. ①散文集－中国－当代 Ⅳ. ①I267

中国版本图书馆 CIP 数据核字（2016）第 264089 号

广西师范大学出版社出版发行
（广西桂林市中华路 22 号 邮政编码：541001
网址：http://www.bbtpress.com）
出版人：张艺兵
全国新华书店经销
湛江南华印务有限公司印刷
（广东省湛江市霞山区绿塘路 61 号 邮政编码：524002）
开本：880 mm × 1 240 mm 1/32
印张：9.5 字数：190 千字
2016 年 11 月第 1 版 2016 年 11 月第 1 次印刷
定价：39. 80 元

作者简介

戴明贤，男，汉族，一九三五年出生于贵州省安顺市。中国书法家协会会员、中国作家协会会员、西泠印社社员、贵州省文史研究馆馆员。编审职称。享受国务院特殊贡献津贴。曾任中国书法家协会理事，贵州省书法家协会主席、名誉主席，贵州省作家协会副主席，贵州省芙峰印社社长，贵阳书画院院长，《花溪》文学月刊副主编，贵州省政协委员，贵阳市政协常委，贵州省政协书画院名誉主席，贵州省人大书画院名誉主席等职务。

专业从事文学、书法创作。

文字作品有《一个人的安顺》、《物之物语》、《子午山孩：郑珍诗传》、《岔河涨水》（儿童文学短篇小说集）、《走进云里去》（长篇儿童文学）、《九疑烟尘》、《花溅泪》、《残荷》、《戴明贤散文小说选》、《采蕨集》、《石城引》、《掬艺录》、《黑白记》、《戴明贤书法篆刻集》、《对山集》、《戴明贤书印集》等出版。

戏剧影视作品有《夜郎新传》（舞剧）、《毕升》（电影，与廖公弦合作）、《双婚疑案》（电视连续剧）、《树苗》（美术片）、《燕楼惊豹》（木偶剧）、《水寨龙珠》（木偶剧）等拍摄、公演并获奖。其中，儿童短篇小说《报矿》获第二届全国儿童文学奖；编剧的儿童舞剧《夜郎新传》获全国“五个一工程奖”；儿童木偶剧《诺德仲与豹子精》获“金狮奖”第二届全国木偶皮影比赛铜奖，儿童木偶剧《水寨龙珠》获第21届国际木联大会暨国际木偶艺术节优秀剧目奖。

书法篆刻方面，幼年受家庭影响，喜书法篆刻，请益于学者书法家陈恒安先生。据不完全统计：作品曾百余次在国内外展览、收藏及获奖。在黄河碑林、寒山寺碑林、王铎纪念馆、马鞍山李白纪念馆、翰园碑林等三十余处刻石。2001年获中国书协中国书法艺术荣誉奖，2011年获建会三十周年荣誉奖。

“该临流映照,在这岁月的长河上,我留下了点什么?
而在这水波上,我又能留下点什么?”

——唐湜

总　序

八十之年，能有机会选编一套文集，可谓幸甚；书稿粗定，喜后之愧又袭上心头；弄了大半辈子笔头，这张答卷未免寒酸了些。诗人唐湜在为三十五年前旧作写的序言中说："该临流映照，在这岁月的长河上，我留下了点什么？而在这水波上，我又能留下点什么？"逝者如斯，我能留下的少而又少。

我从小嗜读闲书，放学回家，进大门就掏出小说走着看，穿过三个小院，进屋连人带书包倒在床上继续看，看到吃中饭才放下。进了中学，图书馆数我借书最勤。直至现在老眼昏花，仍是不可一日不读书。后来走上写作这条路，一些"不懂行"的长辈和同学认为是顺理成章，不知道读书和写作是两回事。我很明白自己的劣势：人生平淡，涉世不深;读书杂乱无序,囫囵吞枣。这两条正是文学写作的致命伤。再加上不善于自我规划,种种念头,十不偿一,到头来只能是心比天高命如纸薄。

我的写作历程,非常醒目地分为两截:"文革"前十年总共不到十万字;文革后四十年大约一百五十万字,两截之间是十年空白。年龄和阅历固然也是原因,但主要是时代使然。在我这个年龄段的文友中,类似的例子不少。

我学习写作,开始是写诗。一九五六年读到艾青的叙事诗《黑鳗》,觉得这种体裁好学,就用一位乡兄讲述的民间传说,写了一首《鱼鹰王》,寄给韦君宜主编的《文艺学习》,居然给刊出了,还配了几句编者评论。后来又在报刊上发表了些民歌体的短诗,但很快就明白自己无诗才,及时抽身,不再花精力做无用工。

不写诗了,也写不成小说。当时文艺政策是写工农兵,我从家门到校门、从校门到机关门,对三种法定主人公根本摸不着风。一九六〇年年底,因"大跃进"运动造成的大饥馑达于极点,我奉派参加农村整风整社工作队,去到乌蒙山区农村。这段经历,于我是一堂震撼灵魂的人生大课,让我睁开了正视社会的眼睛。近一年后回城，觉得有点生活基础了，才写了第一个短篇小说《包谷熟了》，采用的还是“背面敷粉”的手法，主人公是个农村小孩，肤浅得很。后来调入新闻部门，又奉派参加报告文学写作组，在黔北一个地气回暖的富裕村寨，与农民朝夕相处了大半年，写出一篇自己比较满意的纪实散文《夫妻》。但随即来了“四清”运动，仓皇离村回单位参加运动，这篇《夫妻》也和同组文友们的文稿一并上缴销毁。机关运动结束后，我被下放乌蒙山区当中学教师。

从省城突然到山区，没有了书店、影院、剧场这几项城市因之可喜的“硬件”〔其实当时这三“硬件”也都有名无实了〕，没有了可以聊文学艺术的朋友，一时间难以适应，浑然不知这是塞翁之福：不到半年，“文化大革命”横空出世，搅得周天寒彻，我才发现上天把我从大漩涡送进了避风港。原在单位〔省广播电台〕的同事们卷入政治狂潮，兄弟阋墙，此消彼长，把时间精力用来打派仗，争话语权；而我在大山里却白拿工资读闲书。山区中学固然无什么藏书，随身带去的百来本却都是耐读的经典。从小爱好的篆刻书法也捡起重温。但心境很荒芜，很茫然，因为省城里，还有父母亲人〔我家被居民委员带着“红小兵”抄了两次〕;我自己头上也不知会不会掉下那柄达摩克利斯之剑。正在阅读的书中世界,常与妹妹书信和造反小报所描绘的现实世界相交错,引发种种联想。当时对写作已完全绝念,完全没想到还会有一天,能把这些联想中的人物〔顾贞观、纳兰容若、龚自珍、秦桧、朱熹等〕一一写出来。

一九七二年冬,忽然间峰回路转,几个“样板戏”一统天下的局面受到极峰斥责,各省市又开始“大抓”戏剧创作,这股东风把我吹离山乡,吹到贵阳剧团任编剧,写了两三个本子。一九八〇年参加筹建贵阳市文联,算是得其所哉:协会和刊物工作为正业;写作为副业。于是历史题材和现实题材小说、散文随笔、戏剧影视,乘兴而作,兴尽而止,享受前所未有的自由。一九九八年退休后,烦人的事没有了,读书、写作和书法成为生活的主要内容,几本有整体构思的书都是退休后写的。

退休后几乎专写散文了。上中学时从语文老师袁愈荽先生借得《中国新文学大系》来读,特别喜欢的是周作人和郁达夫选编的两卷散文。但后来学习写作,却不敢涉足散文。那时文学只准以无产阶级感情写工农兵,流露个人情绪是大忌。

从延安进北京的作家萧也牧写了个中篇小说《我们夫妇之间》，就被认为有“小资情调”而弄到革职潦倒。“文革”结束后，“伤痕文学”冲决雷池，局面改观，我才写了第一篇散文《蚕思茧绪》，发表在新办的《创作》丛刊上。一九七九年前后，人民日报文艺部的吴培华女士到贵州组稿，省作协为她约了一些作者分别交谈。我说自己阅世不深，只宜写散文和历史题材的小说；她记住这话，回去后来信约稿。我寄了篇《乌蒙杜鹃》去，承她很快发了。以此开始，我陆续寄去六七篇，她都发在了《大地》副刊上。小说只寄过一篇写龚自珍的《放梅》，终审认为不合时宜，毙了；她把编稿寄还给我，几年后重写为《落红》，发在《花溪》上。培华女士年纪比我大，不久就退休了。后来我几次想联系她未果，最近偶然有个机会，却得知她已谢世了。我一直感念这位老大姐。

系统地写陈年旧事，始于《一个人的安顺》。童年记忆一大堆，几十年里一直贮藏在心里。原计划写成小说，还几次设计过人物，拟过大纲。但总是不对劲，那些散乱的人和事顽强地拒绝合并、归纳和改造，故事怎么编都觉得落套，一搁几年。偶然在书店见到帕乌斯托夫斯基〔是我青年时代非常喜欢的作家〕自传体小说《一生的故事》，皇皇巨帙由众多带标题的小故事组成。我从这种结构得到启发，决定写成一部积木型的系列散文。先是在故乡的《安顺晚报》连载，载完后将全稿传给挚友钱理群兄看。他在安顺工作过十七年，读了很高兴，不仅为写长序，还推荐给人民文学出版社的编辑杜丽女士。几天后接到杜女士电话，说决定做成图文书，让我尽快搜集一批老照片寄去。这样顺利和快速，出乎我的想象。而且，她通过电话了解我的写作计划后，就提出往下做“贵州人贵州事”书系的想法。一位翻译家在文章里说：一本书的作、译者遇上什么样的编辑，是至关重要的。我很幸运。以后此书收入《人与岁月》丛书，她又编了一次，对内容十分熟悉。几年后与其妹玲玲游安顺，许多地方和物事她都能联系起文字来；我的老乡们也看她俩跟老朋友一样。后来的《物之物语》和再晚些的《茶味行役》也是由她做的。这三本系列散文，基本上反映了我从小到老的亲身经历。有一位年轻朋友好意要为我写传，我敬谢不敏，他不屈不挠，拉出一份年表交我核实，我就扣住不还了。我辈岂配立传。如从平民生涯也是时代和社会的旁注这个角度说，这三本小书也就可视为我的自传。我从小到老用眼多用嘴少，动脑多动手少，往好里说顶多一“草根观察员”，我这个“传主”是活在别人身上的。

小说两卷，一卷为历史题材，一卷为儿童题材。前一类是神驰百代，心系今生；后一类是因为我天生喜欢观察幼儿，他们的说话和行为常令我惊喜不已，趣味无穷。小时候最早读到的外国小说《大卫·科波菲尔》和《简爱》，印象最深的也是主人公童年生活部分。但我写儿童，算不上严格意义的儿童文学，比较适合于我这样喜欢小孩的成人读者，类似契诃夫的《万卡》这种以成人趣味写小孩的作品，他的集子里有多篇这种小说。

《子午山孩：郑珍人与诗》是我的一次尝试：用一种“人诗互证”的写法，让我喜爱的这位贵州大诗人、被誉为“清诗冠冕”的郑珍〔子尹〕走下学者的书架，走进普通读者的视界。这本书的责编仍然是杜丽女士，并得素所尊敬的诗人邵燕祥先生为撰序文。

芜杂文字两卷，一卷偏于人事，一卷偏于议论；选自历年发表在各种报刊上的长短文字。

编入本集的文字，大多作了一次文字手术，只令瘦身，不变原意。我是个语言简约主义者，视赘字赘句为寇仇，一见就打，不能自已。这次就算是定稿罢。

因容量有限，现实题材小说、戏剧影视脚本，以及书法篆刻作品，都不在编选范围之内。

前人有一句含着苦笑的诗“少不如人今且老”，正是我此时的心情。

二〇一六年元月十六日于适斋雨霁

总目录

第一卷　石城安顺
第二卷　茶味行役
第三卷　物之物语
第四卷　适斋杂写
第五卷　适斋掬艺
第六卷　九疑烟尘
第七卷　走进云里去
第八卷　子午山孩

序：大时代中的边地小城

钱理群

这本书写的“安顺”，是我生活了十八年的第二故乡。明贤先生更是“神交已久”而“一见如故”的朋友。但是，我要说，真正认识安顺这座城，认识明贤先生和他的家庭，真正走进这“城”与“人”的“心灵”深处，却是在读了这本书之后：这也是我为之动心，甚至受到震撼的原因所在。

是的，我在那里生活、工作了十八年，书中提及的许多地名我至今都依稀记得，但我对世世辈辈根植在这块土地上的安顺普通百姓，他们的日常生活、习俗，他们的情感、内心渴求，他们的行为方式、人际关系、思维习惯……其实是十分陌生的，识其“面”而不知其“心”，我只不过是曾在这块土地上匆匆行走的“过客”。突然意识到这一点，对于自称热爱安顺的我，是难堪而痛苦的。

因为这或许涉及更大的一个问题，去年我和明贤先生一起编选《贵州读本》时即已提出过：“你认识脚下的土地吗？”《一个人的安顺》让我再次面对这个问题，而且有了新的思考。我发现自己的一生竟是在不断的迁徙、奔走中度过的，于是，许多的城市：重庆、南京、上海、杭州、北京、安顺……都和我发生过关系，却都不深，缺乏刻骨铭心的生命的血肉联系。这也跟我自己的生活方式有关：走到哪里，都是关在校园或公寓的封闭环境中，过着与世俗生活隔离的书斋生涯（我在安顺的十八年也是这么度过的），这在某种程度上就将自己从看似凡俗、具体、琐细，其实是更生动、活泼，也更真实的人的生活土壤中拔出，成了“无根的人”。这样的人的无根化的悲剧，恐怕并不只发生在我一个人身上，它有着更深刻的时代根源：应该说迅速变化流动的现代生活本身，极容易使人成为失根的漂泊者；而我们那个时代对人的世俗生活的绝对排斥（一律斥为“资产阶级、小资产阶级情调”），对人的“纯精神化”的要求与精心培植，就自然会产生像我这样的畸形人。据我的观察与感受，前一方面的问题将随着全球性的流动变得更加突出与复杂；而后一方面的问题，却并不具有普遍性，甚至出现了反向的排斥精神的现象。应该警惕的倒是对世俗生活的关注与表现，也变成是纯物质的，而忽略了其精神内核：这也是一种消解，而且是根本性的。我也正是从这里看到了本书的叙述的价值。它将中国边地小城市民的日常生活、风俗习惯……如此真实而精微、具体可触地呈现给我们，这对我辈“不知俗事”的偏颇，自是一个有力的纠正。而作者对世俗生活背后的普通百姓的生命存在形态、精神面貌、命运……的关注，及其内在诗意的发掘，处处流露出对生息于故土之上的乡亲父老的深切理解，以及相濡以沫的悲悯情怀，则更有助于读者接近普通百姓真实的生活。这大概就是本书的格外动人之处吧。

据我所知，本书最初命名为《石城浮世绘》，作者显然有描绘市民生活中的人情世态，以展现大时代中的边地小城的历史风貌的自觉追求。这或许是我更感兴趣的，于是更以一种学术的专业的眼光来看这本书：它正是我多年追求而不得的。

我曾多次发出这样的感慨：在我们的历史叙述中，往往有“事”而无“人”，或者有“大事”而无日常生活的“小事”，有帝王将相学者名人“大人物”而无普通平民百姓“小人物”，有人的“外在行为”而无人的“内心世界”。这其实都是反映了一种颇为狭窄、机械与粗糙的历史观的。因此，在二十世纪九十年代初我开始进入四十年代中国文学的研究时，便给自己提出了一个目标：一定要把研究的触角伸向“普通百姓家”的日常生活，将战争与文学对他们的生活与精神的影响纳入研究视野。为此我作了许多努力，包括大量查阅当时的报刊与有关回忆录，虽略有所获而“沾沾自喜”，又为远不及理想而沮丧。因此，当凭借明贤先生的生花妙笔，如此丰富多彩的关于战时教育、文化艺术、商业、警务、宗教，关于民间习俗、餐饮、缝纫、娱乐……方方面面的“清明河上图”式的生活长卷一一展现眼前；这么多的战乱中的小城人物：“慈心与侠气兼备”的大姐，“始终娇慵着”的下江女人与“始终殷勤着”的下江男人，“披着灰白色的擀毡大氅，无比剽悍”的马哥头儿，“气质高洁”、“独来独往的剪花姑外婆”，有一支“维纳斯铅笔”、记忆中永远是一个“漂亮的大孩子”的裁缝师傅薛大哥，“洒脱和妩媚”的昌明和尚，并称“龙虎豹”的山城名师，还有“踽踽而去”的“卖葵花的皇帝”、“施施然而来”的食客等“江湖落拓人”……一个个活生生地站在面前，传递着那个已经消逝的时代的生命气息，这时的我终于进入了向往已久的历史情境之中，仿佛成为“历史中人”：遥远而陌生的变得可以理解，神秘莫测的也似乎可以把握了。

真的，如果不是“亲历其境”（当然是经过戴明贤先生作为历史当事人的回忆与介绍），我们这些事后的研究者，就不会知道，更无法感受到，在这个边城的“孤独内向、整天生活在幻想世界里的小孩”的感觉里，（“惶惶然的战争恐怖”是与小城的永恒记忆——“肃杀的寒冬、闭塞的乡民、沉闷的大家庭、不幸的少女”锁定在一起的，于是，留下的战争记忆竟是这样一个“美丽的夭亡”。

作为一个现代文学的研究者，我更惊喜地发现了战争中五四新文化在这个边地小城的传播与影响，而我尤感兴趣的是这种传播的途径、方式，以及其精神内涵。

作者告诉我们，正是抗战时期大批涌入贵州的“难民”（因江南人数量多，热情活泼，容易造成鲜明的印象，当地人将他们统称为“下江人”）成了传播“新文化”的“使者”，就同明代的屯军带来中原文化（包括江南文化）一样。作者因此说：“这是继明初屯军以后，安顺文化进程的第二个划时代转捩点，意义非常深远。”有意思的是，这样的影响首先是“下江人像一股劲风，破门窗而入，带进众多的新事物，全方位地冲击了小城的传统生活方式”。“奇装异服、特殊口味之类犹在其次，最碍眼的是一男一女挽臂而行，何况女的还是‘鸡窝头’、红嘴皮，化了浓妆！……（于是）路人就要公然作侧目而视状，或互相挤眼努嘴；小孩们则尾随其后，拍手呼哨。但下江人视而不见，听而不闻，依然故我，渐渐也就见惯不惊了。还形成了一个词叫‘吊膀子’。……此词大约也来自重庆人。”——此话不确：鲁迅在三十年代的杂文里就提到了上海滩上的“吊膀子”。“上海时髦”：现在深入到中国内地小城，当地青少年纷纷模仿，生活方式的潜移默化也许是最根本的。

作者说安顺人与下江人因“国难”而结缘，这话说到了要害。下江人最让人同情与感动的，是他们“背井离乡的凄楚”和“宁肯流亡三千里不做亡国奴”的爱国之情。作者说：“实际‘下江人’就是‘异乡人’，就是‘流亡者’，有着浓烈的沦落、苍凉、同仇敌忾的涵义。”或许“我”这个从未走出石城一步的小孩，第一次从下江人，还有因马帮运货与修建滇缅公路而路过的云南人这里，获得“国”的概念与远要扩大的“家”的概念。“我这个生活在白日梦里的小孩”，还“用想象恣意描绘它们的模样，想象自己在其中徜徉”，将自己的“精神家园”延伸到了江南、云南：“江南带给我那么多凄婉怅惘、低回不尽的思乡歌曲”，“云南乃成了我童年幻想的源头之一”。全新的“大地域”即“国家意识”就这样充满诗意地萌生在中国边地小城年轻一代的心中。这意义是不可低估的。

下江人还带来了许多“新玩意”：“师范教育、职业大学、话剧、音乐会、画展”，而尤其引人注目的是电影、戏剧和唱歌。作者甚至说：“在童年记忆中，抗日战争是与歌声交织在一起的，甚至就是一回事。”这乍一看，有些不可思议；仔细一想，却是事有必然：抗战要求着也必然带来新教育的普及与新文艺的普及。在所有的现代文学教科书(包括我们编著的《中国现代文学三十年》)里,都会提到抗战初期所提出的“文人入伍,文章下乡”的口号,以及周恩来、郭沫若领导的政治部第三厅组织的戏剧宣传队,走向全国穷乡僻壤,宣传抗战,实行“全民总动员”。那时,由作曲家舒模率领的剧宣四队(后来还有高博、杜雷等人的“新中国剧社”)就来到了安顺;几乎同时,著名的中学教育专家曹刍受中英庚款管理委员会之托,将江苏镇江师范内迁,在安顺创办了黔江中学。于是,安顺就有了“新文化”(新教育、新文艺)的中心。正是这中心传出的“为我中华民族,永作自由人!”“脚步连着脚步,臂膀抗着臂膀,我们的队伍是广大强壮、四万万被压迫的人民,都朝着一个方向!”……的歌声,震撼着山城,打破了古老的平静,封闭沉寂的心灵也被唤醒。《雷雨》《日出》《家》《风雪夜归人》这些中国现代戏剧的经典,《黄河大合唱》《生产大合唱》《义勇军进行曲》这些中国现代音乐的杰作,就这样走进了中国边远地区老百姓的生活中,成了这一代人的神圣记忆的有机组成部分——重要的是,这一切在明贤先生的笔下,并不是教科书式抽象的概括,全是鲜活而传神的细节。你看这街头小景:“背着书包去上学的男孩,口中念念有词,忽然会拔足飞奔,扬手高唱:“冲呀——大刀向鬼子们的头上砍——去!”你看那“影院风景”:“都是大城市过时已久的破旧拷贝,断头多,动不动就中断情景,改变画面。正在室里对坐,一眨眼到了海边打斗。有时放着放着画面就静止了,几秒钟后开始变形解体,见多识广的看客就大喊:片子烧了!片子烧了!交代情节传达对话的……字幕一出，观众们就出声朗读，场内一片嗡嗡声浪……”读着这样的可视可听可触可感的文字，依稀进入历史现场，这该是一件多么惬意的事！

战争就是这样极大地开拓了夜郎之国古朴之民的视野，改变了他们和外部世界的关系与想象。于是“小城出现美国大兵”成了一个划时代的事件。“他们蜂拥而来，小城立即热闹了许多。他们带来了大量的新鲜玩意儿：吉普车、短夹克、口香糖、冲锋枪、骆驼牌香烟、各种战地食品、大拇指加‘顶好！’等等。”洋人来了，西餐馆也应运而生；单是那“招牌”：“国际饭店”就足以让喜欢品头评足的民间评论家琢磨半天。而那七八十辆大小越野车穿街而过的“壮观”，更引发了民间笑话的创造：“说是一个乡下人目送小吉普飞驰绝尘而去，惊叹道：崽哟！这么小点就跑得飞一样，长大还了得！”的确，“美国大兵(只)是安顺历史上一个来去匆匆的过客”，但马克思所说的最边远的地区也要进入“世界市场”的历史过程实实在在地开始了，而且不可逆转。

当然，“西方世界”打入中国内地的努力早就在悄悄进行；作者提醒我们注意：“小城原也有外国人的。那是天主堂的修女和神父”，“永远是沿着街边走，俯视疾步”。这都不是不经意的“闲笔”。而且我们还注意到作者特意刻画的小城里的“缙绅”、“生意人”和“名师”，这都是小城的上层人物，既是小城的“门面”，又在相当程度上掌握、决定着小城的命运。在明贤先生的描述中，他们无论当官、经商，还是教学，无一不是半新不旧，用作者的话说，他们“都属于新旧交替的时代之子”,同时也就承担着历史过渡的重任。像作者的“太老师”吴晓耕先生就是“学政法出身”,“后来教中学,多选鲁迅、胡适的文章作课文,讲郭沫若、茅盾,讲高尔基,还指导学生读三国水浒西游红楼”。那么,新文化的浸润,是早已在默默进行的。抗战是一个强力的推动,遂成为历史的转折点。其实我们所面对的是这样一个历史过程:以五四为开端的中国新文化运动由其发源地——北京少数中心大城市向贵州这样的边远地区的传播、扩散。看似很慢——从五四到抗战,已有二三十年;意义却非同小可。我曾经说过:“历史变革所达到的广度和深度,往往要看它对边远地区的蔓延、渗透的程度。”对于五四新文化运动而言,本书所描述的抗战时期来自安顺这样的中国内地和社会底层的响应,才是真正显示了它的深刻性与深远影响的。本书所传递的这一历史信息的重要性,应是不言而喻的。

当然,本书所描述的,不只是小城的历史变动。读这本书,我总要想起沈从文所提出的历史的“变”与“常”。到现在我还没有提及本书的开篇《石城浮世绘》,这正是最让我感动的篇章:我从中看到了某种“永恒”的东西。是小城永远不变的散淡、潇洒的日常生活,还是小城人看惯宠辱哀荣的气定神闲的风姿,我都说不清楚。或许正是这“城”这“人”所特有的韵味,让我感受到了一种坚韧的生命力量。它在四十年代的战乱中支撑了这座小城,这个国家,因而不朽。

最后,我仍然忍不住要谈谈本书的文字。过去读明贤先生的文章,总要被扑面而来的书卷气所吸引。而现在他的笔端又流泻出更多的来自世俗生活与生命本身的“元气”,但仍不追求淋漓状态,而几近于“不放不收，亦放亦收，不平不奇，亦平亦奇，不庄不谐，亦庄亦谐，不俗不雅，亦俗亦雅”的境界。而经常引得我这个曾被安顺雨水浸泡过的外乡人莞尔一笑的，还有作者对安顺方言俗语不露痕迹的随意插入，如“玩嘴巴劲”“锅儿真是铁铸的”“看‘神仙过路’”“崽哟”之类，而有时随手拈来的日常生活中的大实话，如“大地方的人心不实”，也都十分传神，能写出一种民风民气。这实在是因为明贤先生把自己家乡的那方水土人情看熟了，琢磨透了，就达到了自如状态。读如此境界、状态中写出的文字，真是莫大的享受。而作者自觉的文体追求——将中国传统的笔记体小品（因此才有特意安排的《述异》篇）与渗透着文化人类学意识的现代文化散文糅合为一体，相信自会引起读书界与评论界的朋友的注意，就不多说了。

2004年4月6日凌晨写毕

我已久离了我的故乡，
我看它，俨然和昨朝一样……
——屠格涅夫

本卷说明：

本卷收系列散文《石城安顺》（原名《一个人的安顺》[人民文学出版社二〇〇四年五月第一版]）；收入该社《人与岁月》丛书时改题《安顺旧事：一种城记》（人民文学出版社二〇一一年八月第二次印刷）。

目　录

1　石城浮世绘
10　马帮过街
16　街头练摊
22　小戏台，大戏台
28　影院风景
33　五官屯看地戏
38　金钟山“开堂”
42　父亲园子母亲“屋”
51　妇道人家
61　缙绅们
68　生意人
74　宗教徒
84　手艺人
94　郑家馆

99 独行厨
102 店员们
113 唬人的虎皮
119 女先生们
128 名师“龙虎豹”
136 下江人(上)
142 下江人(下)
148 歌声里的抗战
160 姐姐们唱的歌
168 华严洞躲警报
174 来了美国兵
182 岁时乡俗
192 方言土话
197 山民口味
210 手制玩具
221 流血故事
226 惊悚传闻
237 市井怪杰
247 七癖之风
252 杂忆杂写
269 后记

石城浮世绘

敝乡是一座莹白的石头城。小城居民一生一世、每时每刻，没有离开过石头。此城名唤安顺。

住是住在石础石阶石院的木屋里，临街往往有一座石柜台。口腹之需，盐巴用石钵擂，米面用石碓舂，糍粑用石臼打。小石磨不紧不慢地旋转，四面流下洁白的豆糊，在大锅里点豆腐。身上穿的，新布用石碾研，浣衣放在大石板上捣。

出门走石街，过石巷，穿越城中央的钟鼓楼石洞门。东西南北十字交叉的石甬道，永远被挑水夫们溅得湿漉漉的。成人们宁愿绕楼而过，小孩却特意"得得得"踩过阴凉沁人、石壁长满厚苔的门洞，还要冷不防大叫一声，让整个门洞嗡嗡震响。颤巍巍的卖水扁担挑来的水，汲自城内的大龙井、双眼井、五眼井等十多个石井，井们都罩着石盖，刻着精粗不一的图案花纹，石沿上满是深深浅浅的数百年磨出来的绳槽。甜水叫大井水，供饮用；苦水叫小井水，供浣洗杂用，每担要便宜一个铜板。最甘甜沁人的好水出在东郊一个窄而长的石罅里,名如其形,叫马槽龙井。或认为应作马场龙井,但东门只赶牛场,叫牛场坝,西门才赶马场。讲究美食的人家推豆腐待贵客,让水夫专门去挑马槽龙井的水,要多给一倍的脚力钱。

城里城外的石牌坊,多得数不过来。我家所住的东大街,短短里许长,据府志记载就有三座石牌坊。但在我出生前就因扩建马路拆去了。府文庙的牌坊、龙柱、泮池、小桥、院子,全是莹白的石雕。大成殿前的那对透雕龙柱,至今是镇城之宝,传说錾刻此柱的潘石匠,其报酬是按凿下来的石屑石粉重量,一两石屑一两银子计算的。

小城的标志性建筑,是西秀山的石塔。老媪邓罗氏逼童养媳为娼不遂,杀媳碎尸,是小城空前的大案,县官将她处以唯古书有载的凌迟之刑,又是铭刻石碑,以警后世。

出城必经东西南北四座城门洞。出了城门,就见环城皆山也。金钟山、凤凰山、飞虹山、盔甲山、小金山、观音山、武当山等等,多为一座座小巧玲珑的孤山,所以俗话说石城有桂林的山,无桂林的水。甚至有金斗不移、天鹅抱蛋、交椅大坡等奇怪的山名。金钟观音二山,高林蓊郁,遮天蔽日;其余诸山多是浅草灌木,露出斑驳的石骨,好像满天星斗。有一座螺蛳山,满山是青色的田螺化石,小学的男孩们大多要邀约朝拜一次,带上小钉锤,把石螺乱敲一气。绝难得到一枚完整的。稍稍成形者,就带回学校向侪辈炫耀。

石山多洞。常年游客不断的是城南近郊的华严洞。端午玩此洞,是一项传统。洞口几只长满绿苔的大石缸,长年贮着岩浆水,供和尚食用,平时无人一顾,端午节就要论杯卖了。玩家们租用殿堂打围鼓唱川戏，办酒席。城东二十里的清凉洞“天开一窍，前后通明，中有古刹，下有内外二城”。老百姓叫它粮仓洞，说是被诸葛亮七擒七纵的孟获屯粮的洞窟。城南五十里有两个洞合称二仙洞，传说当地山民办红白喜事，可以去洞口求借仙家的锅瓢碗盏，后来一户贪心人家没有全数归还，仙家生气，从此再也借不出来了。我没去过此洞，传说却听母亲说过。此外无数的山洞，多是山民躲避兵灾匪乱的处所；太平年月，则在洞里熬硝。

小城的居民们，就在这个石窟窿、石世界里，经历每人一份的生老病死，苦辣酸甜。到得“昨暮同为人，今旦在鬼录”，就退居一块石碑之后，销声匿迹。环城众山，密布层层匝匝的墓碑。记得第一次排队出东门，一走出城门洞，隔着低洼的牛场坝，撞到眼前是满天星斗般的白石墓碑。一位高班同学脱口得句：“一出东门坟摞（读如糯）坟，老远看见摆家屯。”

小城计时，沿古习定时放炮。正午的“午时炮”最重要，像棋盘上的楚河汉界，把一天平分两半。经常是我放学走近城中央的钟鼓楼，就听得北兵营的午时炮响起来。晚上母亲催寝，总是说：二炮过半天了，二炮即二更。小城打更，只用锣，没有柝。一更不打，二更是“当当”连打，三更是“当、当当”，四更是“当、当、当当”，五更时睡得正酣，没听见过。正是苏东坡说的：“报道先生春睡美，道人轻打五更钟。”三更前后，市声俱寂，独有“炒米糖开水——”的叫卖声，不时响起，格外凄凉。我奇怪半夜三更喝什么炒米糖开水，母亲告诉我，这是幌子，实际上卖的是“膏精”。膏精又称“梭梭”，白面，学名海洛因。当然,深夜寒风中,神出鬼没的瘾君子们,肯定也乐意喝一碗滚烫的炒米糖开水,添些温暖。深夜还常有猫头鹰啼叫:“呜呜——”一声,隔许久又一声,冷冰冰的,听得人发毛。小城人认为这是鬼叫。一听见,就会说:又在催哪家老人上路了。

北兵营还不时传来军号声。石城墙上,黄昏时分常见小号兵练习吹号。号声单调悠远,拖多长也不带颤声,苍劲寥廓。身后衬着火烧云。这似乎是所有小城的一道风景。沈从文先生笔下和不少电影里都描写过。电影《小城之春》中的主妇在城墙上来来去去,我看了很觉亲切。号声一传到街上,把什么都当玩具的小孩们就来劲了,跟着那调子,拖声曳气、参差不齐地合唱:“死猪起床!起床死猪!猪在——床上——”(末句又作“天麻麻——亮”)。青春年少的一代,学逃难来的“下江人”榜样,偷偷谈自由恋爱,幽会也往往选择最偏僻的废城墙上。骂人脸皮厚,则曰“赛过城墙转角!”

那年月,石城上空若有若无地飘浮着一缕药味。深夜分外清晰。有人闻着是异香,有人闻着是奇臭。这是鸦片的气味。一次,随大人观夜戏回家,路过东街大十字,扑鼻一阵浓郁的奇异药味。大人们说:哪家在熬烟!当时虽上距鸦片战争已百余年,清末民国又屡次禁烟,但在民间从来是禁而不绝。一九三五年红军长征过黔北,就看到连挑夫脚力都靠吸鸦片提神服役,大为骇异。到了抗战结束后,解放战争期间,安顺人谷正伦主黔政,又正式开放烟禁,石城外的菜地谷田,开遍了妖艳无比的罂粟花,烟农用小竹篮提着“洋烟菜”即罂粟嫩叶尖进城卖给市民吃火锅。又香又嫩又脆,下火锅比茼蒿菜还好吃。

瘾君子人数虽少,却多是一家之主。几代人百余年的烟榻生涯,影响了整个小城的生活方式甚至思维方式。

例如晚睡晚起。中午饭叫早饭,吃晚饭已掌灯,午后和深夜吃点心叫“过午”和“消夜”。

例如重吃不重穿。烟客胃口不佳,非美食难以激发食欲。流风所被,虽小户人家也食不厌精脍不厌细。凡玩过黄果树景区的外地人,无不知道一路用餐,安顺味道最好。传统的旧时风味小吃如荞凉粉、新苞谷粑、贼蜘粑等等,尤称独步。但石城人士只管自享,从不宣传。许多外地名点传到石城,或石城人士出门尝到,夷然一笑之外,决不会想起运用传媒手段,奋起竞争。

石城人重人情,讲礼仪。老亲老戚老街坊,几代人交往不绝。虽贫家小户,也恪守“忍嘴待客”的传统。“大跃进”运动后的饥馑年份,家庭里都每餐按量用秤了,安顺人家来了远客仍要留饭。至少要以不限量的芡粉调冰果露以饷客。重礼仪当然就顾脸面,有“愿输脑壳不输耳朵”之谚,也就是可杀而不可辱。有一商人到广州进货,因衣着土气,店员警告他勿凑近货柜看货,如碰破玻璃砖,价钱是很贵的。他乃问,一块玻璃砖值多少钱,店员说了,他就举脚乱踢,把店中玻璃柜全踢破了,然后叫老板出来收费。抗战期间,难民们把共同进餐各人付款的“AA 制”带到石城,无不嗤之以鼻,嘲之为“新生活,各开各”。说是“舍不得请人,各人阴倒(悄悄)去吃。约起人去各开各,成何体统!”连中学生也不兴此风。

数百年自足自乐的生活方式,涵养出大量聪明人、超脱者、幽默家。百艺一学就会，浅尝辄止。世事洞察于胸，仅供谈助。月旦人物，绳尺从严；自我解嘲，言辞尖利。最善于将境外的新玩意改造为漫画。例如当着英文教师的面对学生做吃惊状："这写的是什么鸡肠子？横起爬？"或背诵一封杜撰的家信："发惹妈惹（父母）敬禀者：儿在校中读簸克（书），门门功课都古得（好），只有英格里昔（英文）不及格。先生挥起司的克（手杖），我骂先生是朵格（狗）。"对烫了发型的女士寒暄："买包包莴苣菜回来？"随之而来的是处事从容日月长。半天可办之事，无妨置之半月；一周可成之事，何不放它一年。终于不了了之，最为息事宁人；实在一旦提起，"忙，搞忘了！"便是天大理由。谁若再较真，就是不会做人，大众嫌弃了。最大乐事，莫过于良朋四五人，清谈彻夜。如哪个倦了，想退席歇着，众人不许道："早死三年，够得你睡！"如有人早早告辞，要去赴饭约，众人就劝阻："饭天天吃着的，少吃一顿饿不死！"如果一听东道主是熟人，就干脆一起去赴约。

富余的聪明才智，用于言语机锋。妙语隽句，碰嘴即来。诸如"人敬有钱人，狗敬多屎汉"，"冬瓜有毛，茄子有刺，汉子有钱，婆娘有势"之类，大都洞察世事。坐而言，起而行者，则做些无伤大雅的游戏。有一位此中大师，姓洪。买瓦缸还价太低，卖缸人出言不逊，他建议论斤卖，双方不吃亏。缸主以为有大利可图，同意论斤计费，并随口喊个天价。他一口应允，摸出钱说："敲四两来！"他买鸡蛋，也是还价太低被货主讥讽。他和颜悦色，带货主到家里一张因地面不平而倾斜的大桌前，叫货主伸双臂护住桌沿，把上百个蛋一一拣放桌上。然后打他一耳光,痛斥他狗眼看人低,不知和气生财。货主怕鸡蛋滚下摔破,伸长双臂一动不敢动,任他打骂。最后认了错求了饶,他才帮着把蛋拣回筐里。这类故事,妇孺皆知,成为地方掌故。并对其人的生卒年代发生学术论争。其实这是徐文长传说的翻版。

鬼神在石城人的生活中,像油盐柴米一样普通。三姑六婆不用说了,读书人也抱着"不可不信,不可全信"的态度。某家某家有时常恶作剧的"小神菩萨"(类似蒲松龄笔下的狐仙宅神),是众所周知,主人也坦然承认的。一位知书达理、沉着稳重的老辈夫人郑重告诉我一件亲历之事:夜阑客去,她独自坐在客室里,眼看着身边的茶几向前倾斜如鞠躬状,几乎成直角了,几上的茶杯兀自放得稳稳的。家母有一位表弟媳,一度"冤魂缠身",在我家说了许多费解而又可怕的话,母亲与"它"对谈很久,威胁说如不速速退去,要去园子里折桃树棒棒来打它。过一阵,表舅母忽然清醒,又说笑如常了。当时我就在一边站着看这个奇怪的场面。这类奇谈怪事,是小城日常生活的组成部分,一如油盐柴米。所以多年以后读《百年孤独》,自然就明白,马尔克斯为什么不认为"魔幻现实主义"是一种创作方法,再三说那就是如实写下来的生活现象。

石城政治文化中心,是城中央的大十字钟鼓楼。三层飞檐,塔形,宝顶,一层比一层大,底下是几丈高的石门洞。

据府志记载,此楼元时建,明末毁,乾隆三十三年知府吕正清重建。道光元年副榜杨春发等补修。光绪中,知府汪仙圃更名为"鼎甲楼"。楼上中间两层祀文昌、魁星像。我小时候,石阶上站着荷枪的兵，想是作了军政机关了。高石墙上经常满布招贴，从政府公告到京戏海报："青衣花衫 劈纺皇后曹丽君莅安露演"，乃至"天黄地绿，小儿夜哭，君子念过，睡到日出"的小黄纸条。门洞上挂过被枭首的土匪头的脑袋。有一次挂，我已上学，路过楼前，早已把头扭向一侧，避免眼光接触。然而走近时，终于抑制不住诱惑，匆匆瞟了一眼，看见的是黑、白、紫三段混作一团的东西。蓬乱的黑发，煞白的脸，血肉模糊的脖子。后来听说，有个小孩跟着大孩子们去看了一眼，吓得哭叫不能入睡，闹了一夜。他奶奶老年人有经验，次日带他再去钟鼓楼下，押着他仔细看了一遍又一遍，直至熟视无睹，再不害怕，这才好了。有一次，我大姐刚上初中，放学回家对父亲说，县政府的朱县长是假的，钟鼓楼贴告示了。父亲很觉奇怪，询问半天放声大笑起来。原来布告上写的是×月×日，"假县府大礼堂"举行什么活动。她们几个女生对着布告上这个奇怪的"假"字，不知是借的意思，推敲来推敲去，作出上述判断。石门洞正上方，有一段时间挂出一只圆形的"标准钟"，指针所标，比未挂前提前一个小时。也就是今天称为"夏时制"者。居民称为新钟。凡说到时间，必说"新钟三点，老钟两点"，一切仍按老钟办事。徒增一份麻烦。不知几时，没了下文。

钟鼓楼东西南北四个门洞，似可视为石城与世界相通的象征。但南北两向只通向本城的乡镇。真正的气孔是东西两方。西门通云南，在政治军事上都很重要，所以石城有"黔之腹，滇之喉"之称。东门通省城贵阳，经贵阳而与全国相通。石城出的人物，如国民党的"一门三中委"谷正伦、谷正纲、谷正鼎；共产党的王若飞、陈曾固，共产党的诤友黄齐生等等，都是从这条路出去，而成为杰出的历史人物。据府志引《滇行纪程》说："安顺府城围九里，环市宫室皆壮丽宏敞。人家以白石为墙壁，石片为瓦。估人云集，远胜贵阳。昔尝议立省会于此，以秤土轻重，不及贵阳，故舍此从彼。今移提督驻此，以镇盘江。"明初中央政府的屯军移民，给石城带来一股强劲的江淮之风，形成今日备受注目的"屯堡文化"。一九四〇年代，大江南北不甘做亡国奴的日占区同胞陆续流亡到这个大西南腹地小城，又一次带来一片惨烈的繁荣和多方位的外来文化。太平洋战争的爆发，中国远征军和美军经此入缅甸，更令石城的咽喉位置一时间举足轻重起来。

就是这个时代，这段历史，编织成我童年阶段一个繁富陆离的印象世界。一卷《清明上河图》。一套《石城浮世绘》。

马帮过街

云南。江南。小时候,这两个地名令我无限神往。云南带给我黑大头菜、山柳红、韭菜花、昭通梨和火腿,还有篾斗笠。江南带给我那么多凄婉怅惘、低回不尽的思乡歌曲。云南只在橱柜里,江南只在吟唱中,但我这个生活在白日梦里的小孩,用想象恣意描绘它们的模样,想象自己在其中徜徉。久而久之,素昧平生的云南和江南变得非常亲切,甚至,用时尚名词来说,成了精神家园。

给我带来江南的,是宁肯流亡三千里不做亡国奴的下江人。给我带来云南的,是马帮。

我外祖母是大山帅家的姑娘。她有两位侄子,兄弟俩迁居城里,经营云南斗笠。这炮台街帅家,是我母亲走动最密切的娘家亲戚,也是我最乐意跟着去玩的人家。他们家人丁兴旺,男孩尤其多,屋子里永远熙熙攘攘,媳妇们永远在大厨房里忙碌,全家最尊荣的老太太和当家长媳永远静坐在上房里,恰像贾母和王夫人。处处显出有一种"老规矩"笼罩于上。我家就没这种氛围,更没有那些巧手嫂嫂们过年必做的“印拓粑”、“粑粑果”和“泡果”。印拓粑用木模压成几种花样，点上胭脂红的梅花印。粑粑果类似后来流行的虾片。泡果是特制的粑粑果，厚如牛皮，硬如木片，放温油里一炸，看着看着就胀成香肠一样的圆胖子，团头团脑笨得可爱。据说做泡果的糯米要浸在水里半月以上，然后舂研、过罗筛，手续很繁复。他们家的人也特别吸引我。云帆大舅不吃鸡，只吃鸡蛋，让以鸡肉为第一美味的我十分纳闷。那位白皙小巧、清秀利落的大嫂，居然肚子里有一条活蚂蟥，一会儿到了这里，一会儿到了那里，她都知道。这是她在厨房做饭口渴了，顺手操起大水瓢，咕咚咕咚喝一气，把那条蚂蟥喝了进去。那大石缸四壁长了青苔，老水瓢通体黝黑，厨房里光线半明半暗，那小小的异物，实在是很容易混过关口的。每次我去，总要怂恿母亲询问这条蚂蟥的近况。大嫂总是笑盈盈地摇晃着金耳环，用浓重的乡音说，还在那里的。直至我离开家乡，她和它还是相安无事地厮守着。这像是一则《聊斋志异》的佚文，但她的小叔子学剑表弟是可作人证的。后来听说蚂蟥是没有了（是手术取出还是死于腹中，不详），但大嫂后来也没有了。

在我心目中，云南与炮台街帅家是合二为一的。关于云南的种种知识，都从这儿听来。云帆大舅还特制了一顶小斗笠送给我。体制比成人斗笠要小些，竹篾特别细，里面的一圈黑白图纹中，编了一个我的乳名。每年清明上坟，我就戴上它，足蹬麻草鞋，掮着大风筝，到春风料峭的山野里去。一次，云帆大舅说，云南有一种特殊的小马，叫“猫狸子”，比一只撵山狗大不了多少，又驯善，又耐劳，还走得快。我立即提出，请他下次带一匹来给我。云帆大舅笑着答应了。当然后来并没有实行。若干年后忽然省悟：所谓“猫狸子”，不就是“毛驴子”么！从小到老，一切具体而微的东西，比如具峰峦壑穴的奇石、有纵横参天之势的树桩、形神俨然的面塑人物，以及课文里描写的刻着东坡与客夜游赤壁故事的胡桃核等等，无不令我心喜。有一次我母亲的寡嫂搬家，有几个白木雕的小神像非常可爱。我开口讨要一个，舅母说，那是菩萨，要供的。我说，那就等供完了再给我。此事在家中传为笑柄。菩萨是要世世代代供下去，永远供不完的。

云南既经成为心仪之地，云南马帮过街，当然是要驻足观赏的节目了。马帮规模不一。小孩一看见马帮过街，就要数马有几匹。通常三五匹即为一帮。如果哪一次数到十匹上下了，就精神一振：碰上大马帮了！马们总是显得疲乏冷漠，负着很大的驮子，低眉顺眼地走。蹄铁踏在石街上的声音很迟钝。连马帮最诱人的标志，那马颈上的铃铛，也变得吝啬，只在马们甩动肮脏的鬃毛驱赶苍蝇时，才懒洋洋地喑哑地响两声。我目送这些从西门来往东门去的马队，眼看它们在暮色中踽踽而逝，心里就会涌起一阵莫名其妙的憧憬和怅惘。

忽一日，一支浩浩荡荡的大马帮由西而东，穿城过街，给小城带来一个未经预告的节日。偶然碰上的路人和闻声而来的市民，夹道观看。这支马帮共多少匹马，我数了，数不过来，眼数花了。反正带头马已过了小十字，钟鼓楼门洞里还在一匹接一匹地出来亮相。想想总有七八十罢。头马项扎红绸双飘带，绒绣球垂下两耳，鞍上斜插一大面三角锯齿旗，铃铛项圈中央吊着一只特大的铜铃，在一片脆而碎的叮当声中,威严地低五度咚嗡咚嗡。后面的马们颈边都垂着红带,项下都挂着铃铎,隔三岔五也插三角旗,但颜色旧,一副饱经风霜的模样。在一片杂乱而又和谐的铃铎交响中,马哥头们矜持地走在马队与看客之间。一色的打扮。上身是几层各色“短打”,除了贴肉一件白的,扣上密密麻麻十来对布绊扣,其余青的黑的黄的,层层散开。好几个还披着灰白色的赶毡大氅,无比剽悍,令我仰慕不已。头上是黑布大包头。腰系大带。下身黑长裤,两只裤脚宽大如裙子。我听炮台街长辈说,这种裤子,一是透风凉爽,二是便于在山路上边赶路边撒尿。看客们赞叹地看着。马哥头们俨然地走着。一条街只有一片嗡嗡的马铃声和哒哒的马蹄声。

忽然大十字那边的观众喧哗起来。我周围的大人们伸颈观察之后,说是看见猴子了,马队到尾巴了。说是这只猴子是马帮的大管家。宿营时,就靠它看管马匹不要走失,以及报警。次日早晨,马哥头们吃过饭,整队出发,猴子把铁锅里的锅巴抠吃完了,把锅往头上一扣,追上大队,跳上最后一匹马的背上,执行“断后”的任务。说话间,观众们哄笑起来。却是那猴子见众人围观,发了人来疯,把马背当成一条路,纵前纵后,胡乱敲打它认为走得不好的马,吱吱吆喝,观众越喝彩,它越来劲。

好景不长。虽然马帮很大,又走着阅兵式的缓慢步伐,终于消失在东门坡外。看客们又各还其所,各行其是去了。只剩下我还在痴想着它们如何威武雄壮地走向了天涯海角。

与云南相关联的事远不仅此。举其大者,先是修建滇缅公路这项二战中的重要工程，传来许多修路中遇见巨蟒的传闻。其中最富想象力的，一是说修路人偶见远处一座小山，凡飞经山顶的鸟雀，都成群地坠落山头，无一幸免。好事者走近去观察，才知是一条大蟒盘旋如丘，仰头向天，一有鸟雀飞越，就张口吸气，那气流把鸟雀直拉下来，落入其口云云。又说修路民工觅得一个山洞夜宿，次日不见一人出来。派去催促的一拨拨人也有去无还。后来逃回一人，才知洞内有一条巨蟒，踞地张口，上下颚顶着洞壁，进去的人径直走进它长腹之中云云。又说入缅军车在新筑成的公路上夜行，昏暗的车灯照见路边一根大电线杆，行进几公里还不见电线杆到头，下车一看，原来是一条大蟒云云。这些故事里的大蟒蛇，最后结局都是被重机枪或小钢炮处死。这令我感到十分惋惜，觉得应该捉住关起来供参观。随即是兼任安顺警备区司令的戴安澜将军率青年军入缅。此前大十字武庙门外，街檐下摆着长桌，招募青年军战士。大姊明端当时是安顺女中的初中学生，报了名回家才告诉父母。后来当然没去成。但当时血战方殷，青年军是凌晨衔枚开拔的，市民事后方知。不久，从西门到东门的更盛大场面又出现了一次，却是戴安澜师长在缅甸壮烈殉国，遗体经过安顺赴省了。这场路祭，氛围非常悲壮肃穆。集队的学生、公务员和自发的市民，从西门到东关夹道肃立，路两侧摆了许多祭桌奠帷，香烟缭绕。戴师长灵柩缓缓过处，两边响起痛哭啜泣之声。当时战局十分险恶，难民们背井离乡的凄苦，市民们忧心如焚的恐惶，以及平日对布衣蔬食、平易质朴的戴师长的好感，借这个场合尽付一恸。

有了这种种因缘，云南乃成了我童年幻想的源头之一。后来看影片《山间铃响马帮来》，竟有故人重逢的亲切感。再后来，一有了出门旅行的机会，我的首选就是云南（以次是江南），亲身印证了云帆大舅的描述和徐迟对云南所下的六字考语："美丽、富饶、神奇"。见识了由一匹大梁子、一片大林子、一座大海子、一个大坝子所构成的一处又一处诱人的土地，比我儿时的幻想还美。

街头练摊

安顺城与各地一样，大街上从来就排列着小摊贩和杂耍百艺。抗日战争中后期，潮涌而入的沦陷区难民，更令街景踵事增华，光怪陆离。白天，东大街南大街店檐下排满难民的旧货摊。跳蚤市场。傍晚开始，东大街所有店铺外面，拉开五花八门的地场，满街飘浮着电石灯的臭气。练摊，市民笼统称之为“耍把戏”或“卖打药”，其实细类极多。那年夏秋之际，白天长，我染上了晚饭后上街看卖打药的不良嗜好。心知这很无聊，却抑制不了。正像今天许多人一边打火吸烟，一边欣赏烟盒上“吸烟对人体有害”的文字一样。

小城练摊的，九流三教、鱼龙混杂。其中偶有身怀绝艺者。有一次在小十字铜匠街口看一位面塑老头做活。他正在捏一尊穆桂英战洪州的戏装像，已接近完成。顶盔贯甲，靠旗、翎子、女刀、蛮靴，一样不少，一丝不苟。一张拇指头大小的脸，又俊俏又英武。面塑是我最赞叹的技艺，但从未见过如此精美的作品，并且老匠师的动作迅捷之至，一件件饰物，瞬息即成。我虔诚而立，屏息而观，一直看到他做完，涂上蛋清，才肃然离去，根本不敢开口问价。这是真正的精品，不是小学生可以拥有的。多年后从画报上见到著名的“面人汤”的作品，觉得那位无名艺人毫不逊色。

这种民间大师当然是绝无仅有的。大多数玩的是嘴巴劲。

有一次我与两位伙伴围观一个无以名之的练摊人。他正闲得无聊，就让我们轮流凑近玻璃弹子朝他的布袋里看，说是能够看见任何想看见的东西，例如死了的亲人等等。记得我想看到一个鬼，但布袋里黑乎乎的什么也看不见。另一位伙伴也没看见什么。第三位是想看他已故世的“爷”，即父亲。摊主问：看见什么了？他从布袋里传出声来：看见一团光。是不是越来越亮了？是。看见你老人来了吗？看见了。来到哪点了？来到东门坡。看完，摊主连声夸这小孩子聪明。意思当然说我们两个笨。离开摊子，我问聪明小孩真看见了吗，他承认什么也没看见，不敢讲，只好顺着他说。我气极了，觉得他卖友求荣。

凡需要拉开地场表演的练摊，必定有趣一些。开辟地场，有的是画粉笔线，有的拉绳子，有的只是临时指挥围成圆场。场子拉开，照例有大段说白，洋洋洒洒，滚瓜烂熟。内容大同小异，自问自答，我只零碎记住几句。故友陈光余兄在剧本《金筑寻梦》里写到这种场面，照录以供同赏：

好！天也不早了，客也请齐了！今天来的都是贵人，都是我马占彪的衣食父母，我先给各位请安了！（作揖）嘿！举眼看，有僧道两门、回汉两教、南北英雄、水陆好汉，还有我们打道行中的师友，在下问候了！（作揖）你我门道不亲行道亲，行道不亲，嘿！（拍胸）达摩祖师亲！在下初走江湖，学艺不精，望各界高抬龙袖，给兄弟打个“好”字旗！常言道得好：人抬人无价之宝，水抬船万丈之高，你敬我一尺，我敬你一丈，你敬我一丈，嘿！我把你顶在脑壳上！那位说了：你是在耍把戏？对不住，我不会耍把戏，那个耍把戏的是我家伯伯。那位又说了：那你是在卖唱？我也不卖唱，卖唱的那个是我家伯妈。哪样？他两个不是一家？嘿，我给他们做了个媒，晚上就是一家了嘛。你到底是干哪样的？卖药的？我也不卖药：不卖假药卖真药。各位！有公请去办公！有事请去办事！有买有卖，请去发财！无公无事，给兄弟帮个人场！

我记得的还有“有钱的帮个钱场，无钱的帮个人场”，“兄弟的药货好价贱，费你这几个小钱，买酒吃不醉，买饭吃不饱”等等。那种当中摆一束刀枪棍棒的卖打场子，至今电影电视中还时有出现。拿一个小女孩站在长凳上下腰成环、扳腿如柱的杂技，与今天捧国际大奖的节目相比，天差地别。比武招亲的传奇场面则没有遇上过。有一次印象较深：摊主把两种无色透明的液体兑在一起（当然是在说了近半小时废话，一再激起悬念之后），立刻变成一网红丝浮沉在浑浊的水里。他说这是一味治眼疾的圣药。我是既诧异又相信，因为它就是像眼球上布满血丝的模样。摊主一再敦请看客免费尝试，没人敢应声。后来终于有一位勇敢者半推半就地被拉出来，又在摊主和一些旁观者的怂恿刺激下，苦着脸把这杯可怕的圣药喝了下去，看得我喉咙发痒。还有一个河南口音卖“洋钢针”的，左手持一块钉满钢针的木板，右手持一个鞋拔，不断刮针作锐响，口里高唱东一句西一句的顺口溜，很是好听。中间骂了一通小日本鬼，末句却又结到“三国英雄数马超”上。当时人小老实，不知道这是信口趁韵，还真的寻思书里是不是有马超比关公赵云还厉害的情节。其实他如果唱的是人辰韵，满可以唱“三国英雄数王平”。耍猴的也多是河南人，也是拖声摇气地唱历史与时事混在一起的歌词。回想起来，其中很有些天真可喜的俚句，可惜没记住。西洋镜即拉洋片也有趣。像一台军舰模型似的，舰壁上开几个圆洞，嵌着放大镜，交了钱就可以凑拢窥视。那些海战、洋楼之类的画片，站在外面看着很拙劣，从镜孔望去，不仅放大很多，而且有一点立体感了。卖耗子药的摊子我必定疾步而过，那些“道具”太恶心。

我看练摊的不良嗜好，不久经两次打击而彻底戒除。

一天晚饭后上街较早，在小十字川戏园门口，见一人骑坐于条凳一端，在摆弄一条布口袋。手一伸进袋口，就响起一声“吱——”的怪叫。看了一阵，发现叫声是从他噙在嘴里的哨子发出来的，因为他不避讳我这个小孩，还吐出哨子调整了一会儿。准备好了，就扯开嗓门拉场子。很快人围满了，就开始说那一套开场白。半天说到正题，卖的是一种珍贵的药，专治的病症数了一大串。又说：“那位说了（其实没有谁说）：你这药包治百病？不，我这药有一样病治不了。什么病？

痔疮。十男九痔,痔疮不是病,我的药治不了。”(这句话也是例行的噱头。)他出示了一些白而亮的药片,像如今的乌洛托品片。半天又才说到此药为什么这样神奇呢,是因为原料名贵。这种十分名贵的药材是什么呢?乃海里的一种珍稀动物身上提炼出来的油。这种动物的名字,就叫作“海底蹦”。观众大笑,他一副冷面孔。笑定之后,他说:“那位问了:口说无凭,鬼二哥信你!耳听为虚,眼见为实嘛。兄弟我这就现有一只海底蹦,让各位亲眼见见。在哪里?就在这口袋里。你在说天话!天话地话,揪出来看个活鲜鲜的才是实话。”反复说了半天,悬念达到高峰,真要揪了。右手一伸进去,随着“吱——”的一声怪叫,飞快缩出来,连连甩动,满脸痛苦之状,说是被海底蹦咬了。他在起伏的哄笑中如此这般地表演多次,口袋里的怪物总不让他捉得。忽然我身边一个比我大几岁的男孩小声而清晰地说了一句:“叫鸡吹的!”叫鸡即哨子。摊主勃然,虎视眈眈地对着我这一面说:“叫鸡吹的?!你吹给我看看!”我大窘,知道起先他作准备时,只有我一个人看见,因此认定是我说的了。我呢,又不好意思揭发那个男孩,他也装得无事人一般。于是我只好硬着头皮站在当地,以示与自己无关,问心无愧。摊主骂了几句,也就收场:“小娃娃家,不懂就莫要乱讲!”接着又去讲他的海底蹦,但气势却已明显地不如开初了。气可鼓而不可泄,诚哉斯言。我等众人不再注意,就悄悄退出了人场。

过些日子,淡忘了那桩冤案,又上街看练摊。这次是在同知巷口,看一位嗓门、口才、气势、仪表都特别超群出众的摊主卖打药,看客密密层层，一边还立着刀枪剑戟。这位气宇特别轩昂的摊主在开场白中，犀利地嘲弄了一般地场摊主的假把式、孬把式，雄辩地宣讲了自己的真把式、高把式，引起一阵又一阵笑声。我兴奋不已，期待着一场前所未见的精彩演出。忽然摊主宣布了一条规矩：他的场子来了就不准走，帮人场就要帮到底。不论大人小孩，来的是好朋友，走的就是他的仇人。一边说，一边用狠巴巴的眼光左右横扫，特别着力横扫站在第一排的小孩们。他这话一说，我的兴头一落千丈，雪化冰消。我一秒钟也待不住了。但看他凶神恶煞的模样，哪敢公然退出！我乃采用冰冻三尺之法，一见他面向别处，就往后挪动一点点。这样寸土必弃地撤退，足足花了十来分钟，才终于挤出重围，已是满身大汗。诗人说的真是一点不错，若为自由故，一切皆可抛。

我疾步回家。从此以后，再不看练摊了。

鲁迅先生把“围观”提炼为中国人劣根性的典型症状。我小小年纪就染上此疾，想想只有汗颜。

小戏台，大戏台

我小时候把看京戏视为最高享受，暗暗崇拜那些唱主角的演员。虽则大人都瞧不起他们，说起“戏子”二字无限轻蔑。

先父是创业者，对吃喝玩乐持严厉的批判态度，玩乐尤所不屑。我却生来耽于幻想，喜爱的是小说、字帖、戏剧之类的闲物。写字是受鼓励的，读还珠楼主是可以偷偷进行的。电影话剧也不被反对。唯独看京剧难。父亲是安顺大戏院的股东，持有一个免费看戏的红皮折子，他却交给挑水的刘大哥去消遣，不让我们染指。他主要是对旧戏班有成见。与两个姐姐随母亲进戏院，最为理直气壮，但这种机会不太多。我曾受同学怂恿，一起偷看了连台本戏《封神榜》的雷震子出世一集，目的在于看雷震子背负文王冉冉升天的机关布景。自始至终心惊肉跳，何曾看得进去。只盼文王尽早飞天，好及时赶回家去。然而这点噱头是必须最后才出现的，散戏已是午夜十二点了。一路飞奔回家，父母和另外一些人已等在院子里。一问是看戏去了，父亲一言不发转身进屋，母亲一顿痛骂。是否还挨了打，记不得了。

后来猜想，全家人不知找了我多少时候、多少地方，心里很歉疚。同班好友薛和灿可以自由看戏，因为后妈不管他。他常在教室里模仿昨晚看来的丑行马志宝的数板，什么“上山流水唏哩哩哩哩，下山流水哗啦啦啦啦”之类。另一位倪君（忘其名）更令我妒忌，因为他头晚看了苗溪春陪路过安顺的杨玉华，唱了一次杨（小楼）派的《霸王别姬》。我从小爱看苗溪春的戏，特别是他的关羽戏。有一次吃了晚饭，到前面店堂来玩，店员大朋友罗启明说，苗溪春带着全新的行头从昆明来了，下午有人送来了《古城会》的票，怂恿我去讨来一道去看。我犹豫又犹豫，受不了这份诱惑，硬着头皮去向父亲开口。他正在宴客，气氛很热烈。他沉吟片刻，居然给了我。我与罗兄赶去，戏早开了，但大轴的《古城会》还早。等到关羽出场前，那一通锣打了足足两分钟，令我兴奋不已。二十多年后，在乌蒙大山里教书，给学生组织宣传队，开台前也打了两分钟锣鼓。事过年余，一位公社干部见到我还提起说，那通锣鼓太激动人心了。他不知我是小时候从苗老师学来的。

抗日战争中后期，大批难民涌入安顺，给小城带来短暂的苦中寻乐的繁荣。许多辗转于非沦陷区的京戏好角，都曾在安顺露演。多年以后，京剧知识多了，回忆起来，海派戏占多数。我看戏虽不很自由，却也几乎没错过他们的拿手戏，可见为看戏很有点钻头觅缝的精神。待到抗战胜利，归心似箭的流民们争先恐后离开安顺，小城就骤然冷落下来了，到处空空荡荡，令爱热闹的小孩无比寂寞。

自小到老，我对那些身怀绝活的艺人们都心存敬畏。大约因为自己做什么都不十分用力,就佩服苦学的人。流光溢彩的舞台,具有神秘的魅力,那时我觉得连那些龙套底包也不寻常。其实心里也明白他们是卑微可怜的。有一个丑行,晚上登台,白天挎着竹篮走街串巷卖葵花子。因扮过皇帝,一从东大街经过,店员们就叫他“卖葵花的皇帝”。有一位二路老先生叫谭富龙,会戏不少,但总是无精打采的,也没有嗓子。有个星期天,随罗启明兄去戏院玩,见谭富龙在前台的黯淡光线中,正给一位票友说徐策跑城。还是那样闷恹恹的,不久就贫病而死了。

坤伶即女戏子们的命运,不知道应说更悲惨些呢,还是应说略好一些。她们多一种改变环境的可能:嫁阔人。一次我上学路过钟鼓楼,见墙上贴着戏报,一位叫曹丽君的坤角来安顺演出。那时候的规矩,所有挑梁的角子,都要加上种种头衔,如谭派正宗、勇猛武生之类;女角就夸张成什么美艳亲王、劈纺皇后等等,类似今日的天王巨星。等而下之者,连“风骚花旦”的字样也公然出现在大戏牌上。为曹丽君加的荣衔是什么,不记得了,但她的剧目正是纺棉花和大劈棺。这是两出海派玩笑戏,当时很走红。真正公认的劈纺皇后童芷苓有绝活:在剧中学唱四大名旦乃至更多流派和行当的唱腔,惟妙惟肖。等而下之者,往往唱民间小调、流行歌曲,甚至演成庸俗色情的东西。所以两戏很为正统观众所不屑,还一再被禁演。曹演得如何不知道,但她的戏报很快就撕掉了。似乎三天打炮戏也没唱完,就被警备司令蔡雨时娶为小星了。蔡住南街,是我上下学必经之路,于是就多次见到蔡司令胳臂挂着个娇小柔媚的女子威严踱步。

大约也是这前后，我家二进的左侧小屋，借住给一位姓东的营长，其妻很年轻，相貌端庄，脸无血色，没见笑过。穿着也十分朴素，像个在校女学生。她的本领是能唱清醇苍凉的余派老生。琴师就是她父亲，十分苍颓恭谨的模样，不知另住哪儿，每天过来操琴，女儿唱。我出进经过，遇上在唱，就驻足而听。我听唱片多，能辨好坏，她确实唱得好。店员也常站在院子里听，无不赞赏。有一次，小屋里很多客人，那女子正自拉自唱，才知她还有此绝活。忽一日，一个青年女子风风火火闯了来，扭住东营长大吵大闹，惊动店员和我们小孩出来围观。玲珑姣好，一口吴侬软语，虽是撒泼骂街，也有点音乐性。听听就明白，这是旧欢探得新欢的金屋，前来寻衅了。东营长恼羞成怒，拔出驳壳枪相威胁，那女子毫无惧色，拍着胸膛叫他开枪，江湖豪气可掬。大家纷纷解劝。那位岳父更是死死抱住东营长拿枪的胳膊。女子终于留下这事没完之类的话头，悻悻而去。余派女老生一直躲在小屋里没露面。不久东营长带着她搬走了。当时我虽是小孩，却也明显感到此女过得不快活。至于那位泼辣的风尘女子，还在东门坡看见过她在一间小屋出入。显然她也是一个坤角，不会是正式的营长夫人。

隔了一段时间，驻扎安顺的荣誉军人第七临时教养院的军官们忽然要在安顺大戏院唱一场戏。如今回忆，此前戏院发生过一次伤兵因看白戏与守门人发生冲突，抱着冲锋枪扫射的事件；可能这场戏就是经人斡旋调解后，表示释嫌和好的行动罢。那晚戏码很多，前面由戏班演，如今全无印象了。后面唱主角的，是几位“由内行变票友”

(与票友下海相反)的军官太太,姓名和身份都用大字写明立在台口,如"特烦蔡司令夫人曹丽君女士"等等。戏班垫演的剧目演过,压轴戏是一个拥有两位戏子太太的军官,与其中一位合演《游龙戏凤》,这出表演正德皇帝微服出游,在梅龙镇小酒店中调戏店主小妹妹的戏,我从小非常反感。那位军官的下流表演和台下看客的放肆哄笑更是讨厌极了。几十年后,我还在谈戏的文章里骂这次演出。大轴是那另一位戏子太太和曹丽君的《贩马记》。蔡夫人曹丽君饰李桂枝,还则罢了;那位太太扮的小生赵宠,实在出色得很。唱得固然宛转圆润,身段更是举手投足无不美妙,引起彩声如潮。现在回想起来,她大概本是越剧艺人。以越剧小生的身段演昆曲,自然更显得潇洒倜傥,而又带一点柔媚了。散戏后走在凉爽的街上,听见一条苍老的嗓子用外省口音在嚷:"《贩马记》看得多了,没一次有这样好的做工!"

这一场荣军与戏园子的冲突,结局是化干戈为玉帛,但当时的情景却是十分严重的。多年以后,苗溪春老师向我说起,还有点谈虎色变。安顺大戏院的结构是倒的,观众进场,先经过后台、前台,才到池座,转身坐下看戏。其时苗老师正在后台扮妆,正好对着街口。忽然之间枪声大作,子弹飕飕穿壁而进。他全然蒙了,反应不过来。幸亏老板刘宝庭是行伍出身,有临战经验,一把拉着他逃向侧屋,方脱此难。

荣军院的戏迷似乎特别多。其中有一个下级小军官甚至脱离军籍,以票友下海,加入戏班。那晚的大轴戏《武家坡》我也看了的。他唱薛平贵,当家青衣新艳霞唱王宝钏。露了这回脸,次日起就属底包，只能扮老家院什么的了。上行下效，所以荣军们天天要看白戏，要横撒泼，场外几乎天天闹事。当局为此在末排设了“弹压席”也不怎么顶用，终于闹到提枪横扫的场面。

抗战胜利的爆竹一响过，归心似箭的流亡客们退潮般迅速消失。戏园子失去了最主要的需求者，也就立竿见影地萧条下来。这时候还不离去的艺人，也真是无路可走了。刘汉培算得上湘桂滇黔的名老生，也已落到骨瘦如柴，有气无声的景况，眼看随时可能倒毙沟壑，那些戏份最低者，可想而知。但这个生存能力顽强到不可思议的群体，多数人终于熬过了鬼门关，迎来了不虞饥寒的新生活。

“泥上偶然留指爪，鸿飞那复计东西。”今天说到的这些优伶，算算该是老死殆尽了。如果其中还有一二耄耋健在者，他会忽然间心血来潮，念及居然有一个当年的戏迷小孩，还没忘记半百年前的城西旧事么？

民谚有云：“戏台小人生，人生大戏台”，一点不差。

影院风景

石城始有电影，有人考证在一九三〇年前后。据此推算，我初看电影已在十年之后，仍是无声片，进步是很缓慢的。

电影院在杀猪巷，离我家后门不远，是一座庙宇改装的。沿河经过贴在山崖上的“灵验菩萨”小殿，走一段石巷，就到了。放的默片，以多集武侠片为主。中式武侠有《火烧红莲寺》，侠客们口吐（或手指）一道剑光，银幕上就出现动画，两条胖蛇似的白光迎头相遇，白光中两支小剑互相砍杀。洋式武侠有《荒江女侠》，戴高顶宽檐礼帽，蹬长筒靴，披黑大氅，使窄而长的花剑，同佐罗一个模样。都是大城市过时已久的破旧拷贝，断头多，动不动就中断情景，改变画面。正在室里对坐，一眨眼到了海边打斗。有时放着放着画面就静止了，几秒钟后开始变形解体，见多识广的看客就大喊：片子烧了！片子烧了！交代情节传达对话的字幕，文字须尽量简洁。字幕一出，观众们就出声朗读，场内一片嗡嗡声浪。有一部片子叫《孤儿复仇记》，孤儿不堪后娘虐待，离家逃跑。经过父亲卧室窗外，银幕上出现父亲与继母同床熟睡的画面,观众立即喧哗起来,有的大笑,有的把手指伸进嘴里发出尖锐的呼哨。其实床上那两个人相隔甚远,各朝一边。但那时夫妻同行也要一前一后,“下江人”男女挽手而行能引来一群口作怪声的尾随者,遑论同床画面。地方越小,卫道者越多,这是常理。又有一片,片名不记得了。男的在女的家里做客,女士端上菜来,夹了一筷请男士品尝。男士尝尝,作微笑点头状。这时出现字幕:“烧得很好!”看客们出声一念,哄堂大笑,伴以哨声,几分钟静不下来。石城但说“炒菜”,不说“烧”菜,以为是“骚得很好”,所以发笑。鲁迅说中国人在这方面最敏感,联想力最强,看来全国皆然。有一部似乎叫《小英雄》罢,复仇者啸聚山林,在月黑风高之夜,浩浩荡荡向仇人村庄进发,实行总清算。这是全片的高潮。本来整部是黑白片,这时候,复仇者们高擎的火炬忽然变成鲜艳夺目的红色,宛如一条翻翻滚滚的火龙,很是壮观。场内观众大声赞叹不已。聪明人得出答案说:这部片子出过国的。洋人才会拍五彩电影。后来从书里读到,爱森斯坦拍奥德萨起义的影片,在最后部分把旗帜用红墨水染红。想必是同样的办法。那时没有电脑,一格格地用手工染色,真不容易。

当时是抗战时期,每场电影开映之前,银幕上先出现“青天白日满地红”国旗、孙中山(国父),林森(国民政府主席)、蒋中正(委员长)的半身像,全场起立。然后才放正片。后来去省城做客,上电影院,正片前同样出国旗和三个人的像,全场起立。但那旗子是猎猎飘扬的,还伴有响亮的歌声,觉得气派多了。回到表姨妈家,大人闲谈,怎么提到了“蒋委员长”,我下意识地离座立正,逗得大人们笑得淌眼泪，传为笑谈。

石城不久也出现了有声电影，片子也多了起来。但仍是大城市三轮以下的旧片。我觉得顶好看的，是万氏兄弟的动画片《铁扇公主》，连看了三遍，大大餍足了读《西游记》产生的想象。身着罗纨的铁扇公主，听报猴头在洞外骂阵，命令侍女更衣出战。侍女双手提着她的甲胄，她化为一道白光飞入衣领，立刻全身披挂停当，威风凛凛。孙悟空扛着奇大无比的芭蕉扇，哼着小曲赶路，牛魔王从空中赶来，那姿势是俯卧于空中，像游海豚式一样，比剑侠片中站着驾云更好看。后来知道这是第一部国产动画片，民族特色很浓厚。近些年净出老电影光碟，不知怎么不选此片。

东街小十字的川戏园，有一段时间白天放电影。有一次全家出东门上坟，回来路过这里，听见传出来京戏锣鼓和唱腔，大门也无人守，任它开着，看得见许多人拥在后面看白戏。我也走进去，站在人丛里看。放的是麒麟童（周信芳）的《斩经堂》，正演到紧要处。吴汉手提长剑，要杀妻子；王兰英跪在地上，苦苦哀求饶她一死，两人却都自称是"恩爱夫妻"。那高拨子唱腔又十分凄厉。我被莫名的恐惧攫住，挤出人丛，出来站在平静的大街上，才松了口气。后来我也一直反感这出戏。王兰英虽是吴汉杀父仇人王莽之女，王莽又是篡汉的反臣，但王兰英不知其事，更未参与政治活动。吴母在先并没有阻止儿子娶仇人之女，后来却逼着儿子杀媳保汉，且以自杀以坚其心。吴汉明知妻子无辜，而且只求免死出家，仍然也以母命难违，逼她自刎。整个事件，在一个"大义"的大帽子笼罩下，处处违背人性和情理。一切真理,推至极端,皆成谬论。

那时还放过苏联片。一部是童话片《大萝卜》,有不少特技镜头,很受欢迎。另一部是石城的首部“五彩片”,叫《夜莺曲》,描写工人罢工的。其主题歌流行一时:“河边林中夜莺在歌唱,为何歌声充满凄凉?‘可爱的人儿最难忘’,‘勇敢进取莫再忧伤!’唱罢唱罢尽情唱罢,驱散人世忧伤。”拷贝很旧,常常出现粗黑竖条,观众以为是下大雨。这部片子我在不同的场子看过两三遍,不全是在电影院放映。现在回忆,会不会是中苏文化协会组织的巡回放映活动。再就是随父亲在三一小学礼堂,看借住那儿的美军放映的非洲寻宝片。是原版片,无译名,也无字幕,但情节简单,动作性强,能看懂。论声光场地,要算是最好的一次了。但最好的影片,却得数《青鸟》,好莱坞根据梅克林特的象征主义名剧拍摄的彩色片。现在还想再看一遍。

这以后,大量的国产片和好莱坞片,都是在省城看的了。特别轰动的有《国魂》《十三号凶宅》《艳阳天》《满庭芳》《月宫宝盒》《海宫宝盒》《战地钟声》《彩凤清歌》《出水芙蓉》《宝石花》《三头凶龙》,还有秀兰·邓波儿系列、平·克劳斯贝歌舞片等等。最崇拜的明星是刘琼、石挥、蓝马、谢添。女明星无所谓,只痛恨陈燕燕,因为她嘴唇上面有颗很大的“美人痣”。

有件趣事难忘。当时苏联属于盟国,记录斯大林“五一”节大检阅的新闻片,受省主席杨森的特别关注,译名《体育之光》,隆重公映。我是头一次见识这样宏大而又整齐划一的群众场面(我想别人也同样是大开眼界)。每当大看台上出现彩牌组成的图案、标语,甚至斯大林头像,见所未见的观众就大声惊叹。银幕侧面的狭长小布幕就要出现毛笔字:“杨主席训示:此种尚武精神有益于健民强国,应大力提倡”等等。

省城观众要老成些,总是一声不吭地看,不如石城电影院里有那么多趣的风景。

五官屯看地戏

有一年跟着母亲去五官屯看跳神。跳神，现在称为地戏、军傩，当时只叫“跳神”。

从城里到五官屯，今天看来咫尺之间，那时觉得够远的了。我小时候的旅游观，当天能不能回家是一大标志，不喜欢在外面过夜。去五官屯多半当天回不来，颇觉忐忑。但小孩做不了自己的主，只能跟着去，再说“跳神”这名目也有点诱惑力。

跳神好像是在正月初三或初五，头天下午就到了徐姑外婆家。这是瓜蔓亲方式的称呼，并无真正的血缘关系。徐姑外婆的老伴和儿子媳妇都先她而去，独自抚养着一个孙女、一个孙儿。她不能耕种，却有一门绝学：用按摩推拿手法治疗儿科病痛。小儿惊悸不寐，瘦弱厌食，请了她来，把小孩仰卧床上，从小指尖小脚趾尖开始，用指甲沿经络关节一路掐过去；再掐胸腹各穴位；翻过掐肩背各穴位；抱起来掐颈项人中各穴位，扯耳垂，揉太阳，最后捧着小脑袋旋三下，还打趣说“抱头酒——醉”，结束。当晚就能安稳入睡。睡眠好了，食欲有了,逐渐肥胖起来。再严重的,不超过三次必定见效。我家的小孩,没有不请徐姑外婆掐过的。后来她把这套手法教给了我母亲,不仅家里实施方便,渐渐还有亲友家背着小儿来求治。据母亲说,这活不轻松,掐完一身的汗。徐姑外婆的儿科有一张王牌,叫“爆灯火”,是用于挽救垂危病儿的。这一招无效,就只有听天由命了。我们常闻其名,没有见过,听了暗暗害怕。后来,我第二个妹妹明缘是早产儿,极端病弱,终年病恹恹的。有一次生病,求遍中医西医包括福音医院的洋大夫,都不见效。有人劝母亲,人事已尽,顺其自然吧。母亲决定作最后努力,接徐姑外婆来“爆灯火”。我们心怀恐怖,围观了全过程。徐姑外婆端着一盏菜油灯,右手捏一撮药草,沾点油,点燃,直接往各个穴位上炙去,给予强刺激。看去确实有点瘆人,但也不如想象中那样可怕。这一步棋,居然使妹妹起死回生,遂起名曰“缘”。几十年中,她是姊妹中最精力旺盛者。活到六十岁去世,医生发现她早年即患有三种心脏疾病。徐姑外婆身材高大,但有点佝偻,白发飘萧,肤色黝黑,钩鼻尖,很像电影里印第安部族领袖或领袖的母亲。当时我就觉得她非常老,但她一直活过了一九六〇年代的大饥馑和经济复苏,才在省城的孙子家里去世。

五官屯周围风景秀丽。但这是我几十年后重访才发现的。当时只看到狭湫和肮脏,唯有那座木寨门还好看。徐姑外婆家小屋内外,本来就没什么玩的,又没有一本书可看。挨到暮霭四起,到处暗影幢幢,就更待不住了,提出要回家。母亲知道怎么回事,请徐姑外婆点灯。桐油灯点起来,又燃起一根葵花秆,插在大灶上。我松口气说:

这还差不多。此事老人记得非常真切,几十年后还用这句话打趣我。

次日早晨就去大场坝看跳神。我大觉失望,因为没有神,是戏,三请樊梨花,而且这种戏比京戏差远了。有印象的,一是放铁炮。厚铁筒填满药料,立在场边地上。点燃引信,那“通”的一声,并不怎么响,却是十分结实沉重,像钉锤往心口上一击。随即,四面大山们就参差地回应起来,此落彼起。二是演员们把面具斜顶在额头上,脸和颈子都用黑丝帕裹起来,于是薛丁山、樊梨花们个个都仰面朝天,粗脖壮颈,看上去别扭,替他们难受。我爱看的是京戏,雍容华贵,连川戏都嫌寒碜,何况穿青布长衫的薛丁山呢。倒是观察围在土场上、板凳上、树杈上的各式各样的看客,和在腿脚丛林中钻出钻进的小孩们还有趣些。真觉得地戏有点看头,还是近几年在木寨看的一次,在天龙看的一次。前几年曾经陪两位奥地利人在蔡官屯看过一场。其中一位是摄影家,忙着照各种各样的相片,无意于戏本身。另一位曾留学北大,普通话说得压倒大山,倒是认真看了。我问他观感,他连声说:太奇怪了!太奇怪了!现今的石城二宝:蜡染和地戏,当时石城人都不怎么当回事。蜡染叫“土花布”,土靛气味很大,但越洗越蓝得好看。贫家小户用作床单,讲究人家还嫌寒酸。地戏是没有城里人特意去看的,看过的人就用来取笑。徐姑外婆的孙女婿,在城里当店员,是年轻同事中唯一成家的,同仁们就拿地戏和已婚来开他玩笑。用山歌调唱胡诌的词冒充地戏:“小兵报道,元帅得知;肚子饿了,舀饭来吃!不得菜下,烧个辣子……”其中报道、得、肚、饿、吃、不、下、辣等字,都按屯堡口音读作阴平。程哥虎着脸,整日阴沉沉地不说话，大家就互使眼色，匿笑。程哥过不惯城里生活，不几年就回五官屯种庄稼去了。十几年后我随母亲去五官屯，他已完全是个老农民形象。扛着犁头吆着牛走进石院，看到母亲，红着脸喊了声姑妈，就牵牛进圈，坐在石坎上洗脚，然后一直躲在里屋没有露面，饭也没出来吃。听说每顿都要喝酒，不几年听说已去世了。家中里里外外，都是他妻子菊芳姐一人承担。

徐姑外婆家，我去过好几次。记得有一次还有姐姐妹妹一路。走的是一条近路，从村外直接通向徐家后门。到得那里，发现后园长了一大片荨麻，密密层层，比人还高。石城人叫它“火麻”（读如“喝吗”），浑身茸刺，皮肤沾着就起大包，痒得钻心。母亲准备绕回前门去，姨外婆隔着后窗说：不要紧，把娃娃们抱起来，从空中递送就行，绝无妨碍。照此实行，姐姐妹妹们都安全过去了，我很紧张，心想今天难逃此劫。我被抱起来往前送时，一挣扎，果然掉进火麻丛中。后果之狼狈，不言而喻。记得是摘了些什么药草，嚼碎了来揉。

徐姑外婆的孙女菊芳姐，如果晚生十多二十年，有机会上学的话，至少能当好一个女县长。她干练过人，情义过人。公社时代，以她一个工作日挣几分钱的收入，来我家看母亲，临走时硬要塞五角钱给我妻子作礼物，怜念她生病在家没工作。菊芳姐留客待饭，都诉诸武力。劝饭劝到你心惊胆战，饭碗紧贴着脸或是藏到桌面下边，以防一大勺饭或一大片腊肉飞将过来。我陪母亲重访她那一次，饭后硬要留宿，我们一行四五人，坐了马车去的，如何住得下？但她不依不饶。说得唇焦舌燥，好容易说通了，立刻又翻悔。如此反复多次，她终于让步,我们就快步而行。走到村外小公路上,菊芳姐“想个心不同”(转念一想),从村里如飞赶来。我们落荒而逃,被她在路边一座酷似坐佛的小山前捉住。力大无比,抓住母亲和沈表舅妈的衣襟,两人寸步难移。经过艰苦谈判,终于带走沈表舅妈,我们才得脱身。她出于传统观念,非要弟弟生个继承徐氏香烟的儿子,但弟弟已有两女孩。她策划弟媳怀孕后接到家里躲起来,由她供养,终于得了个男孩。弟弟因此受了相当重的处分;她则因此很满意,觉得尽了天职。算起来,菊芳姐该有八十来岁了。

那次重访五官屯,看见风光依旧秀丽,那座木寨门、门后弯曲迤逦的石巷,高低参差的石板房宛然如故,又亲切又怅惘。地上也肮脏如故,甚至更脏了,找不到下脚的干燥处。最近与乡亲说起五官屯的好景致,离城又近,他们说,似乎已面目全非了。

金钟山“开堂”

旧中国盛行帮会，就是各式各类的民间组织。其中势力最大的是“青帮”和“洪帮”。黄金荣和杜月笙，就是有名的青帮头子。石城虽小，也一样有青帮组织。民间称为“海袍哥”，“海”读阴平声，是动词，“加入”的意思。作形容词时，是“很大”的意思，“他脑袋特别海”。类似北京话的“海去了！”袍哥在民间颇有势力，尤其在发生纠纷争斗时，在帮的人总要占些起手。关于袍哥势力的传闻，又超过它实际的势力。有个笑话，说是有个庄稼人进城卖柴，路过一家面馆，看见一个顾客走出来，店小二追上来要钱，顾客怫然道：“海了的！”小二连声道歉而退。农夫心里道：听说海了袍哥的吃得开，果不其然，连进馆子都不用开钱。第二天换了做客衣服，大着胆子进面馆要了碗鸡丁干粉，吃完抹抹嘴就走。店伙追出来要账，他学昨天那人怫然道：“海了的！”小二不相信又不敢反驳，悻悻而退。他得了甜头，隔一日又去吃，吃完就走。小二早已监视在侧，一把抓住他讨钱。他生气道：“跟你说海了的！”小二冷笑道：“昨天你说开了的，把我哄了，今天还想再哄我！”他道：“前天我明明听见那个客人说‘海’了的，你就不收钱，我也海了的，怎么就要开钱？”小二说：“那位先生说的是他‘开’了账，什么‘海’了的！”逼着他脱了做客衫作抵押，才放了他。

我有一些店员大朋友。关于袍哥的真假知识，就是从他们那听来的。帮里没有二爷，龙头大爷以下就是三爷。关公关云长才是二爷，谁也不敢僭越。帮会内分许多香堂，许多等级，许多规矩，绝对的小服大、下服上，以小犯大以下犯上是不赦之罪。如此等等，跟武侠小说里写的一样。“海”了的人有个标志：不论穿什么褂子（当然西服不在比例），袖口要翻出一道宽宽的白边。如果翻成马蹄袖形状，就是帮内有身份者，或是帮内要议论什么重大事情了。但我见店员大朋友们的长衫袖子，都翻出雪白的宽边，未必个个都是“海”了的。或许是像那个吃面不开钱的庄稼人，含含糊糊地给人以“海”了的印象（石城话叫“打麻画眉”）？有一次来了个气宇轩昂、说话非常圆通的人，走后有个店员说：“他是袍哥大爷哩。”另一个说：“他是袍哥大爷？总共有几个袍哥大爷哟！”对方就不吭声了。但显然反驳者也不知道共有几个。有一位年轻单纯，整天唱着歌做皮鞋的柏大哥，入了帮会做小老幺，兴奋万分。一次为了表示义气，勇敢地从一辆开行着的货车顶上往下跳，去为帮兄捡拾被风刮掉的呢帽，当场摔死在公路上。柏家悲痛万分，却不敢有一句埋怨的话。总之，帮会的若明若暗的存在，有关的种种描写和传闻，使它显得朦胧神秘，非常刺激想象力。

我有位长辈，喜欢热闹，什么新鲜玩什么。忽然想海袍哥，是顺理成章的事。并且立刻行动起来,最后是正式“海”了或是在外围,我就不知道了。只见同事拿这个话题挑逗他,他脸红红的,笑扯扯的,莫测高深的表情。忽一日,他说有一个帮里小兄弟犯了事,闹大了,要在金钟山上开堂追究,到时候带我去玩。似乎是调戏了帮嫂或是对帮兄出言不逊之类的事。母亲听了坚决不让我去,这位长辈又轻描淡写地化解,极言无事。母亲便不言语。在我,是巴不得跟着去。我已经看过不少武侠书里的描写,知道这种开堂非同小可,犯事者总是残肢断手,挖眼割舌,甚至“自行了断”,还要慷慨陈词,声泪俱下,那场面悲壮得很。

到时候真的跟着去了。我小时候最欢喜放风筝,凡出城必带了去。这次自不例外。谁知金钟山高树蓊郁,浓阴迎天,这只“钟”裹满了铜绿。沿着弯弯曲曲的林间小石级,从山脚直到山顶,根本没有能容风筝飞上去的空隙,只好一直扛在肩上。

金钟山我上过多次。好像都是逢年过节,山顶的庙子里永远有许多人在办酒席、打围鼓(清唱川戏),热闹非凡。虽是很庄严的庙宇,办的筵席总是荤的。石城人除了持斋吃“二六九”的女居士,没有人喜欢吃素席。我第一次吃素席,发现鸡丁、盐菜肉、红烧肉全是假的,非常愤慨,觉得受了骗。这次开堂,可能为了肃穆氛围吧,没有人打围鼓。但酒席正在照办,鼻子耳朵都能知道消息。

我一个人在变得冷清清的大殿里玩,看那些讪讪地寂寞着的菩萨,幻想着从屋檐垂到地面的血红帘帷里藏着狐狸和鬼,想到寒毛爹起来,就逃到石院阳光下去。大人们在临市的厅堂里议事,讲话声音若有若无,一句听不明白。我微带战栗地期待着的厉声大骂、痛哭陈词,总也不见发生,更不用说下残酷的命令了。这样无味无道地挨了很久,大人们蜂拥而出。我暗暗观察谁最像当事人,只见有的若有所思,有的若无其事,有的满面春风,有的说说笑笑,仿佛都是局外人。但我还是选中了一位脸色红得有点失度的年轻人,用他填补好奇的空白。随即就热热闹闹开席了。

我见过这么一次帮会开堂。它有点像《红楼梦》中凤姐讲的那个笑话:一个极大的炮仗,引来许多人观看,忽然无声无息就走人了。不是没放,这个凑热闹人是聋子。

后来经历多了,觉得这个堂开得好。和为贵,不必上纲上线往死里整。

父亲园子母亲“屋”

先父子儒公一九〇〇年生于四川綦江县石角镇一个自耕农家庭。上了五年私塾，祖父就过世了。祖母才二十多岁，带着一儿一女，不仅生计艰难，而且孤儿寡母的，受族人欺负。他十五岁跟着三叔到遵义，做盐店学徒，满师后转为店员。后经同乡介绍到安顺恒丰裕商号，因干练勤勉，深受总经理帅灿章器重，破格擢升为副经理。后来又携手创建泰丰字号，仍任帅先生副职，两人合作无间近二十年，直至解放前夕，帅先生迁居香港，从此天各一方。他原本是整套传统生意人的生活方式，长衫、小帽、布鞋、几尺长的旱烟杆，后与帅先生联袂赴上海、香港、广州等地考察一圈，整个观念变了。回来已是西服皮鞋，建上海式住宅，买英国三枪牌自行车、玩蔡司相机（自设暗室）、赞许女儿办家庭剧团、资助办学校等等。但饮食起居，仍保留着自小的俭朴习惯，喜欢吃掺碎苞谷的米饭、红薯南瓜四季豆焖饭、水煮茄子蘸酱。三年困难时期，有一次他发笑说：工商联的同事们在学习会上检查资产阶级思想，人人少不了一条“怕吃粗粮粗菜”，我爱吃,反而不能讲,讲了以为我充积极。当年安顺县商会“换届”,众意所属的帅二先生性情内向,不喜欢参加社会活动,推荐我父亲当选,一当十多年,新中国成立初期又任工商联筹委会主任,直到离开安顺。市志说他“凭声望才智处理商界事务,深得商界和各界人士称道”。近年有人研究档案馆保存完整的安顺商会(先父任理事长)档案和“新业公司”(先父任总经理)档案,发现前者对传统行会进行了全面的改革和完善,后者已是一个成熟的现代股份制大企业,还培养了安顺第一批掌握新式簿记的会计人才,乃撰长文论断他是安顺商业从传统形态向近现代商业转化的关键人物。解放大军逼近省城时,国民党当局仓皇逃遁,安顺陷于无人管理的“真空时期”,他与韩云波、董叔明、吴晓耕、孙启延等上层人士组成临时治安维持会,争取警察局长戴泽坤和警局枪支,维持安定,迎来解放。新中国成立后随团到北京、东北等地参观,回到省城后,受命留在省城,参加恢复和发展经济工作,主持南明烟厂、裕康猪鬃厂、贵阳投资公司等企业。前年朱厚泽学长回乡,在一个集会上说起,“五反”运动把私营企业搞得几乎全军覆没,市里职工工资主要靠烟厂税收,这一下闹到要断炊了。市委紧急派他去协调劳资关系,恢复生产,渡过难关。他指着我对大家说:就是和他父亲一道的嘛。一九五七年,父亲戴上右派帽子。处分是撤销省工商联副主任、市民建主委等职务,降级留用,任驻会委员,管理会员互助储金会手续。他那枚小小的水晶姓名印,过去盖过多少支票和合同,现在只用于十元以内的借支扫还表格了。一九六二年摘帽。一九七四年春节病故。“文革”结束,全国右派大改正时，收到一页改正通知，里面有“虽有一些错误言论，但仍属人民内部矛盾”等语，好心人认为还“留有尾巴”，应该去反映争取。我母亲说，人都不在了，争来做什么！我只惋惜他未能像帅二伯活过八十岁，那就能看到国家拨乱反正，一心一意搞经济的局面了。新中国成立后提倡“实事求是”，他最为悦服，认为深合自己的原则。“文革”期间，我曾陪他去万国旅社，回答两个外省造反派的“外调”询问。那两人态度骄横，诓哄吓诈，就是要逼出符合他们预定框架的“证据”，我父亲始终坚持只说事实，不能伪造。造反派大感意外，出言威胁，终未如愿。出门走到街上，我见父亲已气得发抖。有一位工商界人士刘裕远先生写了篇文章，发表在省城的一本文史资料上，说在抗战期间，我父亲曾借车队商运的机会，护送过阮爱国（越南胡志明主席）返越，这些事全家人一无所知。

我小时候见到的，只是回到家里的父亲。早晨穿着睡衣浇花培土，与工人一起担熏臭的肥水，双手握着大花剪修整枝叶。这时他先已完成每天第一项日程：临帖练字了。这我见不到。他在卧室后间习字，案子上两摞淡黄色的官堆纸，尺寸大的写大楷，好像是《岳麓寺碑》；较小的写小行书：《翁松禅手札》。一对铜镇纸，刻字是“书到用时方恨少；事非经过不知难”。可能这是我知道的第一副对联。矮几上摞着几十本碑帖，我常偷偷去翻看，有拓本，有印本，画册则是珂罗版。后来迁居贵阳，在“文革”的“红色恐怖”中全“破”了。只剩我带着的一部淳化阁法帖、一张何绍基行书拓片，保存至今。阁帖是翻刻，不足观；何书大拓片字、刻、拓都好，装裱出来，挂在客厅里，见到的朋友都很羡慕。

老来回想家事，觉得父亲虽然经商成功，似乎是受生活推逼着走上这条路的，他内心深处的最大乐趣，可能会是"行有余力，乃以学文"，无所争于世的"耕读生涯"。我家原是赁房居住，我入学前后，父亲的房产才完工。前后三个院子都种了花木，后来又买了紧连后墙的一大片地，准备扩大后园。但未及实施，五一年送给了盲哑学校。他给园子命名"适园"，并请挚友志斋吴晓耕先生撰文释义："心太平之谓适，身得安之谓适，避远利害祸福之域之谓适。"刻在牡丹台的正面。又自书"淡泊明志，宁静致远"八个字刻在石鱼缸外壁，款字是"适园居士书以自警"，"警"字想非偶下。他改本名恂福为子儒，仿佛也表示无意商贾传家。但人强强不过命，他不仅一辈子未能脱离商业，后半生竟成为商界的闲置人员，有力无处使。

对树木花草，我都喜欢看，但只抱"不求甚解"的态度。好看就够了，不去深究它的名称品类和习性。印象中久踞不去者，还是父亲适园里看到的几种。

那时候园是新园，人是小孩，相对都新鲜。有一种盆栽小花，叶子像荷叶，碧绿肥厚，花作金红与墨红交晕，非常艳丽，母亲说叫金线莲，现在好像通称旱莲。夜来香沿径栽了一大片，黄昏开始展瓣吐香，香味十分浓烈。另有一种也在夜里开的草花，花只四片，莹白如雪，展开就成了一轮明月。白天花瓣收簇，背面有隐约的红纹，像毛细血管似的。有一点点清香，极淡，不像夜来香那样喧嚣。两个姐姐和我特别爱它，就叫它月亮花。读永井荷风的小说，见"月见草"之名，不知是不是它。每每忆及朦胧月色中的故园此花，它就是一只浮云中的月亮。亭午开放的午时花，在大太阳下面五色斑斓，热闹得要呐喊出声，也很可爱，我特别惊奇于它那些银光闪闪的微型种子。灯盏花花叶都很粗糙，一副蠢相，却最能引来艳丽的大凤蝶。穿花蛱蝶款款飞，大凤蝶那华贵的气派，飘浮无定的动作，真是难描难画。凤仙花也滥贱，沿墙开了一大片，妹妹们每天去摘来染指甲；我则喜欢那手雷一样的种子囊，一碰就爆炸，黑色的种子飞迸。一碰就垂头丧气的含羞草，当时我视为神物。

后来这些草花都被淘汰了，换成种种木本的花树，整个园子也铺了白石地面。这一来，园子远没原先有趣了。这是父亲过度包装的败笔。园子对我们的诱惑力，全在杂和乱。好在邻近厨房的两块草坪，上面的花木没有淘汰。一丛芭蕉长得比小杂物间还高，我和妹妹在芭蕉下面开茶馆，搬来包着厚棕套的大茶壶卖茶。挨墙的一株大构皮树也砍了。构皮是抽陀螺的最佳鞭材，我常供应给同学们。构皮树叶则是母亲每年做面酱的必需品，用来包酱粑。还要分送亲友。

族叔从金城江带回一棵夹竹桃。当时认为名贵，还为它造了一只很高的花架，上有一个可卸可安的方尖顶盖。前院中央置了个大紫藤架，至今留下一张族叔带着我们坐在花架下的照片。听妹妹说，后来紫藤大串大串地开，但那时我已在贵阳上学了。后园栽了十株山茶花，是毛铁桥伯伯的车队从云南拉来送父亲的，当时视为异卉。几十年后，父亲与毛伯伯成了儿女亲家。后墙石山前砌了大花台栽牡丹，正面嵌志斋吴先生手书《适园记》刻石。一九五一年前后，父亲从北方参观回来,同意留在省城工作,山茶和牡丹没人管了,后来被借住者移走。那年,叔祖母三太把几个大花台都种上南瓜,其甜赛蜜,人人称奇,三太很得意。父亲听了大笑道,我种牡丹山茶的肥土,栽南瓜不甜才是怪事! 还有两盆不知名的"怪花",据说是洋种。花形与叶片全同,只是色如胭脂,三瓣合成宫灯形。无以名之,就叫它"叶变花"。其实就是三角梅,现在极常见。

父亲侍弄花草,都是自己动手。有一年请来个四川花匠,把墙角一大株冬青,扎成一只传统造型的大狮子,我看了很兴奋。花匠住了大半年,没多少事可做,回乡去了。大狮子无人修剪,毛发蓬松,体态臃肿,渐渐不成模样,父亲就把它彻底解放了。

有一次,我忽然起意要开辟一个我自己的小园子。我选了最偏僻的一个墙转角,动手挖土,刨出来一个像小萝卜的块根,就作为自己第一件作品,埋回土里,浇了水,每天放学就来观察动静。不几天,果然出芽了,一天一个样,很快长出两片团团的嫩绿叶子,很是肥厚。我带母亲来看,母亲说,好像是玉簪花。我觉得这花名很好,暗暗得意。但没有等到它开花,我就把这块园中之园忘了,放学在家还是只顾看小说。

去年回乡,友人带着进入原先的父亲园子,一别五十余年,还见到两件旧物:一是吴先生书丹的长条石刻;一是石鱼缸上父亲的手泽。此外的石花台、假山石等等,依稀仍是旧时模样。园里原来还有一只很少见的"瘿石鱼缸",外形是一座钟乳石山,峰峦俱备;中空成缸,贮水养金鱼。并且中有石壁,凿成洞门,把水隔成一大一小两个相通的池子,鱼们就在两池之间游来游去。九妹周岁前,又白又胖,父亲一下班就抱着在花园里转悠。一次举着她看金鱼,她一挣扎,掉进池子里,赶紧一把捞起来。独缺此缸,想是也被识货的权势者共了产。也不见多少花树了。唯独前院,父亲手植的一株紫荆,已长成大树,开花季节,灿如云霞。我去的前一年最为繁盛,成坨成团,数逾千百,还上了当地报纸。

儿时心目中,似乎父亲属于园子,母亲属于屋子。父亲回家爱在几个园子里转,母亲成天总在几间屋子里转。"男主外女主内"的不成文法,在我家不言而喻。

母亲吴宝书,婚前住大梨树,与外婆绣花为生。我小时候听一些亲友叫她"婵姐""婵孃",觉得奇怪,后来知道是她上学前的小名。外公与外婆不睦,长年住在灵谷的观音山寺庙里。大舅吴炳黔做小生意,成家另过。但他去世早,我只见到舅妈。母亲结婚后就主持家务,生儿育女,直至八十岁去世,没有离开过灶台针线篓。小学文化,能看万年历、《玉匣记》(一种家庭百科全书,内容很杂,包括择吉日、占出行、详梦、《增广贤文》、《百家姓》、《诸葛神课》等等,非常有趣,我很喜欢翻看。砖头一样厚重。母亲托人从广州买回的。)我还记得夏天午后,在蚊帐里听母亲捧着唱本吟诵《安安送米》《芦花记》的情景。她时不时到园子里看京戏,这就是我和两个姐姐的节日。《游五殿·斩判官》《天雨花》《石头人招亲》《再生缘》之类连台本戏,看过一次,永远记得。迁居省城后,常看唱腔明快易懂的评剧,最喜欢《葛麻》中那个正直风趣的丑角。我们兄弟姊妹人人爱看戏,可能有母亲的影响。

母亲是地道的安顺人脾性：是非好恶决不含糊，重情理轻利害，最鄙夷的是势利、趋炎附势（民间说法是“捧红踏黑”）。还有，反感甜言蜜语（俗谓“听得皮都垮一层”，与肉麻同义）。不喜欢嘴巴太甜的人（谓曰“蜂糖嘴，算盘心”）。亲友中通过她得到家父帮助升学、谋职，从而改变了家庭命运的，总有十多人。其实并不是真正的亲族，是民间所谓的“街坊亲”、“挂角亲”（或作“瓜葛亲”，即七弯八绕盘出来的戚谊）。抗战后期，她抚养大姐老师的孤婴、收留两位难民女学生。以后再不提起这些事，说是“修阴功，阴倒（土话，即不声张）才有功，挂在嘴上就无功”。晚年在楼上供观世音，像祖母一样捧着佛经吟诵。祖母的经书在“文革”中全军覆没，母亲的经书是请沈兴祥表舅手抄的。

母亲生长在小城街巷，语言非常生动，常令我拍案称绝，可惜没想到及时笔录下来，大都忘了。妹妹们常托出差大城市的同事买服装，买来不合心又找人转让，母亲评曰：“磕头买来作揖卖！”某种物品，一人先买到，这个见了也要买，那个见了也要买，成群结队，进进出出，母亲说：“一个疯和尚，一庙和尚疯。”文友李起超为小说拟题词，仿《安娜·卡列尼娜》著名的第一句话，大意是：人的出生都是一样的，死活却千差万别。我说，我母亲用六个字就说全了：“一种生，百种死。”他听了大为佩服。

母亲比父亲小十岁。一九八九年谢世，享年比父亲多六岁。有一年，用杂色碎布做了一大摞百衲体的椅垫，分给每家儿女做“意念”。

全家迁到省城后，住宅狭小，母亲一天几间屋忙，就地日行数十里。院子也小，父亲还是在两侧筑了石台，栽上两株夹竹桃。当街门面是一家餐馆，灰很大。夹竹桃周身裹着灰尘，还是每年灼灼地开。有一年用两只大瓷缸种牵牛花，摆在当门两侧的石墩上，用线引上楼栏杆，居然繁茂得超乎想象。餐馆女工们一早来上班，就从后窗看这些玫瑰紫的大牵牛花，大声数朵数。有几天超过了一百朵。母亲过世后，正值城市改造，不两年这幢老宅就拆迁了。现在那里是一幢银行大厦。大妹斫了一枝夹竹桃栽到她的屋顶花圃，居然也每年灼灼地开，可算父亲园子唯一的后代。母亲的屋子，已踪影全无。

※　※

附记：到改定此文之时（二〇一〇年十月），不算早逝的两个姐姐，就连再栽夹竹桃的大妹明怀、“磕头买来作揖卖”诸妹中的明缘、明讃，都先我而去了。

妇道人家

我祖父去世早，当时他们三弟兄还未分家，他在外经商。他一病故，那两房立即变脸，欺辱孤儿寡母。祖母还很年轻，带着我父亲与瑞华姑母，日子十分艰难。父亲曾回忆说，一小块盐巴吊在锅台上，煮好菜汤，拉下来涮几下，就是吃盐了。他已读了五年私塾，现在只好跟着三叔(我叫三太爷)去遵义当学徒。三太爷还随身拖着个小女儿，我的堂姑。走到贵州境内什么地方，实在走不动了，狠狠心，就近送给了一家农户家，从此不知下落。料不到一九六八年前后，一位早年从老家出来投靠我父亲的族人，这时在偷偷做点小生意，偶然在息烽县养龙司听说，有一位杨家媳妇姓戴，四川人，进而查访，竟然就是这位被途中送人的堂姑母。于是，兄妹俩重逢于数十年之后。分袂时的小女孩，此时已是儿孙满堂，还成了那一带有名的土医生，能治各种疑难怪症。这位杨大姑妈身高体胖，笑声爽朗，又乐观又风趣，全然一家之主气派。她是长大后从养父母家嫁到杨家呢，还是当初就算杨家童养媳，我很想弄明白，但不忍触动上辈人的伤口。杨姑爹枯瘦，白髯，瘪嘴，沉默少语，像一位深藏不露的高人。此后，他家四代数十人，一小半陆续分批来过我家，一来就热闹，晚上到处加床铺。这是“文革”中我父亲难得的一点破颜而笑的乐事。父亲病逝前几个月，姑母老两口最后一次来探视。杨姑爹说了一句话：“给他吃点糯食？”民间认为糯食补中气。后来年事已高，往来的只有下面两代了。我两个弟弟，都曾几次去养龙司看望过他们。大姑妈过世，他们也去行了礼。在省城工作的外孙女苏金碧，和我们也来往。

父亲从学徒、店员到“白领”，逐渐立住脚跟，就在生我的那年，把祖母、瑞华姑母和周氏母亲接到了安顺。

周氏母亲是父亲的发妻，婚后多年没有生育。祖父三弟兄，两个弟弟都无子息，我父亲的身份叫“一肩祧三房”，责任非常大。而且我祖父和二叔祖都享年不永。周氏母亲数年无动静，就成了三房人的大问题。所谓“不孝有三，无后为大”，门氏香烟重如泰山。于是就在安顺娶我生母吴宝书。这是母亲一生最大的伤口。父亲去世几年以后，有一天，母亲才向我揭秘这段几十年前的公案。当时请人说婚时，隐讳了已婚一节，直到拜堂以后，父亲在外面招待宾客，父亲的表兄杨立泉杨伯伯才到新房向母亲说明，母亲顿时不依。杨伯伯解释父亲“一肩祧三房”的苦衷，万不得已而为之。并转达父亲的保证：一、不分先后大小（专有名词叫“两头大”）；二、分开过日子，各自当家；三、绝不会有厚薄轻重之分；等等。当时婚礼已成，宾客在堂，母亲怕闹出大笑话，就哭着忍受了。这是母亲回顾此事的唯一一次。母亲不无余怨地说，受了父亲的骗。但父亲的承诺，也是践行始终的。周氏母亲后来生了三个妹妹，与我们始终亲密无间，如今都退休了，常有机会聚首。后来三太爷也得了一个儿子，比我还小一岁。三太爷去世后，父亲把他和他母亲接到安顺，和我们一起长大。

祖母一行到安顺后，先是赁屋而居，等东街住宅完工后，就迁住一起。祖母与周氏母亲住三进，楼上设佛堂；我们住四进；瑞华姑母和霍际虞姑父住二进。姑母与两位嫂嫂都处得很好。她原来生过子女，都未成活。后来又生了两位表妹，永宗和安宗，与我妹妹明怀、明缘相互大小一岁左右，自然结成须臾不离的玩伴。母亲说：大的两个（明怀和永宗）老实，小的两个（安宗和明缘）要“鬼”点，一不合心就挑起吵架。一吵，两个老表挽着手冲气走了，一转眼又玩在一起了。“小的两个”还经常潜入佛堂，轻轻打开大木柜，选取祖母的蜜饯盐菜之类，蹑步从敲木鱼念经的祖母身后走到阳台角落，踞地大吃。潜心诵佛的祖母绝对是浑然不觉的。

霍际虞姑父在安顺办了四件人生大事：两场丧礼，两场婚礼。一是霍亲太的丧礼，一是霍九孃的婚礼，一是瑞华姑母的丧事，一是他自己的第二次婚礼。霍亲太是他母亲，霍九孃是他妹妹，瑞华姑母是他妻子，第二次婚礼的新娘叫黄开明，我们叫她“二孃”。

我经历亲人去世，最早是外祖母。外祖母也是带着一子一女生活。丈夫是健在的，却因厌弃家庭，跑到观音山庙里寄寓，跟和尚们一起过，最后索性正式出家了。儿子（我的舅舅）婚后单过，做小生意，小日子过得还滋润；母亲和外婆则靠绣花为生。外婆对两个姐姐和我百般疼爱，每天上午过来，与母亲一起料理家务，晚上才回去。

大舅下世很早，舅妈无子女，也只有我母亲这个依靠，和外婆住大十字仁康药房后院。外婆大约去世在一九四〇年前后，出殡时因无承重孙，由我这个外孙代行其责。我还清楚地记得穿着麻冠重孝，捧着神主牌，坐在小轿里经过大十字，被人围观的情景。外婆过世后，舅妈来帮助母亲料理家务，早来晚回，把一条叫“小花”的看家狗也带了过来，与另一条叫“老黑”的后来者一起睡在四进楼梯下的小暗间里。父亲对外婆很好，体面的丧事也由他一手操办，尽到了半子之劳。后来外公在观音山去世，母亲带我去监工安葬，墓碑也同外婆的一样，用我的名字立祀。外公在世时，母亲带我去观音山见过他，但一点印象没有了，只记得感觉陌生，不能与外婆联想到一起。还记得兴致勃勃地带了风筝去放，谁知林密风小，放不起来。

外婆的灵堂，我早去晚回，印象不深。霍亲太灵堂设在自家过厅里，感觉就大不一样了。每天出进几次，经过黑漆棺木旁边，如当时灵堂无人，就目不斜视，屏息疾步而过。我第一次体验到生与死之咫尺万里、人天永隔的神秘关系，心里恐惧敬畏。如有守灵、吊唁的在场，这种神秘感就远遁了。（多年以后，一位长辈过世，她是伊斯兰教徒，在不张灯点烛的漆黑房间里接受吊唁，我虽已过中年，又一次承受到生与死一纸之隔的神秘性）。霍亲太的丧事办了七天，三进、四进石院里摆开席面，二进小院支起大灶办饭菜，开流水席，我家从未有过这种熙熙攘攘的世俗氛围，使我很觉兴奋。

霍九孃长得像她哥哥，长脸长人中，深眼窝，长鼻子。她结婚采用新式婚礼，要穿婚纱戴花冠，又选定我两个表妹和两个妹妹当“牵纱小嫔相”。四个小女娃兴奋不已，每天到二进观光新房布置和新娘备装的过程。而这个过程是庄严而缓慢的，四女中最大的明怀忍无可忍，质问曰："孃孃！九孃到底是明天还是‘瓦天’结婚哟？”“后天”与“哪天”被她混为一个“瓦天”。终于等到了婚礼。我至今印象还很清晰。新式婚礼不仅是西装婚纱，更有新郎发表演说。新姑父姓杨，职业好像是个银行小职员，有某些四川人身上常见的夸夸其谈。他在长篇演说中说，他与瑶仙的婚姻是自由婚姻，而不是买卖婚姻云云，这话引起了女方亲友（几乎百分之百）的不满，事后议论道，既不是买卖婚姻，说它干啥，太失体统！姑父为妹妹准备的陪嫁十分丰厚，杨姑爷不知是不是因此才如此立论以避嫌。婚后不久，九孃就跟着新夫婿到重庆去了。不幸这位杨姑爷真不怎么样，很快就出事故丢了工作，从此靠妻子做幼儿园教师的微薄薪水养活几十年，还一派家长作风，所谓“油瓶倒了也不伸手”的角色。

霍亲太丧事办过，霍际虞姑父动身护送灵柩回四川老家，去了很长一段时间，这边瑞华姑母的肺病愈见严重了。

最近表妹家“出土”一张老照片，是我见到的仅有的一张姑母像，脸貌五官酷似我父亲。穿着丝绒旗袍，很有气度。姑母给我的印象，一是眼睛很近视，二是身体很坏，经常在生病。她和两个嫂嫂都很亲密，常来四进与母亲闲坐。冬夜两人围在火箱边，膝上共搭很大一块毛线方巾。这块方巾是用纯毛毛线手织而成，若干个小方块横竖搭配，荷叶边，红色。是一件精美的手工艺品。姑母也有一条，一模一样。这是她俩在福音医院分娩，与护士黄彩贞结成好友，为她俩织的。那时候毛线很稀罕,质量也极好,越用越亮,丝毫不起毛球。这位护士后来与母亲几十年来往不断。她是老姑娘,年纪比母亲小不了几岁,但我们叫她彩贞姐。晚年由唯一的侄儿接到遵义去了。

有一晚,母亲和姑母坐在床沿上闲话,我靠着桌子做手工作业:在白纸上用铅笔勾出几何图形,然后用刻刀把图案范围划开许多窄缝,再用切成细条的彩色蜡光纸穿过缝隙,编出图案。就是十字绣,原理毫不复杂。我平素很喜欢手工课的,这次却怎么也不开窍,翻来覆去做不成。母亲几次催我去睡觉,我越急越糊涂。姑母过来,凑近眼睛看了看,说道,去睡吧,我帮你做。我又喜又疑,反复问她是不是真会做,明早上学就要交的。姑母笑着保证,误不了。我早已渴睡,半信半疑睡了。次晨起得格外早,到姑母楼上房间,见帐子垂着,床边桌上已放着那份作业。我拿了轻轻下楼,放心上学。老师看了精细的作业,问道:你个人做的吗?我迟疑了一下,说是孃孃教我做的,老师也就不说话。

姑母的病日渐沉重,姑父千方百计找药方。病是肺结核,在当时与现在癌症差不多。记得有一次从省城买回一枝灵芝,很大,紫红色,像漆过一样发亮。那时我已看了一肚子神话小说,对灵芝草久仰久仰,以为神话中才有的东西。现在亲眼得见,将信将疑,几次潜入客厅,拿在手里仔细观察,对它怀着极大的期望,又不敢太相信它真能起死回生。记得还有一次遵医嘱要用童便入药,从街上叫了个胖嘟嘟的小叫花子,对着脸盆撒了一泡尿。当然这些办法都治不了病,姑母愈来愈衰弱了。

姑母生了两个女儿后，再未生育，健康也不允许再生育。霍氏“香烟”又成了问题。于是姑父护灵回安顺，从四川带来一位年轻女子，母亲让我们叫她“二孃”。高挑个子，长眉大眼，一头浓发，很漂亮。安宗表妹回忆，她进家就到病床前问候姑母，把安宗抱在怀里，说是一定待好两姊妹。姑母也颔首微笑。随即到四进见我父母，略作寒暄。这件大事，当然是与祖母和我父亲仔细商量才定下来的，不会横生枝节。

于是姑父又办了第三次大事。这场喜宴，规模不大，只在当街店堂的二楼大厅，摆了几桌席。一盏煤气灯照得到处雪亮。这种节日氛围总会使我兴奋，沿着大楼梯上了下，下了上。忽然发现二进小楼的粉墙，在煤气灯照射下成了一块雪青的银幕，楼栏和过往人等把剪影映在上面，纤毫毕现。我就跪在阑椅上向着银幕打手影，狗头、兔头、鹰展翅等等，统统放大了若干倍，却又轮廓清晰。正玩得有趣，无意间眼睛一扫，看见姑母的小屋。电灯昏黄，白帐子垂下一半，一半挂在帐钩上，隐约露出姑母枕着的脸。我猛地一惊：这是垂危的姑母，在听在看姑父的婚礼呀！我蹬蹬蹬蹬下楼，跑回四进，找母亲去了。六十多年事，至今情景如昨。

瑞华姑母的葬礼办得很简朴。随后，姑父迁居贵阳，带走了与我们一起长大的两个表妹。二孃生了一个表弟，长得像妈，很气派。不久，姑父的生意失败，从铜像台搬到中华南路新业公司临街的三楼。这是我父亲的房产。公司有三进房屋，几个房间里高高码着装胡椒、白糖的大麻袋。后来我休学补习，准备投考贵阳清华中学，与上贵阳女中的大姐明端也住在这里。新中国成立后,公司已结束数年,这里就成了我们在贵阳的家。父亲疼惜姑母留下的两个表妹,经常接回安顺来住。安宗回忆,姐妹俩在贵阳与安顺之间不断转学,后来兴填表,学历一栏最是复杂。以后,二孃也患上肺结核,家境每况愈下,儿子才五岁左右,她就走了,去世前几个月,完全失声。后来姑父也是肺病致命。三人同病,估计是相互传染。但他活到一九六一年,永宗参加工作数年,又从外县调省城,接他到贵阳电厂居住才去世,享年六十六岁。一次我与母亲闲话,说起民间谓"人中"长寿元长,大姑爹人中那样长,也没活到七十岁,母亲说:一个人拼(读如聘)了两个人,还不长?

祖母年轻时,尝尽孤儿寡母"独脚落地"的辛酸,对儿子给她安排的后半生心满意足,一心茹素礼佛,不问他事。几乎称得上小城佛教界的中心人物,一年到头,来往僧尼,如织如流,没有到过我家佛堂的几无一人。一九五二年起,我家陆续转移贵阳,祖母来后不久就因腿病卧床,成天靠坐床头,仍是乐呵呵的,常逗引孙辈去她跟前玩耍,有一次还叫我拉二胡给她听。那时已运动不断,民营企业劳资关系紧张,父亲日子非常艰难。每日阴沉着脸进家,再换成微笑,坐在祖母床前,说些轻松的闲话。一九五五年祖母去世,万幸没有看到父亲被错划右派。

我的舅母,母亲的寡嫂,后来依养女过日子。女婿是随解放军进城的财会人员,在印刷厂工作,对岳母很不错。我与这位比我年长的表妹夫见过几面,记得一次饭间他说,他年轻时一顿能吃"三个一":

一斤酒、一斤肉、一斤米的饭。后来夫妻俩离了婚，他仍然奉养岳母。可惜这位好人几年后竟走在了岳母的前头。那位领养表妹叫小顺妹，学名吴建芬，长得很漂亮。舅母第一次带来看母亲，叫了声姑妈，那声音极粗。她们走后，母亲说：这娃娃二天命不好。声音粗的女子命不好。她离婚，是好上了一个不务正业的小伙子。后来我与母亲在安顺大街头偶然遇见，她又用极粗的嗓音叫一声姑妈。母亲告诉我，她在环管站扫大街。幸好舅妈与走失多年的养子竟也恢复了联系，儿媳很贤惠，把她接到轿子山煤矿赡养。舅母的养子叫吴建钊，我叫他大哥，性子倔，与养母不和睦。当时在我父亲的企业里当店员，每天晚上来看我们温书做作业，永远闷蔫蔫的，不声不响。偶尔和我说几句话，粗声粗气的，听得出喜欢看书。忽然一天失踪了，估计是当兵去了。从此音信杳无。母子重逢的情况，我不知道。“文革”后期，有一次去安顺，听说舅母住到儿子媳妇那里去了，正生病，就借了一辆单车去探望。轿子山地广人稀，居然让我找到了。她一个人躺在床上，看见我非常高兴，只是说不出话，好像是“小中风”之类的病，脸还是红红的。后来没见过面的嫂子回来了，说了刻许钟，就告辞蹬车回城，没见着表兄。去年得知一位朋友的女儿在轿子山煤矿行政工作，托她打听吴大哥，她认真查访了几次，都无下落。可能他出走后改了姓名。那位表嫂是当地农村人，难得这样贤惠识大体。舅母过世于何时，也不清楚了。

上面提到的众多女性，周氏母亲和霍九孃得享期颐大寿。九孃在重庆一个工厂托儿所退休，辛劳一辈子，把有福气的杨姑爷送走。

我曾请安宗打电话请她回忆几件大事的年份,她说:“记不得了。我现在像个小娃娃一样,啥都记不得了。”周氏母亲是真有福气,一直住在安顺老宅里,年近百岁,头脑远比我们清明。哪个子侄孙辈去看她,能一口说出哪家是男是女,该上什么年级,等等,一清二楚。去年七月半,贵阳去了一大帮,热闹了一通。临别照相,让她笑一笑,她应声说:“照完相你们就要走了,我笑不出来。”她一生性情平和,乐天知命,二妹明莉几十年在身边侍奉,无微不至;大妹明新退休后也回到老宅,承欢膝下。两位老太太都以百岁高寿谢世。而我们这一辈,除了早逝的两个姐姐,连“两大两小”的四个表姐妹,现在也只剩安宗一人了。

我家两位“街坊亲”范围的女子,一陈姓,一范姓,都出身贫民家庭,而志气高远。经过艰苦奋斗,学有专长,成为有一定社会地位的“职业女性”。后来都因“三青团骨干”身份,一个在肃反运动中处决,一个先当右派,“文革”中剃阴阳头扫大街。其实那不过是穷家孩子谋求助学费必需付出的代价。

旧时称妇女为“妇道人家”。男人说:“妇道人家,晓得什么!”语气十分轻蔑。她们自己也说:“我一个妇道人家……”流露万分无奈。“夫纲”社会,生为妇道人家,必扛上百倍的艰难和辛酸。

缙绅们

缙绅当然是旧时一个重要的社会层,是一个城镇的脸面或门神。但这群人离小孩远。他们无暇俯视小孩,小孩也不要仰视这些缎子长袍团花马褂的老爷爷。只觉着他们的雪白胡子(如果有的话)和小帽顶上那颗珠子(质地、颜色各别)还有趣。这种天性恐怕不分时代。多少年后,一位父执来舍间,银髯飘飘,仙风道骨。小女那时三四岁,叫了"四公公"后,倚在膝前双手抚玩他的长须,老人也怡然自得。忽然小女道:"四公公,把你的胡子梳成辫子嘛!"我奉茶进来,老人告诉这话,笑得不停拭眼泪。缙绅现在没有了。约略相近的,大约是"老同志"。

我幼时见到的绅士,名气最大的是任可澄(字志清)。小时候常听吴晓耕先生说这个名字,吴先生是我顶佩服的学者诗人书法家,任先生更是他的老师,这还了得!我在家里和别家也看到他写的字,落款是"瓠斋"。吴先生的字也学他。前辈老先生说,贵州两大书法家,姚茫父软笔写硬字,运笔是"戳";任可澄硬笔写软字,运笔是"扫"。

任先生做到很大的官,光绪二十九年(公元一九〇三)中举,次年授内阁中书。不久回家办学。在辛亥革命中,是贵州两大政党之一“宪政党”的领袖人物,任贵州枢密院副院长,民国初年任过黔东观察使,又被约法会议授职为云南巡按使。后参与云南倒袁(世凯)运动。军阀政权时期担任过贵州临时省长,河南省省长(未就),云贵监察区监察使等职,走马灯似的。真正的事业,是主持纂修《贵州通志》,并执笔撰写了其中的《前事志》,学术水平很高。他留下数十本日记,从他的平生经历可以想见,这套日记有极大的文献价值。但在“文革”初期,保存这个日记数十年的门生,出于恐惧,不是上交档案部门,而是偷偷一火焚了。学术界说起此事,无不扼腕痛惜。现在仅存的是一部《瓠斋诗集》,已作为《金筑丛书》出版。

一九四六年,石城老教育家周伯超先生去世,任先生亲来石城为他的得意门生“点主”。人死了,木制神主牌就是他的替身,享受子孙奉祀。牌上用黑墨写某某某之“神主”,主字缺首点,由德高望重的人用红笔点上。这就叫“点主”。点主的人身份越高,年纪越大,丧家越有脸面。周伯超是敝乡第一代新教育家,是我的校长、老师们的老师,我要叫他师太爷。女校长胡坚率全校师生去吊唁,还唱着悼歌:“风雨兮凄凄,哲人逝兮悲不已。兴学兮育才,扶桑归来兮植桃李。留得遗范兮在人寰,斗远山高兮复何语!”石城名教师张时俊作词,兽医学校音乐家梁南波谱曲。

我就是在“点主”仪式上见到任先生的。胖大、很短的白头发,唇须花白。黑缎子大马褂。标准的清末民初大官形象。点主仪式很繁复。唱礼生说的都是文言:“一叩首——兴——”“二叩首——兴——”。兴就是起来。点主人拈起一支新毛笔,蘸一点朱砂膏,在“王”字上点一下,随即把笔往外一甩。这支笔,是许多人觊觎的宝贝,说是给孩子用了可以增聪明。事前有人提醒我去抢,有人保证帮我获得。最后不知是谁得到了,害我愚钝一生。周家事毕,任先生未作很久逗留。我父亲曾在家里宴请过他,吴先生作陪。但记不起有关细节了。多年后,友人任岷去世,他是任先生的幼子。我去吊唁,见到他姐姐,说起曾见过志清先生,她说以我的年龄,怎么可能。我说了原委,她才明白,并且就是她陪着去的石城。就在从石城回省城的路上,任先生突发腹泻,那时已到郊区三桥附近,回到城里,竟然不治,享年仅六十八岁。那时的人显老,我还以为他八九十岁了。

吴晓耕是任先生的另一位石城高足。一个可亲可爱的小老头。他终身执教,是石城三名师(国文科)之一,但比另两位多参与社会活动,是小城有名的缙绅。他是我父亲的挚友,我小时候最喜欢他,留下许多回忆,这里先按下不表。

另一位我喜欢的父执是韩云波先生。他幼年孤贫,到重庆一家皮革厂当学徒。技师是日本人,待遇很高,很傲慢。他事事留心,偷师学艺,两年就把全套技术了然于胸,辞职出来自营皮革,不久又回安顺办皮革厂,侍奉老母。他耿介正直,秉公好义,见识超群,被推举为临时参议会议长。胞弟文源、堂弟文焕,都是国民党高级将领,在解放大军逼近西南时,专程来接兄长出海。当哥哥的说:老母在堂,不可远游。你尽忠,我尽孝罢。当时蒋介石给韩文焕的电文有“国共不两立，须抵抗到底，必要时炸毁桥梁、电厂，实行焦土政策”的话，云波先生对堂弟说：你们军人打仗，打得赢就打，打不赢就走，不要结子孙仇。韩文焕深以为然，谷正伦也是这种态度，贵州遂得保全。这事是韩文焕幼子毅武亲聆于乃父，亲手写下来的文字。我是在云波先生墓侧，从毅武手中接过来读到的。云波先生极富幽默感，说话风趣警策。每次一听说韩大舅爹来了，我和姐姐妹妹都要拥到客厅门边听他说话。他瘦而高，八字胡，长袍马褂，缎子小帽上缀一颗红红的玛瑙珠子。他是我们小学的董事，每次联欢大会他都欣然出席。有一回在熙熙攘攘的礼堂里，四面墙上挂着谜语纸条，我才读三年级，对猜谜无兴趣，在那里坐着。忽见韩先生远远向我招手。我挤过去，他附耳道：你去撕下那条谜语，拿到桌子边说，猜的是“影响”两个字。我糊里糊涂照办了，领了一份什么奖（大约铅笔本子之类罢），送去给他，他说：你猜到的，归你。我又糊里糊涂拿着奖品回去坐着。很久才想明白了这条谜语，谜面是唐诗“明月松间照，清泉石上流”，打一词，可不就是“影响”。最高班办了墙报，请云波先生起名和题词，他写在一小片纸上，贴在刊头：“钻刊　仰之弥高，钻之弥深。”刊名两字写的大篆。我看了很喜欢，恨不能挖下来收着。

后来，到了国民党已撤退，解放军尚未到达，被称为“真空时期”的阶段，韩老、吴晓耕、董叔明、魏伯卿、幸成章，还有家父，成立了一个“临时治安委员会”，争取到警察局长戴泽坤和十来条枪械的支持，保护城池，直到解放军入城。韩老在庆祝解放大会上，以生动的实例，宣讲解放军是仁义之师，反响极好。我听过韩老的几次演讲，鲜明犀利,非常有鼓动性。不久他受到国民党残匪的诬陷,审查了很久才弄明白,不久就病逝了。石城孕育一种可爱的山民,又正直又通达,又随和又倔强。黄齐生先生是杰出代表,韩云波先生是稍后的出色人物。

县参议长董叔明也算父执,但来往不多,我只见过一次,印象是比较内向。那是在华严洞一间敞亮的楼厅里,吃饭时他说前几天赴回民朋友的饭约,牛油菜肴边吃边凝结,主人又把最珍贵的牛肥肉献给他,令他几乎当场呕吐。安顺人不吃牛肉的占多数,说牛辛苦,对人有恩。家母就终生不吃、不做牛肉。回族难民开设清真馆,才开了吃牛肉的风气。

更老一辈的缙绅有黄尧丞老先生。他是前清拔贡,文章诗词书法都出名(但我都没有见过)。经历与任志清相似,在京城做过大官。家住在同知巷与蒋衙街的拐角处,花顶大黑门,很深的石院,看进去很气派。我上学放学经过,只要大门没关,总要探头看一眼。碰上老先生正出门或正回来,就非常敬畏。那时他总有七十岁左右了。他也是我们的校董。有一次集会,不知为什么办得很隆重,校董们几乎都到了。在中央院子里坐着,先是董事长帅灿章先生读"总理遗嘱",两百来字,喃喃念了大约十分钟。帅二伯伯从未经过这种场合,很有点紧张。接着请黄老先生讲话,他声音不大,越讲越小声,讲的大约是孔孟之道必定战胜小日本蛮夷之众的真理罢,讲了大约有半个多小时。太阳火辣,老先生认真肃穆,一丝不苟;同学们大汗长流,虔诚地听着听不懂的演讲。我无意中一侧脸,看见坐在回廊上的秦元明老师向我做了个莫名所以的手势,我下意识地回了一个莫名所以的表情。立刻就过来两位高班女生,把我架到回廊上,秦老师连声说:“今天老火!今天老火!这么多同学中暑了!”我一看,周围果然坐着几个同学,有的脸色苍白,有的像我一样并无其事。黄老先生也主持修志,成《续修安顺府志》。据资料,他还有《贵州苗彝丛考》《黑水三危考》等著述。

“一门三中委”谷氏昆仲(正伦、正纲、正鼎)的父亲谷兰皋,通城的“谷三太爷”,他当属石城最显赫的缙绅,却是十分的低调。三弟兄都在外面当大官,家乡老百姓多半知其人未见其面。一九四九年初,谷老太爷去世,举办空前的盛大丧事。省里的厅局长们都来吊唁送葬。石城无有像样的宾馆饭店,就分散借宿于一些人家,我家也接待了三位或是四位,住了一宿,次日起了个黑早,就送葬上山去了。事毕,谷氏三弟兄要返回省城了,临行前向帮过忙的亲友道谢,冷不防就来到我家。当时我正在店堂里玩,记得铺板都还未开。店员们忽然忙乱起来,说是我父亲到县银行上班去了,他们商量一下,写了张致谢的便条留下,然后走了。随行人员有五六个。谷正伦留花白八字胡,戴铜盆帽,拄根大手杖,完全是电影中民国将领的形象。一位瘦小,穿黄咔叽中山服,我猜是谷正鼎。那执笔的就该是谷正纲了,相貌没看清楚。他们走后,店员们还一副被镇住的神情。前不久,一位父执告诉我,那一次我父亲也宴请了来谷府吊唁的人,他随着张廷休赴会。谷氏三兄弟到场致谢后就离开了。身份不同,不便与下僚同席。而且热孝在身,不能参加宴饮。

谷三太爷虽为小城缙绅之首，一贯深居简出，除内亲至戚之间，别的场合绝不露面。菜市摊贩们却与他极熟，因为他亲自主持家政，亲自挽着竹篮到新桥上买菜。而且篮子里放一杆秤，公平买卖，不占别人便宜，也不让别人占便宜。几十年间，天天如此，石城尽人皆知。他身边的小儿子谷纪书，终生没有出门做事，代替几位在外当大官的弟兄，看守门庭，奉养双亲。一般应酬场合，都由他出面。我随母亲吃席，见过他多次，很少说话，循规蹈矩。他理所当然是县参议员，详情不知。我只听说他“有嗜好”，即吸鸦片，但这一点全城都知道。

很多年以后，我才知道当时安顺还有一位学问很大的缙绅杨覃生。我听母亲说起过这名字，却不知道该问详细。他继任可澄任《贵州通志》总纂，有《三不惑斋诗文集》传世。

生意人

各行各业都有“忌口”，就是不受听的词语得换个说法。商界自不例外。首先，“商业”就不说，说“做生意”。大约商与伤同音，不好；与丧字同音更不好。“商店”叫“铺子”。大商店叫“字号”。学经商叫“学生意”“学徒弟”。商人叫“生意人”。大商人叫“做大生意的”。总之不把这个字挂嘴上。一旦说了呢，也就说了，谁也不去联想，去追究，去要求说了的人挂红驱灾。中国人都通达善解，何况石城人。连“事业”，也讲成“事发”，虽无讳可避，求个吉利总不坏事。

石城首屈一指的巨商是帅二爷，城谚说“谷兰皋的儿子，帅灿章的银子”。帅二爷经常咬着一支象牙烟嘴，烟嘴里的香烟不是什么名牌。甚至不是什么非名牌。烟盒是白纸，没有牌号。这烟是他公司所属的南明烟厂为他特制的。矮瘦个子。脑袋有点偏，人说这正是福相。拙言少语，讷讷不能畅，人说这又正是福性。常年着深色长衫，从不外加马褂。有一手绝技是双手同时打算盘，左手打、右手复。每年年终结算公司总收支时露一手，上下职员们都聚在外面，欣赏那一阵又一阵疾风骤雨的算盘声,欢喜赞叹,胜过大珠小珠落玉盘。

帅先生控股并任董事长兼总经理的泰丰字号很大。安顺总号之外,上海、香港、广州、汉口、成都、重庆、泸州、梧州、昆明等地都有分号,主要经营棉纱、布匹、绸缎。一些地方还有各种名称的子公司,经营猪鬃、木材、桐油、盐巴等土产。又在上海、汉口的银行、钱庄、地产等十多家企业有股份。抗战中,特别是太平洋战争爆发后,泰丰业务受到重创,随即又在抗战后遭遇恶性通货膨胀的打击。一九四九年初,旧历腊月岁尾那几天,各地分庄经理陆续来总号集中,络绎不绝。引得东大街的店伙们遥遥注目,一一指认,称为“各路诸侯大聚会”。谁想这是最后的晚餐,诸侯聚会是为了结算解散。到了八月间,帅二爷举家迁居香港。他占有的一半股份,已先汇到久在香港坐庄的儿子帅伯春处。前几年,有位乡亲去香港回来,说是港人谈到帅二太爷带去的资金,“在当时够买一条街”。但其子不善经营,十来年间就蚀光了。

我管帅先生叫二伯伯。与他的接触很少,记得的只有这么几次:一回是随父亲和他去看黄果树大瀑布,同行有帅伯春二哥和帅大嫂秦元珍。都是头一次看黄果树瀑布,印象深的是到镇上下车,水沫就扑面而来,即所谓“银雨洒金街”,也算一景。现在不知怎么没有了。途中还先游了镇宁火牛洞(现在叫犀牛洞),用汽车废轮胎照明,一片影影绰绰。带路的当地山民,为我们敲了石钟石鼓。又指着泥地说那是深潭,踏上去越陷越深,直至没顶。我们都小心避开。后来帅二哥好奇,捡了块石头扔上去,不沉,再拎块更大的扔上去,还是不沉。

他笑骂山民吹牛，山民辩解说，老辈人这样说，哪个敢跳上去试？

一回是随父亲与帅二伯玩华严洞，还有我顶佩服的吴晓耕先生。帅二伯总是偏着头，咬着象牙烟嘴听吴先生讲，自己很少说话。

一回是学校集会，帅二伯作为董事长莅临，并要站在旗台上念总理遗嘱。他非常内向，不习惯这种场合，不肯上台，只在前面站着。几百字的文件，结结巴巴念了十多分钟，校长急得淌汗。商界推选他当县商会会长，他也坚拒。有人说他“内秀”。有人不同意，说这是“大福气”的异秉。又有人不同意，说这叫“无才运有财运”。他是焦点人物，自然议论纷集。

有一次，他大徒弟同他闹矛盾，闹大了，把他的深蓝色福特车扣了个把月。后经调解，和解了，但已不能如初，另立门户去了。这辆轿车我随父亲坐过几次，司机叫“长云”，好像姓周，两广人，非常老实的中年人，没听他说过一句话。有一年蒋介石来贵州，这辆车被借用。石城传说长云为蒋开车去花溪，吓得路都走错了。其实蒋介石怎么会坐这辆车，不过是借去坐厅长局长们罢了。当时老百姓不称“小轿车”，叫“小官车”。省政府总共也没几辆，有急事就要向民间借用。

帅二伯家与我家正对门。他家门面叫益生昌，夏天午后当西晒，挂出大白布帘子，印有蓝色的招牌字，每个字有撮斗那么大。我家门面叫同德，是改装的洋式门面，不挂帘子。帅家我只去过一次。有一年正月间，帅二伯独生女琼姐在家里“请扫扫（饭帚）神”，邀我姐姐去看，我跟着两个姐姐去的。地道的石城民居，一层木屋一座石院，又一层木屋又一座石院。不大,十分整洁。特异之处是窗格上装着教堂式的彩绘玻璃。琼姐高大健硕,像西方人的体魄,宽胖的大白脸,像她母亲(帅二哥也这相貌),以脾气大著称。传闻新婚之夜一脚把夫婿踹下床去。后来也跟着帅二伯去了香港。

帅先生到香港后,不习惯,渐渐长年卧病。有一次想吃蕨菜。带信回来,给他买了捡了洗了,用红丝线扎起来捎去。那时空运不便,送到时恐怕不会好吃了罢。一九六〇年过世,享年八十一岁,这叫九九归一。

帅先生学徒出身,却很敬重读书人。绰号"寿博士"的寿彭先生,是他家常客,非正式的家庭医生。每年春节、端午、中秋,都要让店员送去一点小礼品,粽子月饼之类,盒子里面却放着相当不少的"敬仪"。

与我家紧邻的魏伯卿先生,属帅二爷同辈的生意人。魏伯伯气局稍小些,守旧一些,但很殷实。这辈人的使命是际遇新旧之交,生意得跟着时代风尚渐变。魏伯伯给两个儿子买了小西装,穿着去吃喜酒,但脚上还是家制的青布鞋。这似乎可视为一个具体而微的小象征。后来我与其中的一位魏运贤一起到省城上中学,成为最亲密的朋友,整天同出同进,一起拉二胡,被同学们称为"二贤"。后来参军出去,在哈尔滨退休。能奏多种中西乐器。

贺少恒先生在大十字开"现代实业社",卖各种稀奇古怪的东西,非常吸引小孩。我家建宅前就住现代实业社后院,有一天晚上,我已经要睡了,忽然陈知生医生隔着院子与母亲说话,问陈大嫂在不在我家。我闻声跑出去，刚好跌在母亲随手放在堂屋中央的开水壶上，把左腿从膝盖以上到大腿根烫坏了。母亲剪开裤脚，我看见腿上有层纸样的东西，用手一提，整块皮肤随手而起。当时陈先生就赶回家取来药箱，作了处理。从此陈先生每隔两三天来换一次药，揭一次纱布出一次血，来不及愈合。母亲觉得不是办法，把她和我一起藏到楼上去，假说带下乡去了。改用贺伯伯店里的日本兜安氏药膏，外面不再裹棉花纱布，以使透气，才渐渐好了。左大腿上，至今还有瘢迹。贺伯伯店里还有花花绿绿的日本玩具，造型呆板、制作粗糙的铁皮小鸡、黄雀、青蛙，捲足发条就蹦蹦跳。还有小手风琴、梅干精等等。我每天出出进进都觉五光十色，眼花缭乱。后来抵制日货，贺伯伯就把店收了，参加泰丰字号。他耳背，背后都叫他“贺老聋”。有一年，他租住的帅晋爷家洋楼被雷击，暂借我祖母的佛堂住过一段时间。我听见他叫孩子来吃糖都像在吼人。出了名的性急如火、正直热肠。他和我父亲都以奉母至孝著称小城。后来他到省城坐庄，我和大姐明端去读书，住在一起。一次他偶然发现大姐看过的一张电影说明书，叫《南岛相思曲》，大发雷霆，说年轻人怎么能看这种东西，当面建议我父亲下禁令。我和姐姐都是电影迷，觉得大难临头了。幸亏很得父亲器重的职员谷哥出了条妙计，选了一部刘琼主演的《舐犊情深》，买了票一起请了去看。父亲本来比较通达，看了觉得电影也有可取之处，没有真下禁看令。贺伯伯后来继我父亲任安顺工商联主任，“文革”跳水自杀。以他那种宁砍脑壳不割耳朵的刚烈性格，这是顺理成章的归宿。

开京果铺(糕点店)的孙启延孙伯伯,也是商会负责人,很风趣,富有幽默感。我和他不熟,与他两位公子同校。他的店在东街大十字,我上下学,必定经过。夏天他店里有一样东洋玩意:小盒子里一块会旋转的板,洒上点白糖,上足发条,它就慢慢旋转,把逐糖而来的苍蝇翻到下面,站不住,掉到底层舱里。底舱有薄纱,看得见贪吃上当的苍蝇们掉在水里乱挣扎。我过路必要看上一阵,觉得大快人心。孙伯伯后来做到副县长、省政协委员等等,一九九三年去世,活到八十八岁。

宗教徒

府志说石城民众多信奉佛教，城乡寺庙众多，且多置有产业，设有住持，以资奉祀。早晚鸣钟打鼓，为民祈福；佛菩萨的生日，城乡民众就具香帛前往敬祀。并说石城的佛寺多数属于禅宗五派中的临济宗。此外，石城还有道观、清真寺、天主堂和福音堂，各自的教徒也不少。我祖母是小城佛教界的头号大施主。

祖母青年居孀，全靠对佛的信仰作为精神支柱，终生诵经持斋。她一字不识，却能背诵好多部佛典。后来父亲把祖母接到石城，为她建了一间佛堂。我去佛堂里玩，看见祖母戴着老花镜，敲着木鱼诵经，并且能及时翻页，真是怪事。妹妹和表妹也喜欢去佛堂，是去翻坛倒罐偷泡菜和蜜饯吃。我去是看种种摆设，祖母不在就敲一下引磬。引磬是一个长柄小铜钵，在佛乐演奏时，它响一下，众乐齐作，所以叫“引”磬。那音色清越空灵，引人神飞形上，美不可言。新中国成立后祖母住到省城，诵经不敲木鱼，引磬更无用处了，我就拿到学校民乐队里用，不知几时弄丢了。可惜之至！我母亲和外婆也一生信佛,吃观音斋(逢二、六、九日吃素)。外公更是在观音山庙去世的。我和姐姐妹妹们小时候都“皈过依”,是真正的“小居士”。直至我的儿子和女儿,也喜欢读佛学知识,跑到庙里去与大和尚对话。

我的皈依师父法号心和,是比丘尼。不知为什么,石城人认为叫“尼姑”不受听,不尊重。背地一律称“和尚”,又把男僧称为“大众”,女僧称为“二众”。佛教把出家佛徒分为“五众”:比丘、比丘尼、式叉摩耶(学法女)、沙弥、沙弥尼。如再加上在家的佛徒优婆塞、优婆夷,则称“七众”。当面则一律称“某某师”。心和师是镇宁寿佛寺的住持。与我外婆同辈,母亲叫她“二舅”,大约是亲戚。姐妹们叫她“二公”,唯独我叫她“师父”。每次来石城,给我的红包总比给姐妹们的多些。眉眼长得很清秀,神态非常慈祥。从母亲偶尔说的话猜测,她可能是为家庭不和而出的家。当时的女子出家,十有八九是这个原因。我与母亲去过镇宁寿佛寺,有一次是过年,大殿神龛脚有许多废烟花筒,我捡了一个带回家改制水枪,失败了。引线孔太大,不能够把水喷成一股。寺里还有个十六七岁的男孩,说是二公的侄子,跟着她在寺里过活。多年后我忽然醒悟,那可能就是她在俗时的儿子。“土改”运动,她作为庙主,当地主斗争,衣食无着,不久过世。我背诵的第一首诗就是她教的:“莫道群生物命微,一般骨肉一般皮。劝君莫打枝头鸟,子在巢中望母归。”我一直不觉得这算什么诗。直至看到丰子恺先生的《护生画集》,才知作者是白居易。

出进祖母佛堂的和尚居士,终年川流不息。当然以尼姑信女为绝大多数。她们不但来得勤,有的还要住上三天五天,十天半月,甚至一年半载。佛堂后面的小屋是祖母住,床边一架木梯通上屋顶阁楼,低矮,但面积很宽,尼姑们就住在阁楼上。一次我放学回家,经过三进的石院时,看见有个尼姑坐在佛堂阳台角落晒太阳,我就经巷道回四进我屋子去了。不一会,二姐也放学回来,说那个尼姑是在太阳下捉衣服上的虱子,捉到一个,就往下面一扔。佛子戒杀生,所以这么处治。我这才明白她为什么选紧靠院墙的角落坐。

有一位元慧师,在阁楼住的时间特别多,经常到后面找我母亲说话。她也是家庭不和才出家的,不识字,也没有说过一句有佛学味的话,出家只是换个地方待着。脸苍白而浮肿,一副苦相。婆婆妈妈的,完全不像出家人。五十年代,我家迁居省城后,她还不时来看望我母亲。有一段时间参加手工缝纫组之类。她说,历史上有污点,别人瞧不起。我问她有什么污点,她说就是出过家。我告诉她,出家不是污点,千万别为这个自卑。元慧师后来的情况不知。

女佛徒们来来往往,给祖母带来热闹和乐趣,父亲对她们很和蔼。我们小孩,与她们毫无关系,但如果三五成群的和尚来了,我和姐姐妹妹们就高兴了,因为那就意味着要在佛堂里“拜忏”了。拜忏是僧侣为信众礼佛忏诵,消灾去孽的一种仪式。和尚们都在灰僧衣外面披上袈裟,手持各种磬钹鼓锣木鱼,簇拥着讲经坛后面的大和尚。大和尚披金丝大红袈裟,戴毗卢帽,同戏里唐僧一个样。我们混在大人、亲友、居士们中间,听大和尚用洪亮的声音说些什么,然后引磬一响,大磬、铙钹、木鱼、鼓和长声吆吆的礼佛声参差不齐地交响起来。唱一阵停下,大和尚又讲。讲一阵又唱。如是反复几次,终于开始了我们一直盼着的“绕佛”。就是由大和尚带头，和尚们跟在后面，居士们跟着和尚，我们跟着大人，手里捧着香，在佛堂里转圈子，边走边唱佛号。我们当然不会唱，只是喜笑颜开地鱼贯而行。每巡大概转三圈罢，我们大不满足，为什么不一直转下去。人多场地小，转圈中难免出点小意外，你撞了我，她崴了脚，我们就更加快活。

有一位与众不同的老师太，在我家住过很久。年纪很大，身材肥硕，浮白大脸，气色像是有病。我们叫她“妙师父”，不知法号叫妙什么。父亲叫她“华大师爷”，因她俗家姓华，胞弟为工商界巨子华问渠先生，与其父华之鸿是贵州现代化的先行者，其功极伟。但晚境和结局很凄凉。抗战前全国八大书局之一的文通书局就是他办的。妙师父夫家姓唐，也是省城望族，民谚有曰：“唐家的顶子，华家的银子，高家的房子。”唐华联姻，珠联璧合，然而她却出了家。她有个胞弟也是出家的。省城有名的大觉精舍就是用她姐弟二人应得的产业所建。妙师父生养在这种家庭，虽已为方外之人，仍处处流露出颐指气使的痕迹。有一次在饭桌上，父亲笑着说：华大师爷出了家，还是千金小姐脾气，提高嗓子把隔着几间屋的人叫来，给她倒杯茶，其实茶杯茶瓶就在她手边。她通医理，祖母有点感冒滞食什么的，她就望闻问切一番，拟个方子。我时常偷偷观察她，心怀敬畏，觉得是《蜀山剑侠传》中的神尼瑛姆、半边老尼一类人物。特别是她戴着黑色大风帽的时候。妙师傅在祖母处住了多久，几时离去，几时过世，我因出外上学，都不清楚了。

在我见过的和尚中，真有出世高僧气度的，只有一位昌明法师。

魁梧挺拔，广额深目，络腮胡须，皮肤油黑，眼光炯炯。活活一幅一苇渡江、九年面壁的达摩祖师像。他是省城华问渠先生介绍给我父亲的，与父亲非常投契。他在我家佛堂内用木柜隔出的一角住下，是在我家住过的唯一和尚。傍晚时分，常见他背负双手，沿着花台巡游于几个院子之间，口里轻唱着什么。来后不久，就在我家开坛讲经，令我兴奋了几天。佛堂里和阳台上都坐满了人，小城一些有学问的绅士都来了。我听不懂，只参观了一下"开幕式"就退席了。他的下江口音柔和，容貌却像燕蓟汉子。不久，他威猛的仪表、飘洒的风度和温蔼的神态融合在一起，形成一种迷人的魅力，令石城原来的大和尚们黯然失色，受到善男信女的虔诚礼拜，当面背后只称"法师"，不提法号。后来，石城佛教界为他修缮清凉洞庙宇完工，就把他送去了。在清凉洞驻锡后，仍时常进城，留宿我家。他是我小堂叔和几个妹妹的皈依师傅，妹妹明讃还是他取的名，用梅红帖写了取名的含义，后面是四句偈语。可惜没保存下来。他对我们十分慈祥。有一晚，他把我带到佛堂里，郑重地取出一只旧怀表，对我说：这是先生（他称我父亲先生，父亲称他法师）送给我的，用了几年了。现在我买了一只新的，这只就送给你。我喜出望外，谢了一声，跑到黑沉沉的花园里，欣赏表面上绿莹莹的夜光字和指针。谁知几分钟后，就听妹妹来报，小堂叔吃醋了，缠着师父撒娇，法师就把那只新的给了他。我义愤填膺地回到佛堂，把表还给法师，逼得小堂叔也只好还回去那只新表。

送昌明法师去清凉洞那天早晨，一个山民牵着两匹马来我家，系在四进石院里。母亲和舅母照料他装捆杂物。母亲嘱咐他一路上特别注意瓷器,山民说:“我晓得,这是点‘小娘货’,小气得很,碰不得的。”“小娘货”一词引得舅母和母亲大笑。大约是以娇贵小气的太太为喻詈。六十来年前的事,还清晰得如在目前。随同昌明法师去清凉洞的,还有一副任可澄(志清)先生写的四字对联:“华严楼阁,福地洞天”,每个字尺余见方。原先挂在祖母的佛龛两侧。这副阔而短的对联,不知如今还在不在世间。

有一次昌明法师从清凉洞进城,到我家已是掌灯时分,家里人正在吃饭。他进屋就说饿了饿了,三太(小堂叔的母亲)赶紧起身去为他做素菜。他坐下来,一边说饿了饿了,一边拿起汤勺连喝了几口汤。那汤是豆芽肉片汤,在座者大惊劝阻,他坦然道,不打紧。这事是小堂叔告诉我的,我几时想起来都觉神往,觉得这是一个大和尚特有的洒脱和妩媚。新中国成立前夕,昌明法师与敏觉师在西门等汽车去省城,被国民党特务双双枪杀。小城佛教界哭声动地,不惧时忌,隆重送葬。还传说他死时两掌摊开,火化后骨灰雪白,有舍利子;敏觉师则双掌紧握,骨灰微黄,无舍利子,可见两位道行深浅不同,云云。敏觉是昌明来石城之前的首席和尚,与我家也熟,相貌气质都要平庸一些。

昌明法师的来历,有些老安顺人说,他原是军官,忏悔杀戮,放下屠刀。有人进而判断,这种人半路出家,并无多少佛学。过去我以为说者必有根据,前几年阅新修《安顺市志》,才知道此说纯属想当然。事实是:他生于一九〇〇年(与我父亲同龄),俗名孙书香。法名还有超寂、念一。原籍江苏涟水。毕业于政法大学。二十八岁习佛学医学，三十岁在南京宝华山受戒。三年后又到金山毗卢寺依瑞生法师学习天台教义。一九三七年入贵阳，在大觉精舍参拜天台宗高僧天虚法师。一九四一年应邀到安顺，在我家和佛教会（东岳庙）讲经，次年任清凉洞和华严洞二寺住持。他在清凉洞办“五众学院”，传授佛学，还办了儿童识字班，招收贫苦子弟入学。又为山民治病，供养孤苦老人。施药赠衣。有一年冬季购毡帽百顶，送给沿途田夫牧童御寒。正是这些举动，被国民党八十九军特务目为“有共党嫌疑”，下毒手杀害。新中国成立初期镇压反革命分子，我还读到处决凶手的罪状，内称他“杀害进步和尚昌明”。

几年后，我一次偶然哼唱苏东坡的《卜算子》词，小堂叔在旁惊问这支歌，说昌明法师在我们家园子里闲步哼唱的，总是这支歌。其词曰：“缺月挂疏桐，漏断人初静。时见幽人独往来，缥缈孤鸿影。惊起却回头，有恨无人省。拣尽寒枝不肯栖，寂寞沙洲冷。”

道教、伊斯兰教和天主教，我接触少，没有具体的记忆。基督教，除了与福音医院打过交道，有一位亲切的长者，陈知生先生。

陈先生是石城最早的西医。他作为小号兵参加过蔡锷讨袁之役。在军阀队伍中学军医。后来在澳大利亚李德文办的福音医院给李当助手，还到北京协和医院学习病理化验。后来李德文回国，陈先生就自己开设了安顺第一家西药店，就叫“新医药房”。是药房兼诊所，应诊医师就是陈先生自己。店址就是我父亲同德商号辟出的一隅。他儿子小恩与我同龄，我每天到药店里去玩。

陈先生比我父亲还长两岁，但因为与水洞街戴家的关系，成了与我一辈。我们叫他夫人为陈大嫂;他二老跟着孩子叫我父母为大公、大太太(第一个“太”字读“台”音,即祖母),叫我小叔叔。但我从来只叫他陈先生,不好意思叫陈大哥。他的店窄而深,后间立了屏风作门诊室。他长子光裕时常守药店,积攒了几十个“六神丸”的小瓶子,排在玻璃柜上举行阅兵式。我恰好放学看见,果然像一队黑制服兵,个个矮而胖,神气活现。令我非常羡慕。我与小恩玩耍,玩到他家开饭还不想走,就一起吃,决不谦让。他们坐在饭桌前要祷告,闭眼低头,陈先生开始说:“感谢主赐给我们食物”之类的话,说完,大家齐声“阿门”,才举筷子。我自然是睁眼作壁上观。小恩却也不合眼低头,而是对我扮鬼脸。可能我在场他有点不好意思。后来陈先生在五眼井修建了新宅子,就把诊所和药房都搬那儿去了,患者自会上门去就诊。我仍经常随母亲去玩。每次一经过石院,快要上石阶时,陈家小八弟就会从左屋冲出来,大叫一声“大太太小叔叔!”立刻又冲回屋去。我独自去找小恩玩,八弟冲出来喊:“大太太小叔叔!”母亲独自去,他也冲出来喊:“大太太小叔叔!”已成了条件反射。

陈家弥漫着一股祥和虔诚的气氛。每间屋子都挂着彩印的《圣经》故事图画,窗明几净,一家人轻言细语,长慈幼和。有真信仰的家庭,确乎与一般世俗家庭不同。陈先生的谦和温蔼,我没见过第二人。一次,我放学走到巷口,正碰上陈先生去学校找我。他蹲下来说:“小叔叔,我刚去贵阳回来,买了些小礼物送人,你挑一个。”摊开的手掌里是五六把小刀,各式各样的。我幼时最喜欢小刀,喜出望外,觉得每一把都有它的好处,眼看花了,随便拾起一件。陈先生说,好！笑着立起身，作别走去。那时的成年人，很少主动想着给小孩送礼物的。

新中国成立初，统战部门组织宗教界学习新社会种种知识，佛教人数最多，但昌明法师已去世，缺乏领袖人物；而基督教和其他宗教人数少，就全部合并成一个学习组，由陈先生主持。他的人品气度，立刻受到佛教徒们的拥戴。我假期回乡，听那些尼姑居士们说起“先生”（陈先生），那欢喜赞叹的神态，无异于一年前说起“法师”（昌明法师）。

陈先生夫妇都享高寿，但晚年都有些“人老颠冬”，实即患了老年痴呆症。老夫人先得此病，而且严重。某年我随母亲去石城，到五眼井陈宅探望，二老危坐在小屋里，相对无言，也不大能认识人了。忽然间，陈先生说起有关我的一件事，不知道早已过去几年了。这之前两三年，陈先生还健康的时候，到省城看望我父亲，又让我陪着他去箭道街寻访一位几十年不见面的老朋友。在那附近问了不少中年以上的居民，提起欧二公，尽都茫然。我估计不可能找得到了，却在最后一次努力之下找到了。那老人住临河一间窄小木板屋。两位老人真是“问姓惊初见，称名忆旧容”，四手相执，连声互慰。主人把欢喜郑重的心情，放在了沏茶上。那天很热，走得渴了，见老人把两只玻璃杯涮了又涮，正中下怀。不料他涮了几遍，却扯下绳子上的洗脸毛巾，把杯子内内外外擦拭几遍，然后才沏茶。泡了一会，另取一只没涮过的杯子，把这两杯茶折来折去，以求茶味均匀。我忍住干渴，辜负了主人那珍重的心意。至于陈先生，我想他是一辈子喝白开水的。

几年前回石城,朋友们带着去清泰庵,住持老师太和她的大徒弟都是我家的常客,拉着我的手连声说:太像先生!太像先生!最近听说,老师太早已圆寂,连她的徒弟也年老卧病了。

手艺人

我从小喜爱甚至羡慕有一项专业手艺的四作八行工匠。

我家有好些干针线活的亲友。我很愿意看到她们到家里来,她们来了,天天老样子的家就有了乐趣。我喜欢看四行八作手艺人的熟练操作。但她们靠十个指头过日子,是没闲工夫串门的,非得有活路请她们来做。一般是准备换季衣裳时,她们就忽然光临了。我家人口多,又多是天天在长高长大的小孩,往往一做就是四五天。平日搭在厨房后面小院里洗衣裳的白木门板,事先已洗净晾干,这时就放在了书房里我们姐弟做功课的小书桌上,铺上毡子和蜡染床单。伯娘们抱着蓝布包袱来了,取出大剪刀(一只柄正常地弯上去,另一只却反常地斜拖下去,像一条断腿。我怎么也用不了这种剪刀)、竹尺、灰线包,相对而坐。于是,针线活和闲聊天就同时启动了。我放学回来,看到这场景,走出走进,十分快活。来的一般是三位,你唱我和,很是热闹。要是两位,就冷清了许多,偶尔是一位(做一两样赶急的衣裳),那就索然无味了。

但有一位独来独往的剪花姑外婆，我很愿意看到她来，她却是难得来一次。她不做针线活，专门剪刺绣花样，所以得到这个专门称谓，以区别于别的姑外婆，如陈姑外婆、张姑外婆。我还有“炮台街大舅妈”和“玄坛街大舅妈”等等。

剪花姑外婆也姓张，矮小，袖珍型，极清秀。蓝布衫黑布裤旧得发白，洁净得亮堂堂的。扎紧的裤脚下面一双青缎子绣花的小脚鞋。母亲说，这双三寸金莲在当时闻名全城。右手拄拐棍，左胁夹着青布包袱。她总是独自坐在母亲房里，喝几口茶，与母亲寒暄几句，就戴上花镜，开始干活。包袱里是一本蓝布面的流水账簿，一页页夹着花样，翻开让母亲挑选。选定几种，从账簿里取出薄得透明的纱人白纸，折成几叠，把花样放在面上，用针钱粗粗钉住。这就开始剪了，用的是大柄小刃的剪刀，专门剪花样的，就叫小花剪。原先我以为姑外婆剪花是即席创作，及见是按着模子剪，不免失望。看多了，见她一叠七八份，曲线不起棱，刀口不现毛，还是值得佩服。我在一边傻看，她从不同我说话，只是屏息敛气剪她的花样。也不跟别人一起吃饭，都是母亲用盘子端进去，她独自吃。午后，母亲还要为她做一样点心。黄昏时分她就走了，母亲要一直送到街门口，总之是礼敬有加。想来，剪花姑外婆可能是独身、吃长素、有洁癖，年轻时必定是个美人。虽身为寒素，却是气质高洁。

做针线的伯娘们就世俗多了。不紧不慢地干活，不紧不慢地聊天，时间也被她们拖得懒洋洋的。聊的不外乎油盐酱醋的价格和质量，银圆和铜圆的兑换比例，谁家的姑娘“放”给了谁家，哪个做的媒等等。再就是婆媳斗智斗气、后娘虐待孤儿，这是旧时妇女界的永恒话题。比如某家后娘请客，小女孩难得吃一次油荤，吃相不好，受客人嘲笑。后娘觉得丢面子，买了三斤肥肉，炖了一大锅，硬逼着小姑娘吃，吃到呕吐都不罢休。小姑娘终于狂泻而死。再有就是"志异"类。某凶手被冤魂附身自供罪行；某家被小神菩萨（类似《聊斋志异》中的狐仙）砸锅瓢碗盏；某家新婚之夜雷雨交加，新人进洞房时床上盘着大蛇；某人结婚照片上，赫然出现一个孕妇影子，据此可知此人谋杀了前妻；等等。都是事出有因、想象夸大的传闻。比如这张照片我真见过，确实有个大肚子女人的黑影在右侧。但一想就明白：宾客中有一位怀孕妇女，不便参加合影，躲到镜头之外，不想强烈的照明灯光把影子印在白墙上，被摄进了照片中。如此而已。

种种话题，多是反复谈说，趣味性越来越稀薄。伯娘们发现我在一旁听，或是蹲在姐姐的小书柜前找书看，就会叫我给她们读"善书"。什么《安安送米》《芦花记》《白蛇传》之类，都是听母亲读熟了的。《再生缘》比较复杂有趣些，有比武打仗、女扮男装等情节。但我不好意思，也不会像母亲那样摇曳有调地吟诵，这种书以韵文为主，是必须这样唱读的。不一会，我不想读了，她们听得也不来劲，就各自谈论书中情节去了。这些书，妇女们都是耳熟能详的。有时候，她们用什么"讨媳妇"之类来打趣我，我就拂袖而去了。有一次晚饭前，母亲做客去了，我忽发奇想，要为几位伯娘做一道炒腰花。我在厨娘小冬姐把场之下掌勺，不敢及时起锅，老在油锅里拌，上桌一尝，奇老无比。但伯娘们说，老虽老些，味道是好的。安顺吃晚饭，一般已是掌灯时分。我也希望这些婆婆妈妈的客人多待一会。前几年,与一位世交乡兄闲谈,他说他母亲就是给人家做针线活的。他是孤儿,母亲出门了,他独自在家。天近黄昏,就站在小桥头盼望母亲,往往等至暮色苍茫,仅辨人影。好容易看见一只“粑粑灯笼”黄黄地自远而近,高兴得心口怦怦跳。走近了,却不是,沮丧得掉泪,又继续等候第二只灯笼出现。因此他痛恨有些雇主为了多干些活路,故意把晚饭拖得很晚,骂他们“为富不仁”。我听了很震惊,很抱愧,虽然我母亲常请的那几位伯娘年纪都比较大,家中没有幼小的儿女,我家也没有故意推迟晚饭。

我母亲请的针线伯娘是固定的三位。其中有一位是“常务”,请三位时有她,请两位时有她,只请一位也是她。婆家姓柏,母亲叫她“柏幺婶”,我们叫她“幺伯娘”,后来母亲也跟着我们这样叫。矮胖,菩萨脸,下唇撇出来。干这一行,时常用食指往唇上抹一下,再去搓棉线。幺伯娘的下嘴唇,不知是抹多了抹撇出来的,还是天生这样以便于她捻棉线。另一位是李婶婶,近视眼,飞针走线凑近鼻尖,话少。第三位不记得了。

幺伯娘与我母亲是老街坊。后来先父造宅,添置了花园后面的一片空地。末端有七八间小平房,作曲尺形排列。母亲提供三家亲友分住。一家是沈表舅,一家是做新式裁缝的薛大哥,再一家就是柏幺婶。我因此认识了幺伯娘一家。她老伴幺伯伯是木匠,儿子柏大哥是皮匠,二女儿做全家的饭食,小三妹也会自己做花鞋了(幺伯娘评之为“粗针大麻线,拉拢作数”。)这是一个完完全全的手艺人家,一家人都靠十个指头为生。还有个柏大姐，早已出阁，我只见过一两次。我爱看手艺人操作，就常去“后门幺伯娘家”。幺伯伯是个酒徒，不论什么时候见到他，永远是脸颊酡红，酒气三尺开外。他的木工活，小孩都看得出粗糙笨拙，而且很少见他接活，门洞边那堆木料，总是不增不减。回想起来，幺伯伯的醉翁之意，在于老伴子女十指之间也。我得了陈知生先生送的牛角柄小刀，想请这位老木匠把它磨得无比锋利。很普通的一把小刀，他拿在手里却大加称赞，说是不能用粗磨石先“开口”，那样会退了钢火，只能用细石慢慢磨。我听了很兴奋，似乎就要拥有一把宝刀，就像《水浒传》上写的，吹毛削铁。幺伯伯酒气熏天地磨了一两分钟，把刀递给我，说是这得分许多次慢慢磨，才出钢火。我没再麻烦他慢慢磨，这柄小刀也就终为凡品。

柏大哥做皮鞋要有趣得多。他总是坐在后间的矮凳上，身边堆满了各种工具和材料，一股新硝牛皮的气味，不难闻。木匠干活，锯子拉半天，推刨推半天，斧头砍半天，很枯燥。皮匠不同，锥子锥个眼，立刻换两根猪鬃针相对而绱；绱上几针，套进楦头敲打；立刻又换皮刀修削毛边……灵活多变，毫不沉闷。而且柏大哥一边做一边唱，长声吆吆地唱。都是地道的山歌调，郎呀妹呀。唱够了就从牙缝里嘘一种“气声口哨”。还是山歌调，大约歌词在心里跟着走。有两次碰见他和师兄弟一道，大约是干急活。一边做一边聊天，话题严肃，甚至涉及打日本、修中缅公路等等，其见解连我都觉得幼稚。谈着谈着，忽然又曳着女嗓唱起山歌来。他总是旁若无人，对我这个小孩眼空无物。柏大哥长方脸，络腮胡，虽是只见他坐着，也显着有身材。

门洞的板壁上，对着幺伯伯的木料，是他写的毛笔字：花园虽好，缺少奇花。字迹粗壮，歪歪倒倒。我猜想这是在评价我父亲的花园，颇有点悻悻然，因为园子里有牡丹，有山茶花，有据说来自德国的“叶变花”（三角梅，当时少见）。但我一点不生柏大哥的气。他总是那么生气勃勃，使我产生好感。幺伯娘在与伙伴做针线活时，常用笑骂的语气夸儿子。原来柏大哥不久前还十分顽劣，游手好闲，懒惰无比。忽然之间脱胎换骨，变了一个人。不仅学会了皮匠，干活不停手，对父母妹妹也轻言细语了，甚至看书写字起来。一个“浪子回头金不换”的活例。

顶好看的手艺还得数捏面人、浇糖画和纸扎（扎龙灯、扎风筝、扎人人马马）等项。不过都是玩耍物，实用手艺最好看的是手摇织袜机。一个由钢针排成的圆筒，针眼在针尖附近，穿上棉线。一摇动，针们亮闪闪地七上八下、此起彼伏，把袜子一截一截织出来，令我觉得无比神秘和美妙。可惜有织袜机的那家亲戚，母亲不是经常走动。幺伯娘家近，又不织袜子。至今看见音乐喷泉，起伏波动，还会想起织袜机。

母亲从省城购置了一架“胜家”牌缝纫机，派不上大用场，主要还是靠伯娘们的手工活。有一次，西医陈先生介绍了一个男师傅来踩缝纫机，五十来岁了，姓何，耳朵背得厉害。他见我总在看小说，问我读没读过禄尔洛斯侦探案。我说，是不是福尔摩斯？他说：不是。另外一个。禄尔洛斯。我向陈先生家小恩打听，小恩说：就是福尔摩斯，他记不清楚，胡说八道。再后来，临近解放了，有人介绍来了一位薛大哥。薛大哥名辛悟，长得很英俊，宽额深目，挺鼻阔口，配上一脸络腮胡，帅极了。又是个大孩子脾气，与我们捉迷藏，追起人来风快，从后院刮到前院，吓得妹妹们尖声大叫。踩缝纫机也风快，哒哒哒狂风骤雨。有一次他做西装裤，见我看得入迷，要让我来踩长缝。我不敢，他说直走就是，简单得很。我大着胆一试，越走越斜，害他拆掉重来，还留下一串针眼。但我最艳羡他的，是画得一笔好铅笔画。他为我画了从云南回贵州途中的险峻公路景致，还把在昆明画的翠湖写生等等一齐送给了我。见到我在省城买的美制维纳斯铅笔，大加称赏，我要送他，他坚拒，我强他收下。他要成家，母亲让他住后门小屋，与沈表舅、柏幺婶做邻居。妻子是农村女子，连生两个女儿，一叫抗美，一叫援朝。两三年后我去看他，已成为纯粹的缝纫社职工，把那支没有削开的铅笔也还给了我，说是一个裁缝画什么画。我很痛惜，多年后写了篇《裁缝师傅和维纳斯铅笔》，他读到后很高兴，写了封信给我，说已退休，要按我的希望恢复画画。信上称我为"弟师"，自称"兄生"。后来果然托人带了两张铅笔画来，却是连线条也画不成了，毛茸茸的一团一团烘涂。还带了两枚旧印石来，一枚赠我，一枚为他刻姓名印。我刻了也是托便人带去，没有机会再见面。从来信才知道他是报名参加青年军的学生，跟着戴安澜将军进缅甸打过仗。抗战胜利不久，开始打内战，他反对中国人打中国人，就当了逃兵，回到贵州。我恍然大悟，难怪他初来我家的时候，总有点神神秘秘，后来又如此韬光养晦。

先母出嫁后专心理家，不再绣花了，但始终没有忘情于当姑娘时的生计。所以多次请剪花姑外婆来剪花样,也一直保藏着一本夹了许多花样和各色丝线的蓝布面账簿。她还收藏着十来件绣品,有被面、枕套、背扇、鞋面等等。每逢开箱子找东西,就便取出来看一阵,告诉我们哪一件是外婆绣的,哪一件是她绣的,哪件是柳嫂绣的,哪件又是谁绣的。其中有一件"鼓花绣",是精品。那花朵、叶片、金鱼的头尾鳞片,都是立体的,像是一种丝线浮雕。鼓花就是凸出来的花。这种绣法用的丝线,是把普通丝线一破为四,比头发还细,绣出来比软缎还光滑,弧形凸面是用棉花填出来的,周围封一道极细的边。我九妹的乳母原是苏绣工,故与家母特别投契。妹妹断奶后,仍留她在家里。我们叫她柳嫂,人极善良,眼睛近视。不久日本宣布投降,柳嫂要回乡了。母亲和柳嫂躲在楼上绣了十来天的花,不准我们上去打扰。一次我趁她们下楼吃饭,去看稀奇,见两只高脚绣花架,上面绷着未完工的绣品。柳嫂走时,与母亲相对而泣。母亲晚年,把所有的刺绣品分给了儿女作意念。

有一次回乡,在为薛大哥和我当联络员的李淑敏(她与薛大哥是同院的邻居)家,我要她带路去看薛大哥。她说,她下班回来,看见薛大哥就在巷外菜市上站着。我立刻明白,进巷时看到人丛中那个有点惹眼的人就是他了。见我吃惊,淑敏说:薛伯伯早就不是老师笔下的形象了。确实,巷口的那个他,眼睛嘴巴歪扭,肩头向一边偏,衣着也很邋遢。我想保留着记忆中那个漂亮的大孩子,不忍见今日的薛大哥了。于是只托女孩致意。

那位金不换的柏大哥,结局更不幸。他越来越向上之后,经朋友介绍加入哥老会。不久到省城进皮革,同行有一位地位高的袍哥几爷(远不是龙头大爷),柏大哥作为小老幺,对这位会中先进十分恭谨。那时没有正规的班车,去来都靠顺路货车搭载。从省城回石城时,他们一行三四人,坐在高高的货包上。经过一个山垭口,一阵风来,把几爷的礼帽吹走了。柏大哥出于同门忠义,不假思索就往车下一跳,想去拣帽子。他没有经验,不是面向前进方向,攀着后板向下跳,而是逆向猛跳,当场摔死在公路上。他母亲深夜得到消息(只说是受伤颇重),来找我母亲商量,不住地打着逆呃,后来成了痼疾,几十年中成天打逆呃。

最令我佩服和喜爱的手艺人,是姓方的风筝师傅。他住杀猪巷,我从后门出去,几分钟就到。他面貌很清秀,却天生鸡胸驼背,腿脚伸不直,蹲在大椅子上,大案子紧靠在面前,刀剪、纸张、颜料、糨糊等等,都堆在伸手可及的地方。竹篾之类则在身后,也方便取用。偶尔必须下来拿远处的东西,就很费劲。但手极巧,有文化,扎的风筝造型、配色、笔墨都和谐雅致,很有品位。我小时候不怎么好动,唯独放风筝是乐此不疲。自从发现了方家风筝后,就再不买别处的了。有一段时间,我经常泡在他屋里看他干活。他专心干,我专心看,从不交谈。决心要买了,才有简短的业务对话。我后买过十来只风筝,有老鹰、蝴蝶、鲇鱼、蜻蜓、鹞子等,都迴出别家出品之上。特别是一只墨蝴蝶,一只鹞形戏曲人物,堪称精品。鹞子上的张飞,作《芦花荡》里的渔夫装,蝴蝶脸上,两颊粉红,弯眉笑眼,妩媚之至。我心里敬畏这位高手,不好意思和他讨价还价,有一次二姊顺路陪我来买风筝,对此很教训了我几句。方师傅的作坊是这幢店房的左门面,右门面也住家,常见一位瘦小老太太在做家务。右侧石有块旧匾,直书“意在笔先”四字。据此猜测,可能他上辈是开苏裱店,店里有写对联、画寿屏的先生,所以他从小学到这套本领。后来读到沈从文先生的《菜园》里那家姓玉的旗人母子,无端联想起方师傅来,觉得他家可能也是旗人。

旧时常说一句话:“天干饿不死手艺人。”靠十指为生的手艺人,我所见都是清白自爱,值得尊敬。

郑家馆

石城当年的餐饮业，若依今日标准，实在是环境简陋、菜式单调、寒酸之态可掬。因当时无有公款吃喝一说；自掏腰包，自必力求实惠。

我小时候，此行中首屈一指的人物，是在南街大十字开饭馆的郑干臣。他行四，熟人叫他“郑四爷”。他与先父是四川老乡，很熟，我叫他“郑四伯伯”。《安顺晚报》发过介绍他的文章，从当学徒说起，但我认识他的时候，掌勺的已是他几个大徒弟了。他穿着深色大褂，布的或绸的，卷出洁白的袖口，咬着牙骨烟嘴，担任的是总提调一类职务。记忆中他瘦小精干，头发唇髭很黑，步伐急促，右手微微提起衣襟。

他开的馆子，有文章说叫“顺园”。但人们只说“郑家”、“郑四爷家”或“郑干臣家”。没有大门面，只在当街的北侧设店堂，酒席主要安在二进以内。我只跟着母亲在这里吃过一两次，记得与一般民居无异，楼上楼下的房间都空出来安席，隔着小院的正房住家。我也还依稀记得母亲在右手小屋里与郑四伯娘寒暄的情景。北侧的小门面里，似乎也卖过干面汤面大馄饨。

郑家馆另一项主要业务，是应邀到去顾主宅子办家宴酒席。我吃郑家菜，多半是母亲带着赴亲友家的饭约。记得有一次是西街张府老太爷做寿，客人要在张府盘桓一天，叫“早面午席”，中午吃面条，晚饭开席，是小城最隆重的礼仪。中午那一餐，各随口味，有汤面、干粉、馄饨，青花碗穿梭往来，宾客们你谦我让，热闹非常，比开饭麻烦得多，但好玩。早面与午席之间漫长而沉闷的几个钟头，我就去逛街，大人们有的分成群落说闲话，有的打牌，有的找地方小睡。另有一次，是在郑家，冬天，席面比较简单，下酒菜之后就上“一锅菜”。我觉得比家里做的“一锅菜”好吃，归途中向母亲一说，母亲道，办席的手艺做“一锅菜”，大材小用，当然好吃。

我父母也请郑家来家里办席。在我们小孩，这像是过年一样热闹而隆重。午后两点来钟，郑家小徒弟就挑着旱船型的大竹篼，后面跟着两三个人，浩浩荡荡开进来。在厨房里摆开场地，各司其职地干开了。灶口坐上极大的砂鼎罐熬高汤，这是首要的。蓝幽幽的火苗四蹿，菜刀在砧板上，忽快忽慢地响。案板上渐次排开红红绿绿待下锅的菜肴。大鼎罐大蒸笼也开始散发香味。我们进进出出在节日一般的氛围里。知道这些好吃的东西不是为我们准备的，并不能减少我们的兴致。五点来钟，郑四爷由掌勺大徒弟陪着来了，咬着他的象牙烟嘴，直奔厨房，视察准备情况，一切满意了，才去同我母亲见面寒暄。我们在院子里见到他来，已经叫过他“四伯伯”了。要是那天的客人他听了合心，就会有兴致亲手做一两个菜。客人陆续来到，我们跑到客厅后面去偷看各式各样的客人，不知什么时候郑四伯伯已经悄悄走了。他总会找个机会把我招到厨房去，塞给我一条炸鸡腿，或是一大块带肉的火腿骨头。现在小宝贝们不屑一顾的东西，那时算得特殊优待了。

但最可口的郑家菜，是清明时节在坟山上吃到的。一般自上家坟，只是在家里做好菜饭，用食盒拎着，供祭以后食用。大户人家食指繁多，或遇逢五逢十的年头，或有远处亲人回来祭扫等原因，就会邀约亲友，举办规模不等的扫墓野餐，由郑家承办。当时我家只在东关马槽龙井附近有外祖母一座坟茔，只是自己一家人祭扫；吃到郑家在野外办的席，都是跟母亲去赴约。这是我小时候最大的乐事。单说短裤赤足，蹬上专为清明上坟才穿的麻草鞋，就步步溢出清新的意趣。再戴上云帆大舅送我的小斗笠，扛着大风筝，提着绕满水麻线的黑漆篗子，整个儿像变了个新人。“篗”读“约”音，是“络丝的用具”。形状是两个小舵轮用六根竹棍串于两头，中间有根铁轴，一端有木柄，另一端用一枚小钱挡住。捏在手里，用食指一抡，就飞快旋转。过去只知其音，今日查《辞海》，果有其字。

走近那家坟山，远远就见一顶长方形的白布篷，嵌在翠绿的山野间，四周还镶着荷叶边，颇像大湖上漂一条游船。棚里铺着被单，席地坐着些女客男客。不远处的土坎上，挖了野灶，生柴毕毕剥剥响，青烟滚滚。灶边又是那眼熟的郑家大竹筐，高高地码着青花碗、素白瓷盘。古色古香的大鼎罐不会出现，上坟只能吃些时鲜小炒：新蚕豆、豌豆荚、莴笋、蕨苔、蒜薹之类,再就是腊肉血豆腐。都是洗净切好了带来的。走近布棚,女客们嘈杂地招呼寒暄。母亲参加进去,我走开去放风筝,叫吃饭才回来。杯盘碗筷高低倾斜摆在地上,一阵风来,菜里进了草叶,酒杯翻倒,都无人在意。野餐之乐不在菜肴,在于席地幕天、山风料峭的那份潇洒。

郑家的常备酒席规格,大致是三档,中档最常用,称“蹄筋头”;高档称“烧烤席”。以清炖蹄筋和烤乳猪为餐名,配以各种不同的肴品。低档是“盘盘菜”,顾名思义就是小炒为主。如顾主要求有更高的规格或更低的安排,就属常规之外的“面议”了。海味只有鱿鱼、海参、干贝和虾仁。海带是比较普通的。燕窝、鱼翅郑家也能做,但那是主家备料的罕有安排了。如此这般的普通宴饮,到了抗战胜利以后、解放战争期间,也难乎为继了。国统区恶性通货膨胀,百业萧条,餐饮业一蹶不振,吃的付不出,做的赔不起。新中国成立之初,宴请之风完全绝迹了。那时我在省城上学,寒假回家,母亲告诉我,郑四伯伯已不在了,郑家在南街和西街拐角处开面馆,即郑家原址的斜对面,汤面特好,叫我去尝尝。郑四伯娘坐柜收银,我过去招呼,说起来,她还记得我。那碗面真令人难忘。那汤清澈如水、鲜腴无比。香脆的鸡蛋面,铺着蹄筋、鸡片、火腿、冬笋片和香菇。此前此后,再没吃过这样水平的汤面。回家向母亲称绝,母亲说,大材小用,能够不好!那鸡汤不只是文火熬一夜熬出来的味道,而且是用生鸡血“紧”过,才能这样清,这样鲜。这次假期中,我又去吃过两回,从此就与郑家缘尽了。回想起来,以郑家为代表的小城烹调,材料、菜式、手法,都不炫新猎奇,讲求的只是用料精、功夫细,一丝不苟,遂臻于色香味三全。不似今日一些漂亮餐馆的酒席,花里胡哨,华而不实。

郑四爷去世情形,乡友程国经曾撰文记述:抗战胜利前夕,郑家失火,救火中一消防人员爬上墙头,无意中发现紧邻李春山院子里堆着许多大桶汽油,他吓得从墙头跌下,亏得被同伴用长竿顶住慢慢溜下地来。所幸郑家是楼上失火,加之当日无风,火势没有迅速蔓延。若是引起汽油爆炸,后果不堪设想。李家院中汽油,是中国远征军第五军协商密藏于此的军用物资。市民得知这个情况,无不后怕。恰好火灾后又相继死了郑家两个近邻:一是紧邻的洪兴楼、一是对门的杨云安。好事者就编了一首顺口溜:"火烧郑干臣,吓死安顺人;胆大李春山,吓死杨云安;云安刚抬头,又死洪兴楼。"

郑四爷有个疯女儿,行三。我母亲说到她,总是说:郑家的三姐可怜!有一段时间关在门面南侧小屋里,成天隔着窗栏杆看街。这是我上下学必经之地,总忍不住要看看她。开始她干干净净的,眼神也正常,头发很厚,笑嘻嘻的,穿得也整洁。不知情的人偶然看到,不会以为她有精神病。时间久了,渐渐看出不正常来。笑容消失了,眼神阴凄凄的,并开始蓬头垢面了。我每次经过,克制着不敢向那边看过去。她后来的命运是什么样,不忍想象。

程文说郑四爷的徒弟中,出了好几位名厨。这是顺理成章的事。贵阳大十字空中花园餐厅,曾聘请一位提倡"黔菜"、在广州享有盛名的黔中名厨来掌勺,姓滕,席前还宣讲黔菜特色在"香辣",有别于川菜"麻辣"的理论。老友周青明告诉我,他就是郑家的徒弟。后来空中花园一带改建广场,听说滕师也过世了。

独行厨

旧谚“贵阳人讲穿着，安顺人讲吃喝”，虽小家主妇，也能做一桌精洁的家常菜。且以家常菜水平衡量烹调技术高下：偶尔吃一顿酒席，觉得好吃不稀奇；家常菜顿顿吃，吃不厌，才算本事。

在这样环境里，职业厨师这碗饭就不容易吃：又要会做不常见的筵席大菜，又要让吃惯了精洁家常菜的客人认可。城小，承办筵席的大馆子屈指可数，用不了几个大厨。自己开饭馆，需要资金。而且，包括郑家顺园在内，房屋装修也很简陋，稍有身份的人家多在家里宴客。单人匹马上门服务的厨子，遂应运而生。双刀一勺，飘然来去，神龙不见首尾，跟独行侠似的。他们人数不多，仍然供过于求。那年月世风俭朴，又当战乱，大户人家也不会经常办酒席。

单干的厨子，一得通知，头晚就会挟着个布包，里面荤素两把菜刀、一把炒菜勺，去主家询问规模、规格、有无特殊要求（忌口、偏嗜之类）、强调什么特色，一一议定。家中有无佣人打帮手，米饭由谁煮，等等细节，也都谈妥。然后取了购办材料的钱告辞，刀勺留在主家。

次日近午，就提着满满的菜篮子来了。厨房里早为他烧了大壶开水，他就杀鸡煺毛，剔洗猪骨，炖高汤，安蒸笼，发虾仁、洗葱蒜蔬菜，切鱿鱼火腿，案板上一字排开的空盘，渐渐展示出今晚的菜谱。偶尔带着下手打杂，多半是自家子侄，或是徒弟，跟着来见习历练。

一般限于一两桌。如果多了，主客碗盏用具不够用，就得请郑家全副仪仗出马，单干厨子就只有望洋兴叹了。

我父亲喜欢吃家常饭菜，往往赴饭约回来才真吃。但遇上外地来客之类，也少不了要在家里招待。我母亲就须选定厨子、设计菜谱。来过我家的几个，长相、脾性、言谈，自然各不相同；但有两个特点是共有的：一是边干活边喝大杯的酽茶，二是席散客去、与主家人一道吃饭时，都不怎么动筷子，只是喝酒。这都是油烟熏出来的习惯。

我母亲一手好锅灶，对请来的厨师虽一律客客气气，心中佩服的不多。她对少说多做的有好感，有时还讨教点小诀窍。一次经人介绍来的四川厨子，滔滔不绝说大话，款天磕地；商定菜式时大砍大伐，刚愎自用；买回来材料，还一样样展示夸赞。席散后，喝很多酒，一边详叙过五关斩六将的战绩。我很佩服，母亲却厌烦之极，晚饭都没出来吃。事后说：我默倒（以为）他要做出朵花来哩！从此再没有领教过这位大师。

一次需要请厨子，母亲选了一位相熟的王师。薄暮时却带着个年轻人一起来，说是他已应了别家的约，让弟弟来做，并力保手艺强过于他。弟弟高身材，略胖，穿得干干净净。交谈了几句，母亲也就同意了。这次做下来，发现他不但菜做得不错，而且衣着、用具和操作都清爽洁净。又还一句闲话没有。母亲很满意。后来又请过一次。第三次再去请,却说生病来不了。几个月后,也是傍晚时分,来了个瘦小妇女,五十来岁,说是王厨的母亲,老二死了,病中曾留话说想将一把刀送给我家留个意念。说着取出一把雪亮的菜刀给母亲看。母亲很吃惊,询问情况,王母说,老二病得很久,吃了几十副中药,都不见好,躺在家里,越来越虚弱。那天忽然觉得精神好些,想出城去华严洞看山。王母听了高兴,雇了一架滑竿,扶他坐上去,盖好薄被窝,目送他渐渐远去。天擦黑不见回来,急了,去找那两个滑竿佚子,说是到了华严洞前的小河边,叫停下,扶到草岸上坐着,就打发滑竿回城,两人就抬着滑竿走了。王母一听不妙,一边埋怨,一边逼着两人一同去找。到了原处,见他伏在地上,把上身探进小河自尽了。那其实只算得一条水沟,半个身子还都是干的。仍用滑竿抬回家,办了后事。猜想他是觉得身罹绝症,不如及时解脱。回想起来,确实他脸色苍白,有点浮肿。母亲叹喟不已,送了些钱给王母,但没有收那把菜刀。王母一再说:刀是干净的！是他的一点心意！但母亲执意不要,说你们母子一场,这是他的衣食饭碗,留在家里做意念,才是正理。王母包起刀,告辞去了。这事我一直在场,望着暮色中踽踽而去的瘦小背影,想起那个斯文的厨子,心里恻然而畏惧。我想,母亲不肯留下那把刀,大约有什么忌讳。

今日宴饮之风大盛,厨师的境遇大不一样。我有个外甥是一级厨师,三天两头换地方,有时是老板炒他,更多的是他炒老板。一言不合,拂袖而去。每次下岗,不数日就另有高就,表兄弟们戏称他为劳动局长。

店员们

我小时候的朋友，店员倒比同学多。先父除主持泰丰公司外，住宅街面有自己的同德商号。开初经营绸缎百货；后来日寇逼近，进货困难，改营香烟。内有多种美国兵偷偷卖出来的洋牌号，什么骆驼、双狮、红吉士、白吉士等，我都看得很熟。店员都是些年轻人，我觉得听他们聊天比和同学玩有趣；与他们一起看“神仙过路”（看街景）比待在家里有趣。

当时的店员群，自称“当丘二”。学徒期叫“当徒弟娃娃”，升店员是“当丘二”，再上一层就与经理老板同称“先生”了，账房先生、进货先生等。近似今日的蓝领白领。但自嘲时都说是“给人家当丘二”。也近似今人说“给人打工”。不知典出何处。揣想会不会是从当兵叫“当丘八”（兵字拆开为丘八）引申而来。店员与兵同是替人出力卖命，可算“字辈”相同；但处境又比兵好些，排行应当靠前，因此想出这个怪称呼。当然这纯属我的想当然。

同德的账房先生袁世昌伯伯，是我父亲的同乡先进，而且关系不一般。听店员们聊天说起，父亲年轻起步时很得袁伯伯的指导。比如曾经跟着师兄们喝酒，还制作酒令，袁伯伯对他说：你是能成器的人，莫要跟着这样混。父亲立即戒酒，终生不沾。当时我觉得袁伯伯非常老，现在算算不过五十来岁。那时的人显老。瘦削、高个、窄脸，花白胡须。神情持重，却很慈祥。我觉得他更像书院的山长。经常咂巴着长烟袋。这一辈商界人士十有八九要咂巴长烟袋。烟杆长到一人来长，据说烟杆越长，吸入口里的烟越醇和清凉，无火气。旱烟裹好，装入烟锅，口含烟嘴，那一头远远伸向屋角去。怎么点火呢？有自助式和他助式。自助式是划燃火柴，迅速插在烟卷上，伸出烟杆，含住烟嘴，把老远的烟锅翻过个，火焰烧及烟头，吧嗒几下，就开始喷烟吐雾了。他助式是让小徒弟蹲在那头点火。简单得多，但不如自助式好看。烟卷裹得很精致，外三层是好叶子，中心是末屑细筋。一般是小学徒卷，有时自己卷。卷好码在大定出的皮胎漆盒里，还要铺几片鲜果皮，花红皮，雪梨皮，起滋润和添香味的作用。或者装在整只柚子壳制成的烟罐里。袁伯伯很读过些书。晚饭过后，结了当天流水账，也不急于回家，总要待到九点左右才回去。在洋灯（煤油灯）下，指导学徒读书习字练算盘，给他们讲三国。店里有一部绣像《三国演义》，有一晚我念回目，把“徐州牧”认成“徐州收”，惹得他哈哈大笑。账房先生的任务是核账，算盘噼里啪啦，如疾风骤雨，清脆悦耳，赶得上“击鼓骂曹”和“梁红玉擂鼓战金山”。夸谁算盘精通，就说他“九归九除，一抹不梗手”。学徒从“三盘清”“七盘清”入手，我也会打，乘除就不会了。绝顶高手能够两手同打两把算盘，一手打一手复，一次验证正误。记账用一种特制的数码字，当时我也会认，现在不记得了。袁伯伯长子本忠与我是玩伴，长得极清秀，左耳戴个小金环，绰号“小姑娘”。我去过他家，蒋衙街，不远。空屋很多，环廊很宽。有一项设施与众不同：蹲位在楼上、茅坑在楼下的悬空厕所。这是为方便妇孺设计的。固然袁伯伯慈爱周到，但也得有地广人稀的条件。本忠的弟弟本良小我十几岁，多年后邂逅于故乡，“问姓惊初见，称名忆旧容”。已是古汉语专家，诗词做得很好，后调到贵州大学，见面方便，与我成了挚友。从他得知，同德在五十年代公私合营运动中结束后，袁伯伯就一直赋闲，家庭经济曾一度艰难，须变卖旧物维持。后来子女就业，渐渐宽裕，但老年心境非常寂寞，时时倚门守候他们回家。

同德进货先生周正鑫，是承前启后的一代：抗战前的旧式学徒，抗战中经营新式商店。进货先生对百货店举足轻重，任务一是进货（采购），二是美化橱窗。尤其首次摆橱窗，是考较水平高下的入学试题。周先生出现之前，店员们已开始猜测议论，我颇怀着点敬畏等候着。他来了，西式打扮：白衬衫，浅咖啡色毛哔叽裤，腰系编花皮带。个子不高，清瘦，小眼睛，脸红红的，果然气宇轩昂。那时商界中人多数穿长衫，或穿中式短打。年轻者才偶尔穿中山装。不一会，我发现他的皮带又不带花了，心想，果然是个时髦人儿。后来才发现那根皮带是前面编花后面平，并没有一会儿就换装。他钻进大玻璃橱摆货那天，我与其他店员围观了全过程，看他把那些衣料、被面、化妆品之类高高低低组织成立体图案，觉得确实名下无虚士。时间久了，原来是很随和风趣的性情。两个姐姐和他夫人一见如故，三嫂三哥的叫得很亲热。他夫人很贤惠，还有个两三岁的小女孩，长得很乖巧可爱。周先生有四大爱好：美酒、精馔、拉京胡、好客，都可以评得上段位。抗战胜利后，他到省城自己开店。地段很好，在中华中路中段；但店很小，没有玻璃橱货架，只在中间铺一块门板摆小商品，墙上挂服装之类。这种店现在还很多。周先生自己当老板，小店里间天天高朋满座，吃好喝好就唱京戏。当时我在省城读书，有一次周末进城，晚饭赶上在他炖团鱼。他很快就把本钱吃光了，仍回安顺"当丘二"，我就再没有见过他。后来听说他在某次政治运动中，悄悄到西水关自溺了。还听说周三嫂生活十分困难，在花街上摆摊变卖家中杂物，远远望见熟人就躲避。他家小玩意不少。有一把瓷"叫壶"，举壶斟酒，回转时会长吟一声；配有一套小酒杯，底部嵌着一粒玻璃珠，盛上酒就现出一个美人像。这类东西，当时在花街上不值分文。一九五三年前后，我放假回去，亲见北街做胡琴的顾师傅在花街上买到一座紫檀木香案，两米多长，通体透雕，精致绝伦，才二十五元人民币，相当于一个小职工的月薪。当然，那时候这笔钱也要养活一家人，但放在今天，少说也要值两套公寓房。

店员的中层，是早已满师自立，却又没能独当一面者。介于先生和学徒之间，是最完全意义的店员。年龄从二十多到六十以上都有，最是卧虎藏龙，异彩纷呈。其中颇有一技出众者，比如一手好算盘，一笔好颜字，一条好嗓子，一副好风姿，会打广话（通粤语），会做好菜，乃至食量过人，能言善讽，都算本领。刁钻古怪也是本领。有个冬夜,几位店员围着火盆闲聊,一人出去买了两个刚起炉的锅盔回来,大家起哄争抢。他不动声色,伸手略挡别人,对着锅盔呸呸两口唾沫,然后放在玻璃柜上,在一片笑骂声中从容进食。

我的店员朋友,自然都是同德的,也都是二十多岁的青年。其中三位,一是与我最密切的,一是我最佩服的,一是回忆起来最有趣的。最密切的是罗哥,罗启明。他与我兴趣相投,带我去看画展,听音乐会,看京戏,并且带我去后台看演员化妆,看刘汉培、苗溪春、新艳霞、徐敏初、陶少滨、马志宝等当时的名角。要不是他带着,我一个小学生得不到这么多消息和机会。他并不以一技出众,过人之处是爱玩,好奇,说文点就是热爱生活。但这一点就超过别的许多点。他爱看省城办的《人报》,近于现在的多版面小报,其中有一个栏目叫“世故老人信箱”,主持人“世故老人”据说就是该报主编汤黑芷。罗哥订有一份,每期都给我看。有一期忽然整版登出罗哥的一封长信,叙说年轻人的苦闷,还配了很大一张半身像。当然还有“世故老人”回复的短信。这种安排,肯定出乎罗哥的预想,他感到尴尬,矢口否认。虽然照片和姓名(换了同音字)铁证如山,也死不承认那是他。他还两次陪我在画展上代我父亲订购展品。后来我去省城读书,他给我写长长的信。那是中国现代史有名的恶性通货膨胀时期,物价一天几变,老百姓形容为“见风涨”。有一天我接到花溪邮政局通知书,说有一封重要函件欠资,让去补款取信。我立即请假前去。补交了钱,换回的“重要函件”其实是罗哥的信,一句重要话没有;却还领到一大版邮票,面积比信封大两倍以上。原来这封信从安顺到贵阳途中,邮资涨了。袁水拍讽刺诗集《马凡陀山歌》句曰:“信封贴在邮票上”,一点不夸张。我就是用那一大版邮票包着信回学校的。新中国成立初,他离开同德,参加筹建店员工会,很受器重。不久,在审查中发现他曾参加过“三青团”,揪住批判,他就投水自尽了,留下一只手表给家里。死前给好友写信,说是后悔离开同德。石城人多认为体面比生命要紧,“愿割脑壳不割耳朵”,自戕者很多。而且多采取投河的方式,年年“李家花园的水鬼”要找“替身”。从四川老家来同德当店员的亲戚,还有一位李老表,一位刘老表,也都参加了工会工作,两人一路顺利,后来都提为干部。

罗哥致信的那位好友,就是我顶佩服的谷哥,谷受璋。他好学,干练,踏实,吃苦耐劳。虽才二十来岁,才干已很出色,极得我父亲的信任,许多大事都让他独立去办。日军侵占广西,逼近贵州时,父亲让他下乡选一个全家避寇的去处。他孤身步行,选定了织金乡镇,但此时日寇又已停止进黔了。他按公司的安排,又从织金步行入川,到叙永押运一批胡椒去成都。量很大,有三百只马驮子,从百色经毕节驮到叙永。到叙永后,雇多只中小型木船,运到泸州。再换大船,沿沱江顺流而下,抵达简阳石桥镇上岸。又换装汽车,运达成都。全程共耗去四十三天。他告诉我,沱江风浪很大,在船上就像今日漂流游戏一样。到成都报销时,不仅收支一清二楚,他本人的食宿都是按最低标准开销的。成都庄经理激赏,写信给我父亲报告此事。后来他在押运途中遇车祸受伤,在成都养病半年,我父亲又召他回黔,把裕康猪鬃厂的财务交给他。那已是国民党恶性通货膨胀时期,这个职务非常要紧。这些情况，当时我都不知道，只佩服他心灵手巧，善于制造情趣。他在同德楼上住一间屋子，布置得很雅致，还摘了《桃花扇·余韵》里的北曲句子："你记得跨青溪半里桥，旧红板没一条，秋水长天人过少，冷清清的落照，剩一树柳弯腰"，写成条幅，挂在壁上。他会做许多小玩意。日本宣布投降的消息传来，他给我扎了个大风筝：中美英苏四面国旗，并列在一个大"V"字（代表胜利）字腰上。我们一起扛着出城去放，飞不起来，他就把它立体化，改成一个大彩灯，悬挂在同德门楼上，装上轻磅（110伏）灯泡，一片雪亮，引来路人伫观，美军也开了车来，堵得水泄不通。新中国成立后，谷哥考入铁道部门，干了几十年野外勘探工作。他会打八段锦、太极拳，谙熟各种养生之道，如今八十多岁了，身体还很好。

最有趣的人物，是我父亲的族弟海福，我叫二叔，当时才二十多岁。是从四川家乡来我父亲这谋职的。矮小精干，不知疲倦的时尚追求者。穿西服吊带裤、骑自行车、吹口琴、照艺术相、画炭精像、头涂发蜡、足蹬镂花皮鞋，为黑白照片上水彩，戴睡帽，用舌刮，无一不是领导时尚新潮流。更有一条，喜欢唱流行歌曲。《桃花江》《丁香山》《毛毛雨》《特别快车》，我都是从他那听来的。"毛毛雨，下个不停；微微风，吹个不停"，"桃花江是美人窝，桃花千万朵，比不上美人多"，"记得小时住在丁香山里，老想回到那儿去玩玩，玩一玩，玩一玩，丁香山"，至今还记得这些残句，特别是他躺在床上吹口琴，两腿搭凉棚的姿势。以及那一声"特别快唉唉唉唉唉"。对我们很宠，常带着我们去吃馆子。我第一次吃肠旺面，就是二叔带去的。一次带我去参加店员的冬令宴会,母亲说我是火体,不能吃狗肉,二叔让我喝了一点汤,回来大病一场,母亲说了几十年。有一年我左腿烫伤,在家躺着,二叔把商号的百代落地留声机讨了来放在家里,让我听京戏,姐姐们听流行歌曲。极好胜,打赌蹬着父亲的三枪牌单车一口气冲上东门坡;约了侏儒刘矮子去相馆拍照,手抚人家脑袋,题曰:“大人国与小人国”。去年见到他,说起此事,他说,那是相馆的人擅自写上去的。店里有一床缎子绣花被面,大红底,古钱图案,很老气,滞销很久,怎么也卖不出去。一次有人来买婚床被面,二叔极力推荐这块吉祥的被面,顾客居然被说动。眼看就要拍板付账,二叔使力过度,反而引起疑虑,结果功亏一篑。同仁们暗暗匿笑,二叔悻悻不已。新中国成立后他自己开甜品店,还叫我去尝了他的冰粉、八宝饭、冲冲糕。毛笔字写得很好,替人写招牌,摊在地板上让我看。人说比明贤写得好,他笑而不答心自闲。他还有一个爱好:收藏连环画(小人书)。初版的四大名著以及多种名品,应有尽有。够资格入拍卖会的。前年我问他还收藏着的吗,他说那当然。如今九十多岁了,还是那个样子。童心使他长葆活力。他疼过的侄辈,倒有五个走在了他前面。他几次叫了相馆来宅子里照的相片,成为这段旧日子仅存的见证。

学徒,自然是店员队伍中的灰姑娘。但在我小时候,传统师徒制已逐渐被新式雇员制代替,老板和学徒不再是准父子关系,也不称老师了,只叫先生。同德就没有一个徒弟,只有店员,店和家是截然分开的。因此,旧式小徒弟干家务杂活、替师娘烧火抱孩子的情景,我没有见过。我只见过家长(必是母亲)送孩子来“学生意”(开始上班)。有一位大约十七八岁,长得人高马大的,蓝布学生服紧紧箍在身上。他面壁而立,两手插在裤袋里,脑袋昂向右上方,两腿作稍息状,使店房的后半间显得更加狭窄。在他母亲(一个矮小的半老女子)进屋、寒暄、叮嘱、离去的整个过程中,他一直用这种别扭姿势站着。家长去了,店里先生同事们试着与他讲讲话,他依然这样站着,一言不发。不知是极度的害羞,还是表示对家长的抵制。我偶然碰上这场面,看着很尴尬,就进家去了。后来听说,他就那么站着,直到摆好晚饭,叫他过来吃,他突然冲出门去,一趟跑回家去了。另外一位瘦小些,也不怎么讲话。我还看见过他晚上用门板搭临时床铺,两三天后,听说他撬开袁伯伯的银柜,把里面的现金揣起跑掉了。其实同德并不需要学徒,都是却不过介绍人的面子。从此也就没有再进过学徒。

资历最浅的店员,照例有几项任务:擦大小玻璃柜、打扫庭院、擦洋灯、裹叶子烟卷。晚上合铺板、早上卸铺板则是大家动手。洋灯就是煤油灯,下江人有叫它“美孚灯”的。最常用的是花瓶状的台灯,还有提在手里走夜路,也可悬挂屋子中央的“马灯”。天色向晚,就动手擦洋灯。标准是玻璃罩要擦得晶莹澄澈,不见一丝污渍或指痕。天黑掌起灯来,一片花瓣形的灯光安详地站在一团若有若无的瓶晕之中,学徒就着灯光学算盘、练大楷小楷、看书。那意境颇不恶。当时店员中流行几种书:《三国演义》《秋水轩尺牍》《曾文正公家书》。曾著是蒋中山介石先生提倡的读物。有一晚,几个人围着灯说到这本书，我忽然冲动起来，说了声：曾国藩是大汉奸！说完觉得尴尬，就逃回家去了。后来罗哥告诉我，当时袁伯伯说我“有点骨气”云云。回忆起来，真是胡言乱语。有一段时间，父亲请了一位顾老先生，给东街几大商号的店员们讲授《古文观止》。老先生是前清秀才，大白胡子，宽脸，鼻孔极大，很有点威仪，像翁同龢的石印像。学员们每人买一本精装《古文观止》，抱着同顾老先生照了张集体相。又分别各照一张全身像，左手上露出金字书脊。与后来遵义会议、天安门游客们的标准相异曲同工。父亲还把顾老先生请到家里，教我们几姐弟的国文。还记得顾先生第一次来，是晚上，他看了我的作文，指出“旅”字写错了。又出了个字谜，叫我们猜：“两山相背背相连。两山相对对相连。两山相对不相连，一枝文笔插中间。”打《孟子》三字。我们哪知道《孟子》，由先生自道谜底：“王曰叟”。还讲了一个神童的故事：红袍县官出上联嘲笑他：“出水蛤蟆穿绿袄”；穿绿袄的他应声对道：“落汤螃蟹着红袍”。这就是我从顾老先生得到的全部学问。他好像就来过这一次。可能是发现我们不堪造就。店员们的古文班坚持了多久，我也不知道。又有一次，店员们忽然要参加消防队员轮训。罗哥他们戴了头盔，很是新鲜。后来知道，也是商会发起的，因为小城没有专业消防，想建一支业余队伍，备不时之需。

某年，同德来了一位四川店员，是姑父的表侄，我叫他罗老表。麻脸，很开朗，画得一手好花鸟，我十分佩服，放学后常到姑父楼上去，看他是不是在画画。一次，有个即将办喜事的人托他画一堂花卉屏，正好被我赶上，看了个饱。我看了半天，总觉得少了点什么，不过瘾,就建议道:画只鸟嘛。他沉吟一会,在已经快完成的牡丹花旁画了一只鸟。我立刻觉得这只鸟太大了些,碍眼睛。他也有些懊恼似的,端详了半天,没有吭声。四条屏全部画好了,挂在墙上。看到的人都称赞,他遗憾地说:不该添这只鸟的。我知道自己闯了祸。有一次,他忽然要为我做“硫黄弹”,就是“摔炮”。我对这些响声震耳朵的东西有点害怕,但盛意难却,就跟着他蹲在阶前锤碎石。锤了半天,他说够了,明天去买硫黄、硝粉等药料。这时二叔经过,知道我们要自己做摔砲,说是会出危险,劝阻了。我如释重负。可惜罗老表没待多久就回四川去了,要不我可能会跟他学学国画。

我在贵阳读书,就与谷哥见面多了,一起看电影、逛书店。有一次,大十字新亚书店卖一元钱一堆的书。就是把各类滞销书与一本好书配成一堆,卖一元钱。我与他各选了一堆。其实该扔掉的占多数,我选的仅仅是一本博马舍的《费加罗的婚姻》,也远远值不了一块钱。他选的记不得了。我们却很得意,似乎捡了便宜,兴冲冲地又去吃了一顿毛肚火锅志喜。几年后他考进了铁道队伍,我们就分手了。许多年后又才相见,他垂垂老矣,白发如雪。

唬人的虎皮

旧时人们愤慨当兵的欺负老百姓,就说:“披起那张老虎皮,就要吃人了。”这话略嫌笼统,实际这张“虎皮”有真有假,有厚有薄。官越大皮越真越厚,一般也就不亲自出面“吃人”。皮薄的才充当打手,招老百姓恨。而小兵,那张皮实在是假。我幼时见到的兵,多半是这一类,身上那张皮还不够他自己遮风挡雨。

那是“打抗战”时期,理论上是御侮救亡,人人有责;政策是“三丁抽一,五丁抽二”。实际上富人可以“有钱出钱”,穷人只能“有力出力”。买卖壮丁,成为乡保甲长的肥差事。话剧《抓壮丁》就写的这个现象。我们小孩子,虽然看不到这种交易,却也听母亲的乡下老亲友们来访,谈说些“独丁丁”也被抓走,这个征兵的收下钱去了,跟脚来了第二个等等的故事。

我几次看见新兵过街。有军装列队的(那军装很旧,皱皱巴巴),更多的是一群衣衫褴褛的庄稼人,膀子被绳子串成一串,鱼贯而行。队列外走着持枪的老兵;前前后后游动巡视的是骑马的军官。

我们学校有一片后园，园墙上一道小门通向青龙山脚的篮球场。曾经有两次让新兵在后园打尖。一阵阵难闻的霉米味飘过来，我们下了课就去看新兵开饭。一个木甑，比日本电影里那种浴桶还大些，里面的饭呈红黑色，跟高粱米差不多。而且全是散的，互不粘连。样子和气味都像糠。兵们席地而蹲，围着一钵浑浊的菜汤。后来他们走了，学校男厕里留下他们的粪便，仍然是那糠一般的原样。另一次，正在静静开饭，忽然骚动起来，有人跑，有人喊，多数人继续吃饭，头也不抬。这是蹲在小门边的一个新兵找机会逃跑了。学生们不知怎么知道了，蜂拥而出，远远围观。不一会，一堆人挤进小门来，逃兵被抓住了。军官和押送人员走过去，新兵们仍然一声不响地埋头吃饭。那气氛很恐怖。随即传来殴打和嚎叫之声，闻讯赶来的老师立刻把同学们带回教室去。

当时安顺有一个"第七临教院"，是专门收容前线伤残军人的，全名大约叫"第七荣誉军人临时教养院"罢。院长田玉藩，据说是一位历史学者。我们学校请他来做演讲。那天天气晴朗，田院长坐着大凉轿来。他下躯瘫痪，四个兵一直把他抬到旗台前面，他就坐在藤轿里讲学。大胖子。大红脸盘。讲得满脸大汗珠子。掏出雪白的大手巾满脸擦。神情温厚，很有点儒将风度。口音我们还听得懂。讲了很久，我印象顶深的有两段。一是说诸葛亮虽然有本事、遇明主，但刘备更加信任的还数义弟关羽张飞，所以诸葛亮的雄图伟业未能完全实现。二是宋太祖赵匡胤把开国功臣们请来喝酒，告诉他们，天下太平不打仗了，你们就好好吃喝玩乐罢。于是，功臣们喝了酒就退役了。这叫“宋太祖杯酒释兵权”。我当时只道是“失兵权”,心里纳闷,失兵权的是功臣们呀,怎么说是宋太祖呢。很久以后,才知是此“释”而非彼“失”。我对这位愿意给小学生讲历史的军官很有好感,虽然他胖大和僵硬得令人望而生畏。

临教院的伤兵们很快成了小城一大公害,市民谈虎色变,香烟摊小酒店更如老鼠怕猫。买烟买食,不能提钱字,一提钱,抡起拐杖横扫千军。电影中常有类似场景,确有其事。伤兵们有时是蓄意寻衅,宣泄愤懑。同是为国致伤致残,回到后方,官兵待遇天差地别,何况有些军官根本是好胳膊好腿的,抚恤倒比真残废高,三妻四妾,浅斟低唱,看着真要砍开脖颈才够出气。眼前放着手无寸铁的大头百姓,不拿他们撒气拿谁!

临教院军官里戏迷很多,有的还是能粉墨登场的票友,一个人娶几个女戏子做姨太太,天天在家里唱戏。其中一位戏瘾忒大,干脆下海,由挑梁旦角新艳霞陪唱了一次《武家坡》的主角薛平贵,次日起就专演家院一类活道具了。另一位脱离军籍,筹建了京戏园子,遍邀当时走红于大后方的名角来唱戏,让石城戏迷开了眼界。

上有好者,下必甚焉。有官们的榜样,伤兵们也时时想着看白戏。为此纠纷不断,场内时常突发骚乱,令看客受惊吓,影响戏园子的营业。但戏园子既有军方的背景,就在最后一排贴上“弹压席”的标签,由保安司令部派兵持枪看戏,以示威慑。这办法开始还奏效,但伤兵中也多有不信邪的勇士,常与守口的吵闹厮打。积怨渐深,终于酿出一场真枪实弹的惊险场面。

这次事件的起因仍是常见的无票闯关之争，但越闹越厉害，一个伤兵狂怒之下，回去抱来一挺轻机枪(想是误传，应为冲锋枪)，对着戏园子乱扫射。这园子的结构是倒的，舞台靠街面，池座在后面。观众进场，先经过后台、前台才走进池座，转身坐下。伤兵扫射，首当其冲的是后台的演员。当时的台柱子苗溪春先生，多年后向我讲述亲历的这件事。他说，他正在化装，忽然听见一阵哒哒哒的枪声，许多子弹就破壁而进，嗖嗖地飞过头顶。他一点没反应过来，不知道怎么回事，戏院经理杨宝庭行伍出身(就是脱离军籍建戏院那位)，跳进来一把抓住他说：老苗，快走！带着他逃向侧屋，从窗子翻到邻家院子里，才躲过一劫。时隔五十载，苗老师说起来犹有余悸，反复说，不是老杨当过兵，手快，我那回准死无疑。此事立刻哄传全城。后来由各方出面调停，最后由临教院的军官票友、如夫人票友与戏班合演了一台戏，算是化干戈为玉帛。

官管兵，宪兵管官。宪兵是维持军风纪的专业队伍。宪兵戴钢盔，穿呢制服，佩臂章，挎盒子炮。三个五个走在街上，肩宽腰细，步伐整齐，非常神气。遇见军人，互致敬礼，不说话。有一次见到宪兵纠正一个小军官的军风纪，大约是领扣敞开之类。那军官在众目睽睽之下受此折辱，耳听老百姓幸灾乐祸的窃笑声，又羞又恼，却不敢发作，悻悻之态可掬。我心目中的“特殊化”标本，就是宪兵和关金券：宪兵可以管军官，关金票一元当二元五角。关金券是海关专用的货币，抗战时期通用于全国，与法币兑换是一比二点五。

我家迄今没有出过军人。大姐明端曾报名参加青年军，根本没到年龄。我和小堂叔曾报名参加“军干校”和抗美援朝，体检就刷下来了。只有一位表舅，我母亲的表弟，我叫他“小舅舅”，忽然来了，军装笔挺，刀带斜挂，别着小手枪，说是在当营长（或是营级干部）。在我家住了几天。有一天取出左轮枪来擦，擦完装上子弹，叫我开一枪。我坚决拒绝，他就举起来，对着花园瞄准。我心里害怕，又不好意思蒙耳朵。谁知他扣了一下，没有响，原来没有开保险，逗你玩。这位表舅是个纨绔子弟，母亲一提起他就生气，就要恨恨地说“不长进的东西”。新中国成立后被劳改，刑满留场当工人。每年来一两次看我母亲，长得还很气派，说话却怯生生的。妻子早已离异，女儿也理所当然不认他了。“文革”后期，他与一个留场女子同居，在一次清查什么的运动中，有人吓唬他这也是政治问题。他是吓破了胆的，立刻中风瘫痪，不久去世。母亲提起，又气又伤感。他是遗腹的独子，肩负着巨大的期许。

警察也算是披“虎皮”的。但这张皮就更假得可怜了。老百姓给他们仿起了个绰号，叫“猫菜”。男女老少，背底下只称“猫菜”，没有说警察的。猫菜者，小鱼细虾也。惹气了还叫“烂猫菜”，更等而下之了。这当然是因为他们专捡无还手之力的弱者逞威风，遇上恶吃估霸的伤兵就望风而逃。那时的警察，着一身说不出颜色的次布制服，或大或小，没一个合身贴体的。奇怪的是一律矮小猥琐。大约稍粗壮的得上战场打日寇，用来对付老百姓浪费了。连强悍一点的女摊主也敢同警察厮打。每逢“双十节”或迎接显贵上司、庆祝前线大捷之类的活动，警察们没有颜色的制服就用黄泥巴水煮染，焕然一新地列队过街，成为一道风景线。有一次游行，突下大雨，警察们的制服不断变脸，由一色而斑驳，而作虎纹，而复原貌，无颜色，黄水顺着手脚流淌。这场面被市民们笑谈了很久。

石城老百姓也见识过截然不同的一支军队，这就是抗日名将戴安澜将军率领的陆军第五军二百师。安顺人提起戴师长，连最玩世不恭的黑色幽默家也肃然起敬。据周道祥先生的文章，戴师长是安徽芜湖人，他的队伍是当时中国罕有的机械化陆军师。在桂南大会战、昆仑关战役建有殊功。一九四〇年奉调贵州整训待命。到安顺后，司令部驻华严洞，官兵散住于南关乡一带。这支队伍纪律严明，与地方相处融洽，为地方建设作了许多贡献，如疏通贯城河、修路、为乡民办学校、挖井找水、免费治病、宣传卫生知识等等。我上学下学经过南街，多次见到戴将军。灰棉军装，棉军帽，背着手慢慢走，神态十分厚重稳健，还时不时与路人交谈，非常之平易近人。后来二百师入缅参战，戴将军于一九四二年五月二十六日在缅甸茅邦村殉国。灵柩从昆明方向运往省城，途经安顺，万民空巷，站在大路两侧送葬，从西门外到东门外，夹道迤逦陈设着路祭的香案瓜果。我们学校的师生列队于东门外公路边，站了几个小时，望着灵车远远而来，缓缓而去，一时间青烟袅袅，哭声此起彼伏。长大后，知道当时的中国有一群“另类”的人，如冯玉祥、陶行知、我们贵州的黄齐生等先生，戴安澜将军当是他们当中的一员。

旧时军人，与小孩关系极远，不过是偶然间瞥上一眼。新中国成立后，军人成为最光荣的职业，儿童老人最乐于亲近的人群。新旧社会，军人与演员的社会地位变化最为巨大。

女先生们

我上学，先是进下江人办的黔江中学附小；第二年石城人新办的三一小学招生，就转学了。创办这所小学的，是一群矢志献身教育的年轻女子。其中好几位，后来都终身未嫁。校长胡坚、教导主任秦元明都是天主教徒，所以给学校命名为“三一”，但赋予了新的含义：教学做合一，知行意并重，智仁勇兼备。不再是圣母圣子圣灵三位一体，学校也丝毫没有教会学校的痕迹。

胡校长身材矮小，但有一股凛不可犯的威仪。身居一校之长，何况又戴着银丝眼镜（当时长年戴眼镜的人不多，女子更少）。我非常敬畏胡校长，每逢她正颜厉色训斥什么人，我都有股栗之感。一次我放学后到厨房找母亲要钱去理发，母亲很吃惊，因为我总是三番两次赖着不愿上理发店，甚至抬出过“身体发肤，受之父母，不敢毁伤”的歪理来抵抗。我说是胡校长说的（大约近日有什么活动之类）。母亲笑骂道：“难怪，奉了圣旨的！”刚进校不久，我说到胡老师，母亲问哪位胡老师，我说胡坚老师，母亲说：“她有好老？”她们一辈对教员称

"先生",老师是特别德高望重且与学生谊如父子的郑重称呼。到我们已是一律称老师了。后来知道,胡校长与家母还是小学同学。

有一天午后,我去上学,走进校门,见胡校长走在我前面,忽然回过头来,见是我,就叫我到校门边的传达室看看几点钟。我那时不怎么认识钟,又不敢说,去到传达室,把刘炳章经常拎在手里的小闹钟看了很久,数来数去,弄明白了,跑去告诉胡校长:"一点半过五分。"她笑起来说:"这叫一点三十五,什么一点半过五分。这个戴明贤!"旁边的同学跟着笑,我引为奇耻大辱。又一次,校舍借给美军军官驻扎,我们在县参议会的空房子里上课。胡校长教自然科,一天忽然把我叫到办公室,翻着我的笔记本,问是谁抄的。这十来页笔记确实不是我抄的,是两三天前胡校长忽然要收看同学们听课的笔记本,字写得快的好朋友薛和灿替我抄的。本来我应当实说,并且提出异议,说是老师从未规定过笔记不准代抄,但我猝不及防,冲口而出:"我自己抄的。"胡校长说,不是我的笔迹。我开棋已错,只好硬着头皮错下去,说是借薛和灿的笔抄的。胡校长叫我去再把笔借来。我借来了,当面写了几行,努力模仿和灿的笔迹,但如何能够呢。于是只好从实招来。胡校长数落我一通:不该落下笔记,不该请人代抄,更不该错了还扯谎。我无地自容,泪如雨下,但还是为"并无事先规定"而感委屈。

一天下午,课程完了,降旗放学,胡校长站在旗台上训话,全校学生按回家方向,分列于下。忽然天际传来飞机轰鸣声,越传越近。队列中出现骚动,纷纷抬头搜索,见一架飞机低低掠来,转眼去远。大约半分钟后，又掠了回来。如此三四次，机身一次比一次低，连舷窗和窗后飞行员带航空帽航空眼镜的脸都看得清清楚楚。每掠过一次，同学们就发一阵喊。省城挨过两次轰炸，人们记忆犹新，谈虎色变，“天不怕，地不怕，只怕飞机屙巴巴”的俚谣常挂嘴上，空中任何响动，都会引起骚动。但整个过程中，胡校长始终镇定自若地站在台上，没有向天空看上一眼。轰鸣声一远去，她又接着讲话。因而，同学们虽一再喊叫，队形却没有散乱。设想她要是惊惶失措，学生肯定乱挤乱跑，局面大乱。后来得知，那是一架美军飞机，在盘旋寻找清镇机场，后来迫降在平坝县稻田里。

胡校长原名秀华，生于一九〇九年。幼时家道清贫，发愤苦学。九岁才入县女子小学，十八岁考入女子师范学校；毕业后又进省立女子师范学校，立志终身从事教育，并改名为“坚”以自励。她一生真做到了“坚毅”二字。二十四岁回到石城，在县立二女小当教师，历任教务主任、校长。四年后与好友秦元明联袂去云南，考入西南联大师范学院。五年后学成归来，正值商界捐资办学，就邀请胡、秦二位兴办三一小学。胡老师任校长，秦老师任教导主任。校董会董事长是帅灿章先生，我父亲任副董事长，我小时特别觉得亲近的父执韩云波先生、吴晓耕先生都是董事。所以二姐明坤和我都转学到三一来。三一的第一个毕业班出现时，胡秦二位又接着办了立达中学，互易其位，秦元明任校长，胡坚任教导主任。明坤是第一批学生，她胆大，与老师们处得稔熟，听到不少老师们说的笑话，其中几个精彩的就出自胡校长之口，由此知道胡校长其实是很有幽默感的，只怪我太胆小，对老师望而生畏，敬而远之，只看见她刚毅严肃的一面。

我曾得到过一次胡校长的赞赏。那也是在县参议会上课时期。胡校长临时代我班国文课。有一次出作文题叫《园丁》，下面打个括号，规定写“小说”。我可以算是班上看小说书最多的了，但也虚构不出一个故事来。于是不管它，一写写成了散文诗一类的东西，开头还记得：“我们好比未成长的花儿，禁不起冰雪的摧残，暴风雨的侵袭。老师好比我们的园丁”，如何如何。写了大约五六百字，意尽词穷，就结束了。过了几天，胡校长抱着作文本来发还，说是：某某某写了一篇好作文，她在办公室朗读，听得老师都掉泪了，等等。接着对全班朗诵了一遍。发到手里，只见从头到尾加了红圈。我真是受宠若惊。过了几天，父亲突然说：你们胡校长说你做了篇什么作文好得很，拿来看看。我去取了来，父亲边看边笑，笑完还给我。

以胡校长的阶级出身和事业成就，理应是最佳统战对象。但不知怎么，很被边缘化，连原来的小学校长也当不成了，调为普通中学教员。老学生们都为此纳闷。前几年，年近九旬的秦元明老师从北京回来，才在闲谈中揭开了这个谜。原来国民党当局有规定，中学须设友部，参加过战地服务团的张霆声老师出于好意，自作主张为胡校长登记了一个党籍，并兼任校支部书记，意在以此法避免县党部派党棍来校。胡校长事后才知此事，既从未参加过任何活动，更未组织过什么校支部，但新中国成立后自然成为一个“名分”。虽经一再澄清，也不能见信于组织。胡老师在“文革”闹剧中的遭遇，我不知其详。只听说在一九七九年，她向主管部门提出，师范教育不能不开教育学和教育心理学，并以七十高龄的退休之身，请缨登坛，讲授这两门课程，极受学生欢迎。在“文革”收场前夕，最阴暗的年月，我有事去安顺，同一位窗友去看望胡老师，正巧在操场遇见。她一眼就认出我来，虽然分别已二十多年了。那时她租住五眼井后面山腰上一间农舍，我们边聊边走，又在小屋里聊了个把小时，才起身告辞。她一定要留饭，用小瓢把砂锅做“一锅菜”招待我们，当时她已素食有年，那锅菜十分可口。这是我见到胡校长的最后一面。她病逝于一九八三年五月，终生独身，孑然一人，但送葬者达万余人，为石城从来所未见。

秦元明老师与胡老师是最佳搭档。办小学胡校长秦主任，办中学秦校长胡主任。秦老师长得气派，一双眼睛流光溢彩。喜欢美术，给学生排戏当导演。几乎没有上过我的课，只记得有一次拔了门牙，用课本遮着讲话，讲了几句仍觉别扭，就提前下课了。她姐姐元智老师和胡坚老师都是独身，她却是结了婚的，刚生了女儿，夫婿用她的钱赴美国留学，一去杳然。两三年后她赴美了解情况，据说那人已再娶了，遂解除了婚姻。离校时，全校师生在校外小巷夹道送别，高班同学忽然齐唱骊歌。那歌词至今记得，洋溢着那段岁月的时代精神：“看！太平洋的风云，瞬息万变。优胜劣败，难逃天演。努力吧，努力吧，学问没有止境，要像美玉精金，琢磨锻炼。发展伟大的抱负，实现生平的志愿，不怕风浪怎样高，不怕路途怎样远，破浪乘风，十分勇健。努力吧，努力吧，光明的前途无限。期待着你们，有绝大的成功带转。来，站在时代最前线，战！战！战！”看来是一支毕业送别歌。

秦老师的女儿小松长大,也擅绘画,毕业于中央工艺美院,先在北京工作,后来去了美国。秦老师退休后到北京女儿处住了好些年,还在社区担任义务教员,大受欢迎。女儿出国后,她仍回石城定居。诗人王萼华先生曾经向我说起这段往事,我方知其大略。当时王先生读云南大学中文系,秦老师她们读联大教育系,两校的贵州学生不少,常在一起聚会。王先生说,秦老师在女生中尤为突出,又是天主教徒,自有一种圣洁的气质,男生们对她都十尊重,毫无非分之想。不料有位吴某胆大妄为,竟追求起秦元明来,而且此人正是他们素来鄙薄的热衷之辈,于是都愤然夷然,以为无异乎癞蛤蟆想吃天鹅肉。不料竟成事实,后果又来得这样快。多年旧事,王先生说起来还扼腕叹息。

黄人璧老师也终生未婚。她也是省立师范出身,广有田产的耕读之家大小姐。个子瘦小。短发。上齿微凸,讲课时用课本半遮着嘴唇。她教我们念课本上没有的“折戟沉沙铁未销”、“远上寒山石径斜”。两个指头拎着半截粉笔在眼前画圆圈,摇着头拖着声调吟诵:“痛饮酒,熟读《离骚》,方得为真——名士。”我觉得书上写的“才女”就是她。二姐明坤胆大淘气,向我们学黄老师用很重的鼻音唱《红楼梦》里的歌:“滴不尽相思血泪抛红豆,开不完春柳春花满画楼。”有一回,我们几个同学忽然想办壁报,推我去请黄老师批准。她说:好呀!拿出社论来,就可以办。没有社论,办什么报。我这才知道有“社论”一说。我找了一张《中央日报》(贵州版)来找社论。见里面有“足以证明”云云,认为社论必得如此,就写了一篇论学习的

“社论”。以孔子问道于老子为例,“足以证明”学习的必要性。给黄老师看了,她默许了,我们就在教室外走廊上办了壁报。所谓壁报,就是抄几篇作文贴在一起。但目录我费了大功夫,照着图案书画了一只蹲在树上的长尾鸡,长尾加倍长,从纸上端一直垂到下端才卷起来,把目录一起圈在尾巴里。反应如何,不得而知。因为这类壁报照例出了跟没出无异。

黄老师家离城有十多里,地名忘了。学校组织了一次郊游,目的地就是她家。要步行这样长途,我暗暗心惊。集合出发前,恰好听见一位高班同学和一位同班同学在夸口,说他俩比大队晚走一个钟头,也要比大队早到,因为他俩有一套特殊的秘诀,不能告诉别人。我是相信绝技的,就要求同行。他们劝我不要如此,路上是会被撇下来一个人走的。纷纷上路后,我渐渐掉队,正碰上他俩从后面走来,就一道走。原来他们的秘诀,是从童子军的什么书上看来的,其法是快走五十步,慢走五十步,反复循环。如此则速度加快了,却不减退体力。理论上是这样,实效则不然。最后他俩既不比前面的人早到,也不比别人不累。

陆续到齐,已经过午。黄老师家早已备办了十来桌饭菜。几个大甑子和几张桌面,摆开在房前石院坝里。仆妇六七人奔走张罗。黄老师站在屋前高高的石台上观阵指挥。石院有三四个篮球场大,石板缝长出青草,稀疏几株花树。石院后几级石阶,上面是三开间的正房,雕花门窗,一派素封之家的气派。饭后自由活动两小时。结队回城时,胡校长和两位秦老师,还有几个年小体弱的同学留下过夜,

第二天再回去。我和二姐明坤一起留下。大队一走,石院坝顿时更加空旷起来。我到正屋转了一通,见着老式的书架、大叠的线装书、很旧的家具。每间屋都半明半暗的。我得出结论:这是个古老人家。晚餐剩了我们一桌人,在左边书房里,掌着油灯,四面墙壁上人影晃动。明坤特别记得这一餐吃的板栗焖鸡,后来一再提起。“文革”尾声中,我去安顺,住在东郊老朋友青明家中,次晨入城路过东门坡,见一幢眼熟的小木屋,窗玻璃后面一个眼熟的人影。我想这正是黄老师家,那人影也可能就是她,便贸然闯了进去。果然是黄人璧老师。她在读一本木版大字的《后汉书》。暌违二十多年,师生都高兴,却只说些闲话,默契地不往深处谈。后来随母亲再回去,又一道去看望黄老师。两位老人说的,还是“天凉好个秋”。后来从老同学得知,这位才女老师,远在新中国成立初,就因为对推行苏联凯洛夫教学法提了些意见,觉得过于机械,受到批判,愤而辞去教职,就此赋闲数十年。生活来源,靠弟弟从工资中帮贴。黄老师享年不短,近年才去世,可见历经坎坷,仍能气定神闲。她家的那些旧刻古籍,不知还剩得几许?

终生独身的还有张霆声老师。她参加过青年军赴缅战地救护队,还改了这么个气势万钧的名字,书生意气,可以想见。但我们所见到的,却像是一尊笑口常开的弥勒佛。胖胖的,圆圆的,头发稀疏,牙齿稀疏,眼小小的,嘴宽宽的。胡校长秦老师们都很敬重她,当她老大姐一样。有一学期她教我班的自然,一天放早学时,她叫我下午早些到校。吃罢饭去学校,张老师已等在办公室,拿出一份刚考过的试卷，说是这次考试我蒙了个班上第一，但还是有几处不应当错的小错，没有得满分，让我好好想想，再做一次。意思是让我拿出一份无瑕无疵的百分试卷。我看了那几处打红叉的地方，想来想去，在空白试卷上重新做了一遍。张老师一直坐在旁边，深期热望地看着我。做完，立刻接过去扫了一遍，无限惋惜地说，还是有两个错。用红笔批了分，我就走了。张老师“文革”中的处境，我不了解。她后来也享高寿，近年才去世。

由于规模小，由于是私立，由于是一群热心肠的青年女子来做，我们的这所小学和中学，虽很正规，却氤氲着一种家庭的气息。想起它像想起老家。

名师“龙虎豹”

石城顶尖级的中学国文教员，公认高、吴、张三位齐名。好事者又强分高下，称之为龙、虎、豹。豹教过我，虎是我长辈，龙无缘识荆。

居龙位的高汇沧先生，我未有识荆之幸。据一篇署名小木的文章介绍，高老师才华横溢，“有钱就买书，读完就送人。但只要需要，他就可以倒背如流。他上课不带备课本，连带去的书也不用翻，提着一支粉笔，滔滔不绝讲下来。而且他下课不依打钟，要依他所讲的问题是否完一段落。只要是其他班下了课而他仍在上课，那么窗门外总会挤满其他班来听课的同学”。中组部为了给一位在陕北牺牲的老革命立传，派人到石城了解情况，说是这位老革命生前说起曾在石城水洞街上中学，还记得一位教国文的高老师。高先生的老学生中，还有将几十年前经他批改过的作文珍藏至今。此文说高先生去世较早，生平事迹和遗著文字都难以详知，只引了一首七绝，算是吉光片羽了。诗属悯农一类，句曰：

“无复浓荫满地铺，天风吹下水杨枯。可怜颓尽青青叶，犹有人来索地租。”

居豹位的张时俊先生，是三位中我唯一听过课的老师，但时间很短暂。仅一个学期，我就到省城另考中学了。张老师瘦而高，肤色黄黑，老是穿一套手织粗呢的黄褐色中山装，牙齿焦黄，门牙缺了两瓣无力镶配，任它那样豁着。他家就在我们学校对门，每天要过几趟。堂屋空荡荡的，中间照例是天地君亲师牌位，里侧却放着一具空棺木，上面盖着草席。这在当时并不罕见。另一面的侧屋一扇格子窗，糊着白纸，有时支起，有时关着，就是张先生的卧室兼书房。张先生以脑袋有学问、口袋无钞票著名，因之更得到高度评价。我们见过张师母临炊才提着一小袋米进家。他沉默寡言，脸无喜怒哀乐之色，我没见过一次张先生脸上露笑容。有课才来，课毕就走，没见他同谁说过闲话。有一次，他无意中流露出病态的敏感。当时，中学挤在小学里，教室不够用，大楼中央的过厅，先是用作教师办公，后来又改成我们初一新生的教室，就不让其他人从大门出进了，须从楼外两侧行走。这天张先生走进教室，站定了，忽然对大家说：学校请我教书，并没有告诉我哪道门不准走。哪个不让走，可以请校长告诉我。大家莫明其妙，屏息而听。冷场了一会，张先生也就开始讲课。后来才知道，上课前有个坐在门边的同学，见一个人影经过，稀里糊涂就嚷了一声“不准从这里走！”后来知道闯了祸，当然不敢站起来自首，幸亏张老师也没追究。

张先生讲课严格按照教学大纲（当时叫“教师教学法”），不跑野马。但腹笥宽，自然能涉笔成趣。有一堂课，他上来不说话，捏着粉笔往黑板上哒哒哒写起来,大家嗡嗡嗡地念,立刻傻眼了,因为密密麻麻不断气,像绕口令一样。张先生写完才说明,是让我们打标点符号。这段文字至今记得:“山林欤皋壤欤令我欣欣然而欢悦欤乐未毕也哀又继之”。大家哼哼唧唧,乱标一气。最后先生动笔标点:几个“欤”字后面都是问号;“也”字后面逗号;“之”字后面句号。全班哗然,又笑又嚷。先生脸上,也似乎出现了一丝笑意。《世说新语》里杨修与曹操斗聪明劲的故事,也是张老师讲给我们,多年后才读到原文的。他对学生,似乎不怎么较真。有一次作文我只开了个头,下一次作文交上去发下来后,张先生把那个开头的句子补足,旁边批了一句:“为什么不做完?”没有叫我补做。我两个姐姐都是张先生的学生。二姐与我同校,国文课学文法,用的是开明课本,有语法课文,用横线竖线斜线标明句子的主谓宾动,我觉得非常深奥,以为自己往后也得这么学。但后来转了学,没有这门学问。大姐读女中,初中毕业时,时兴一种五彩内页的纪念册,请师友题惜别的话。张先生写的是一首七绝,“明端贤棣善文章,摇笔即来气宏皇”,后面不记得了。张先生的作品还知道一首歌词。胡校长的老师周伯超先生去世,我们全校师生去吊唁,送葬时一路唱这支歌:“风雨兮凄凄,哲人逝兮悲不已。兴学兮育才,扶桑归来兮植桃李。留得遗范兮在人寰,斗远山高兮复何语!”曲子是请兽医学校的梁寒波先生谱的。

我从张先生受学很短暂,他无意中说的一句话却跟了我几十年。有一次讲课,他不知怎么说道:“常言说‘一心不能二用’,以前我也相信;后来读《三国演义》,庞统一心可以几用,才知不尽然。一心二用是做得到的。”当时我已看过三国，知道这个故事，听后茅塞顿开，决心学会一心两用。演义上说，刘备听说庞统在耒阳县任上很不敬业，什么事都不管，大怒，派张飞去查。庞统当着张飞的面升堂理事，手中批词，口中发落，耳内听词，一会儿就把积压百日的公事处理完了。曲直全明，并无分毫差错。“民皆叩首拜伏”，张飞这才知道让庞统当县官是大材小用了。我学庞统眼耳手并用，成为积习，做什么都不专心，画虎类犬，大受其害。但怪不着人家张先生。

几年后，那是新中国成立初了，有一次暑假回家，二姐告诉我，张先生在教师思想改造班自杀了，死因令我骇异之极。未经核实，不敢乱说。以后每当偶然忆及张先生，都感到他身上隐藏着一个十分阴冷、肃杀的旧时士人的灵魂悲剧，像鲁迅笔下的人物。

居虎位的吴晓耕先生，在我该算太老师，我的校长和老师都是他的学生。我也没听过他的课，熟悉的是讲台下的吴先生。当面我叫他姨爹，背地称他吴大姨爹。他是我小时候最倾倒的长辈。直到现在，每读书见“相貌清癯”“目光熠熠如岩下电”之类形容，立刻会联想起吴先生。瘦削、矮小，双目深陷而神光湛湛；加上青衫布鞋，轻谈浅笑；这样一个人，坐在四面都是字画书籍环绕的小屋里。他给我的记忆就是如此。这间小屋的壁上，挂着一张小横幅，黑底白字的拓片，“还我河山”四个字，落款是岳飞。我看了很兴奋，他却告诉我这是集的岳字，也不是拓片，是用毛笔制作的“颖拓”。我听了不甘心，希望这正是《说岳全传》上那位骑白龙驹使沥泉枪的岳爷爷亲手写的。写在花笺上的信札，用镜框装起来挂在墙上，也是在他家第一次看见。沿墙堆着许多老式书箱，箱壁上刻着石绿的字。小屋后面有个小园子，显然从不料理，一片荒芜，一片冷绿。荒得绿得十分可爱。后来读课本上的《四时读书乐》，至今只记住一句"读书之乐乐何如？绿满窗前草不除"，就因为有这个园子横亘心中。

翻阅市志，知道吴先生是学政法出身，受任过普定县长，二十多天就辞职了。后来教中学，多选鲁迅、胡适的文章作课文，讲郭沫若、茅盾，讲高尔基，还指导学生读三国水浒西游红楼。有学生回忆说，吴先生说红楼梦规模宏大、结构严谨、文字好，是古典小说中的巨著。又说儒林外史语言洗练，生动风趣。还有学生回忆吴先生告诉他作文的诀窍："要写好，着笔妙；要感人，短而精。"在他百岁冥寿的纪念会场，老学生们异口同声赞扬他讲课引人入胜，左右逢源，涉口成趣，知识含量大。还说他披改作文非常认真，指导学生办墙报。并且回忆他在讲课中抨击时弊，骂国民党。我越听，越遗憾没有做过他的学生。他一辈子教过的学生不知有多少。一次我随母亲去他家做客，进屋才发现一屋子妇女，都是我的老师，包括校长、主任，都叫他和他夫人为老师。屋子又小，我挤在他们中间，顿时浑身燥热，渐渐汗出如浆，头上冒蒸气。老师们以为我感冒了，有的让我减衣服，有的掏手巾给我擦汗，更令气温猛增，如坐烤房。还是母亲明白底细，对我说：前院坝在唱孝歌（办丧事），你去看看罢。我如闻大赦，赶快逃走。一位健在的老师，至今记得这件事。

吴先生是石城首屈一指的书法家。行书写得飘逸而又有力度，好像京剧老生中的马（连良）派。他把他老师任可澄的口诀教给他学生:“要得俏,欧兼赵”,他自己的字正是如此。我父亲幼年失学,后来与吴先生成为挚友,在他指导下读书练字。我父亲喜欢种花,造了一个园子,请吴先生名命。吴先生选了“适园”两个字,写了一块碑记。那天我们好几个人一起在园子里看吴先生写字。磨好的大石条已平卧在两个石凳上,吴先生在纸上试试调好的土红膏,开始在石条右端写一个很大的篆字“适”。写了不满意,拿过温布来擦,擦不掉,反而弄脏了石面。石匠师傅就与徒弟一起用锄头刮,发出尖锐的噪音,一直钻进耳根里去,牙齿也发酸。父亲赶快请吴先生进屋喝茶。刮了好一会,可以了,又进园子去写。写完两个大篆字,空一小段,用行书小字写记。他一边写,旁边的人一边念:“心太平之谓适,身得安之谓适……”后来刻好了,立起来,成为牡丹台的前壁。再后来父亲的工作转到省城,住宅全部借给地委机关。又后来园子归了另一个单位,改建大楼,这块石条被扔在地上。再后来,经博物馆建议,嵌在围墙上。去年我去看见,字迹已风化得很模糊了。

我离家早,多年中很少见到吴先生,只让妹妹向他求了一幅小单条,写的是鲁迅“运交华盖”诗。再次亲近他,已是二十多年以后的一九七三年。那时“文革”处于神仙打仗阶段,对老百姓已相对松弛了。吴先生以“敌我矛盾按内部矛盾处理”的莫名其妙身份,特地来探视我父亲。父亲患心脑血管病,已不能与老友深谈,由我陪伴了吴先生几天。那年他快八十岁了,仍然是双眸清炯,举动便捷,脑力灵健。他晚年的习惯,入寝和起床都很晚,有时连中饭也不吃。晚上便作竟夜之谈。多年的讲课习惯,一边说,一边把“关键词”和所引诗句写在纸上。这几张纸片我一直保存着，上面有图云关长联、任可澄西山对联和重九诗、古人的警句等等，据之可以追踪当时的话题。当时我正热衷于学做七古诗，把习作给他看，他叫我多读郑子尹的七古，这正与省城学者陈恒安先生的意见一致。我请他写幅字，他说，写一首近年做的诗罢。一边就讲了这首诗的本事。造反派把他遣送农村，在劳动中改造思想，意在让这位瘦弱不堪的老人吃点苦头。没想到选中的灵谷，正是他的老家，大半个寨子都是族中后辈。他这一去，乡民们视之为请都请不到的爷爷祖祖、许多人的老师、太老师光临，争相款待。表面上天天给他安排农活，实际全是后辈们干了。吴先生是含着笑、轻言细语说这个故事的。文中“造反派”“意在”等语都是我加的。后来听说，他作为全校头号“反动学术权威”，没少挨折磨凌辱。

一天下午，他让我陪着去省博物馆看望陈恒安先生。从南城到北城，他说要慢慢走，我也不敢让他去挤那公共汽车，我们就慢慢走。途经旧时的志书局遗址、桂百铸老人老宅，他都停下来站了很久，看了很久，告诉我，跟着任可澄先生修省志时，就住在这里。桂百铸先生的“百蕙堂”则是当时的文艺沙龙，每天群贤毕至，上午一拨文人谈诗读画，下午一拨艺人唱贵州梆子，吴先生是座上常客。吴先生看够了，吁口气，又拄着手杖踽踽地走。我鲜明地感觉到，这是一位风烛瓦霜的老人，在告别人间的仪式。民间习俗，亲人去世的第三天夜里要举家避居别处，因为死者要回来“收脚迹”，把生时走过的地方一处处走遍，收尽留下的足迹。在朝不保夕的乱世，老人还活鲜鲜的就在

“收脚迹”了。到博物馆已经三点多钟。两位老人四手相执,不断点头,什么话也没说。坐定了,慢慢轻言细语谈开来,说的全是淡淡的旧事。谈到吃过晚饭,因路远走得慢,两位老人才依依作别。后来两位互相赠诗,都是由我传递。陈诗有“难得足音送好风,十年回首两癯翁”之句;吴和以“摇笔曾扬莫郑风,青瞳阅世忽成翁”之句。吴先生在寄诗的信中嘱咐我,做诗的事万不可与别人说。可怜那时的中国人!他初回安顺时,兴致不浅,让我给他刻了两方印,一方就叫“癯翁”,一方是苏东坡的诗句“心定与天游”,想重新写起字来,随即因期盼已久的“解放”令又告落空,心又灰了。连答应给我的一幅字,也说“能稍假时日否”,终于没有写。

吴先生逝世于一九七九年,总算是看到了邪恶的结束,得其善终。此前我随母亲去石城,晚上去他家拜访,他很高兴,但已相当衰弱了。这幢小井巷的木结构住宅,还是西街大十字那幢,因为要让出地来给一个商店修大楼,由占地单位把它拆卸了,运到这儿原样组装起来。我看去又眼熟又眼生,如真如假,有一种梦魇似的怪诞感觉。

高、吴、张三位先生,都属于旧新交替的时代之子,旧学底子打得厚实,成年后又接受了新文化。如早生二十年,必定也只会走科举路径。府志统计,明清两代科举,安顺出了二十八名进士,明代八人,清代二十人。清代出了两名中书。明代出举人一百四十三人,清代出举人一百六十九人。

下江人(上)

初次离家到省城,开始过寄宿中学的集体生活,非常不适应,好像忽然当了兵。想家想得厉害。恰好这时候又订阅了开明书店出版的《中学生》,读到美国作曲家福斯特因怀乡病不可遏止而弃学的故事。福斯特的《老黑奴》和《我的肯塔基老家》,原已听姐姐唱而学会了,现在又在《中学生》中看到李叔同译配的这样的歌词:“梦挥泪出门辞父母兮,叹生别离,父语我眠食宜珍重兮,母语我以早归。月落乌啼,梦影依稀,往事知不知?”以及“长亭外,古道边,芳草碧连天”等等。于是也在熙攘的同学群中,在紧张的集体生活中,害起怀乡病来了。特别是黄昏时分。后来读到鲁迅青年时代写于日本的《戛剑生杂记》:“行人于斜日将堕之时,瞑色逼人,四顾,满目非故乡之人,细聆,满耳皆异乡之语,一念及家乡万里……此时真觉柔肠欲断,涕不可抑”,乃知人同此心。儿童随母亲到别家做客,玩得欢天喜地,一至入暮,不是就立即吵回家,一刻不能迟延么。

时时回荡心里慰我乡愁,或者说增我乡愁的歌,除李叔同译配的以外,尽都是些怀念江南的歌曲。什么“我家在江南,门前面小河绕着青山。在那繁花绿叶的城池,我懂得怎样笑怎样歌唱”,什么“昨夜我梦江南,满地花如雪。小楼上的人影,正遥望点点归帆”。全不是我家乡小城的风景,都是跟姐姐学的。后来又迷上了词,什么“春水碧于天,画船听雨眠”,什么“若到松江呼小渡,莫惊鸥鹭,四桥尽是,老子经行处”也都是江南景物。晚自习,别人在做数学作业,我却沉湎在“闲梦江南梅熟日,夜船吹笛雨潇潇,人语驿边桥”的画境里。不折不扣的“错把他乡作故乡”。但这是一个有意的误读。这个美丽的误读,乃蒙下江人所赐。

“下江人”即长江下游地区人的简称。但这个流行于抗日战争期间的名词,当时却是泛指东西南北一切地方的流亡者。记得丁西林先生的独幕喜剧《三块钱国币》,就把四川人称所有难民为“下江人”作为一个笑料。我想这个词就是从重庆传过来的。贵州人是山民,不大有江河的概念,一个人不辨方向,北京人说“找不着北”,贵州人说“打不着山势”。抗战时期的“下江人”为特定名词,就是“异乡人”,就是“流亡者”,包括着浓烈的沦落、苍凉、同仇敌忾的内涵。

在那些怀乡歌曲中,就尽有非江南地区的。有一支说:“故乡呵!故乡呵!哪年哪月,再能吟咏在月下的松花江上。”我发蒙上黔江中学附小时,在一次“恳亲会”上,一个大约上三年级的女孩,上台唱“我的家在东北松花江上”,唱着唱着就哽咽起来,随后放声大哭。许多老师学生随之下泪失声。我虽混沌,却也深受震惊。当时生活中这股敌忾同仇的气氛,随时随处会鼓荡开来。如今我每听抗战歌曲,尤其是“为我中华民族永作自由人”之句，仍不禁动容，何况全民身历其境之时。

然而把难民统称为“下江人”，也是有理可循的。因为在这个特殊的群体中，江南人数量多，热情活跃，容易给人以鲜明的印象。对于自足自乐的安顺小城，下江人像一股劲风，破门窗而入，带进众多的新事物，全方位地冲击了石城的传统生活方式。奇装异服、特殊口味之类犹在其次，最碍眼的是一男一女挽臂而行，女的又还是“鸡窝头”、红嘴皮，化了浓妆！《儒林外史》中放诞的杜少卿与妻子携手游山，沿路的人“目眩神摇，不敢仰视”。安顺见下江人相偎而行，路人就要公然作侧目而视状，或互相挤眼努嘴；小孩们则尾随其后，拍手呼哨。但下江人视而不见听而不闻，依然故我，渐渐也就见惯不惊了。还形成了一个词叫“吊膀子”，意即谈恋爱：一男一女公然挽臂过市，非情侣而何？此词大约也来自重庆人，随着自由恋爱的普及早已消亡了。

石城人认定下江人娇气懒散，不能勤苦。大姐明端时为黔江中学初中生，教师多为下江人。她的班主任张慧老师，娇柔美慧，最受她崇拜。一次她征得母亲同意，请张慧老师带着她的一大帮朋友来家里做客。男客是张老师的新婚丈夫祝寿庭先生和他的朋友。母亲用搪瓷大盘切了黄果招待他们。我隔门偷窥，满座人影，一片柔软的下江口音。他们用两种语言说话，与母亲寒暄时说我大致听得懂的官话，自己之间则纯是一阵啁啾。他们吃黄果只吮汁不吃肉。去后，母亲看着一桌子吮干挤扁的黄果瓣感叹：下江人太作福践灶！即书面语“暴殄天物”。又一天夜里,两个姐姐带着我看戏回家,大十字南街口一家小面馆还在营业。天很冷,街很黑,小铺的黄黄灯光里,蒸腾着大片的热气,很是诱人。我们进去消夜,脚跟脚走进来一对年轻下江人。女下江人烫着蓬松的头发,一袭秋大衣披在肩上,袖子空垂着。男下江人从风衣口袋里掏出手帕,把洗刷得木纹毕露的白木桌凳擦拭一遍,女下江人这才入座。男下江人只站着。跑堂的端上一小碗热腾腾的旺子豌豆苗汤,然后问客人要吃什么。男下江人弯腰询问女下江人,女下江人只是用小勺低头喝汤。男下江人就说,等会再说罢,把店小二打发走了。我们喝了汤,吃着面,忽见女下江人站起身来,男下江人一边替她把滑下半边的大衣提好,一边小声问了句什么,随即叫店家收钱,说是已吃好了。这很叫店小二为难,因为这碗开胃汤照例是归在客人正食后随意给的小费之中,作为小二本人的收入。他无法单独计价。于是他说,算了,一碗汤不值什么。但男下江人执意要给。说来说去终于收下。两人就挽手而去。店小二望着渐渐消融在半明半暗中的两人背影,惊叹了一大声。这整个过程,女下江人没开过口,始终娇慵着;男下江人则始终殷勤着。我们姐弟只作壁上观。看完,不约而同交换了一个莫名其妙的眼色。三十余年以后初到上海,果然看见了女士们一只小包子吃半天的场面。

下江人的到来,使小城空前的新鲜活泼,因此我对他们大有好感。师范教育。职业大专。话剧。音乐会。画展。魔术。五光十色,全是新玩意。一个月白风清的夜晚,随姐姐去东关豫章中学操场看露天音乐会。第一次知道男高音、女高音、二重唱、小合唱等等。

人小，挤在人丛中，闻其声不见其人。散场后踏月而归。这情景至今宛如昨日。这是我头一次听“洋嗓子”，即美声唱法。第一次在京戏园看西洋魔术，清真馆老板登台表演，他的馆子就在京戏园对街。白西装、黑领结、高礼帽，玩空中取香烟、白纸变彩带彩带变面条等，今天看来很简单，当时却诧为神技，甚至传说他会古书中顶尖儿的“大搬运法”。姐姐所上的黔江中学，本地学生少，大多数是下江人，开小城学生戏剧活动的风气。我看过他们上演的《家》和《雷雨》。其中秦京、秦均兄妹俩是主力。另一女生王璇，在一次白天的抗日集会上与一男生合演《新小放牛》，旧曲填新词，如“赵州桥儿什么人修”，改为“卢沟桥儿什么人修”，控诉日寇侵略，宣传抗战到底。王璇穿白绸衣裤，系大红飘带，且歌且舞，嗓音甜脆，舞姿矫健。次日店员罗哥盛赞王璇，说她增一分则太肥，减一分则太瘦，白一分则太白，黑一分则太黑，云云，我骇然觉得夸饰无边。以后才知道这是宋玉赋里的语言。专业的演出，像舒模率领剧宣四队频繁举行的大合唱“黄河”“生产”“新年”和许多歌曲；新中国剧社演出的话剧《民族至上》《日出》《狂欢之夜》等等，给我的冲击就更强烈了。姐姐同学范毓庆的父亲甚至做了一间小木屋，摆在西街京戏园东侧，卖香烟火柴，店名就叫“江南村”，我也觉得它的可爱远胜于那些大店铺。总之，下江人带来的新事物，无一不惬我心。多年以后，回顾这段历史，认识到这是继明初屯军以后，石城文化进程的第二个划时代关捩，意义非常深远。

我对下江人的热情，被泼过一次冷水。有一次路上遇见上海人卖臭豆腐的挑子,那气味十分强烈。心想下江人带来的小吃,如咄咄粑、人参米、炸鸡腿和薄脆等都好吃,此物虽闻着臭,吃起来想是香的。于是买了两块来尝。勉强吃了半块,受不了,撂下走了。几天后走在街上,远远飘来一缕此物气味,喉头立刻开始收缩再收缩,疼痛达半分钟才消散。这种反应持续了数月之久,方得逐渐淡忘。至今偶过这种摊子,必屏息疾步而过,或闻风绕道,敬而远之。

日本鬼子无条件投降的消息,来得非常突兀。在遥遥无期的灾难中,尤其是在这灾难最艰苦的阶段,忽然听说战争从此结束,真令人不敢置信。一旦证实,下江人涕泪满衣裳,在一阵狂欢之后,争先恐后地踏上归家之路。小石城像一只滚圆的气球松了口,迅速地干瘪下来。上学放学,石街上也还是行人来去,却没有了那份喧声和活力。我觉得格外冷清,非常想念那些下江人。但他们带来的那股新风,继续吹拂着小小的石头城。

真正见到江南风物,是三十多年以后的事了。西湖。孤山。西泠印社。林和靖墓。虎丘。沧浪亭。拙政园、网师园。绍兴尤其印象深刻。只是觉得,江南的水远不如想象中的清和绿。

下江人(下)

有几位素昧平生的下江人,因国难而与我家结下缘分。

大姐明端的黔江中学班主任老师张慧,人如其名,秀外而慧中,小巧温婉,正符合人们心中的江南女子形象。姐姐很崇拜她,请她带着朋友们来舍间做客,我母亲对她印象也很好。当时她刚新婚不久,夫婿是中国银行的主办会计祝寿庭先生,也是下江人,籍贯南通。不到三十岁,风度翩翩。忽一日,姐姐告诉母亲,张慧老师生了个男孩,得了月子病,听说很不轻。当晚母亲就带着两个姐姐和我去探望。她住在西街中国银行楼上的大房间里。记得室内一片白色。被褥、枕头、窗帘、桌布,什么都是白的。像一间医院的病房。张老师躺在一片雪白中,显得头发特别黑。她半支起身子招呼来客,姐姐忙把枕头给她垫高,半坐半卧与母亲说话,一直温柔而憔悴地微笑。母亲坐在床边,同她小声说了刻许钟就起身告辞。走在石街上,母亲叹息说,这是产后寒,怕是难治了,可怜年纪轻轻的,又逃难在外。这时街上黑沉沉的,透过钟鼓楼门洞,东街那边几盏小摊上的油灯在黄黄地闪烁。我觉得母亲的话非常可怕，不能相信活鲜鲜的一位年轻女子，真会忽然死掉，没有了。母亲还说，一个新房，布置得像个孝堂，不吉利。当时的街景和想打冷噤打不出的感觉，至今清晰如在昨日。

张慧老师最终还是去世了，丢下七十一天的男孩祝世安，乳名毛毛。下江人的小孩都叫毛毛，大毛二毛三毛。母亲接受了姐姐的建议，把毛毛接到我家抚养，她看祝先生决无带好婴儿的能力。这样，我父亲与祝先生成了亲密的朋友。祝先生一有空就来看孩子，后来奉调省城分行，就只能在节假日来看毛毛了。祝先生对我们很和蔼，常常带着一些新鲜玩意来，令我们惊喜不已。一次是四个京戏脸谱，背面写着角色姓名。只记得张飞和窦尔敦两人。大姐把它们挂在我们书房的墙壁上。有一回是浓缩果子露，我们诧为人间美味。抗战胜利后，祝先生随银行复员上海，时与我父亲书信往还。次年新年，寄来一大包年糕。花色好几种，纸包上印着玫瑰、枣泥之类名目。年糕是载入我们小学课本的东西："新年到，新年到，穿新衣，戴新帽，放鞭炮，吃年糕，欢天喜地多热闹。"母亲也听熟了。见到年糕，不以为然：年糕年糕，还不就是糕粑！祝先生还送给我一支女式派克钢笔、一支活动铅笔和一大本外国邮票册。毛毛一直在我家与妹妹一起长大，十一岁时才跟着祝先生委托的专人回上海。一九七八年，我与廖公弦兄有机会去上海，偶见街上有个公安户籍处的牌子，忽然想去打听祝先生的住址。本是姑妄一试，没想到上海办事效率高，不到五分钟就得到了答复，还住在他留给我父亲的旧地址。公弦陪我循着游览地图转了几次车，居然找到了。不巧祝先生在北京出差，毛毛也在一个市属县的农业局工作,不在上海。接待我们的是毛毛的异母妹妹,提起我家,她连说知道。我告诉她家父已去世,母亲还健在。谈了几句,已是暮色苍茫,就告辞了,原路回到上影招待所。不一会,祝家妹妹打来电话,说已向她父亲通了长话,他听说我到上海,去看望他,很高兴,但公务未完,不能赶回上海,表示遗憾。祝先生的弟弟寿康,是浙江大学数学系学生,随校入迁湄潭,几次来安顺看哥哥,也在舍间借住,我们叫他祝二叔。学校迁回时,他把一只毛糙白木箱寄存在我家,后来他在天津工作,来信说那只木箱不要了,里面的东西也请代为处理。那只木箱本就一直没上锁。打开来只是些练习簿、教科书之类。但有一本《明词综》,我就收为己有了。我上贵阳清华中学后,祝二叔还给我来过信,嘱我学好数理化,以后去他那儿上南开大学。数理化我畏之如虎,辜负了他的厚意。

内迁安顺的国立兽医学校,有个附属医院,院长姓张。经人介绍借住我家小楼上。父亲搬到母亲住的楼东面,把楼西自己的前后两间房腾出来给他夫妇住。张院长面麻,口音重,不知籍贯何地。夫人姓名我不知道,大家只称张太,秀雅端庄的江南型,几乎足不出户,我们极少见到她。张院长上下班与我上下学时间不一,同样难得见到。于是乎,那面小楼变得有点神秘起来。我常从园子里仰望那四扇推出来的窗门,想不出里面的日子会是什么样,但可以肯定与我们的日子不一样。张家用了一个厨子,大约是张院长的老勤务兵。当时我觉得他非常之老,矮小,结实,嘴极瘪,脸上表情总是气冲冲的。但渐渐发现他其实很和善。我曾几次跑去看他做饭。他家借用的厨房，原是堆旧木料和笨重家什的小杂物间，与大厨房隔小院相对。有一年冬天，雪很大，大姐看了《红楼梦》，带我们在这间小屋外面取雪来化水烹茶。老兵挽着菜篮子回来，就在小屋里拾掇，嘴不停地嚅动，不知是自言自语，还是哼军歌，还是纯粹的筋肉动作。他该做什么做什么，对我视而不见。他烹调手艺的特点，说文些是"精洁"；说白些是安顺话"太秀气！"菜拣得极嫩，分量极少，每肴一小碟，一餐不超过四碟。安顺说法："跟喂猫差不多。"老兵熬猪油，也不像我们用板油，他单买肥肉，一丝瘦肉不带，切成极小的方块，炼出油后缩为黄色小粒，就扔了。而油渣炒豆豉正是安顺人的家常好菜。小孩眼里，再乏味的事也能津津有味看半天。后来想起很失悔：我原本可以从老兵那里听到多少传奇式的行伍故事啊！不巧我是一个只用眼睛不用嘴的小孩。或许我就是怀着想听故事的希冀去的，但两只闷葫芦相对，打不开缺口。

我父母常在夜晚到张院长那边同他们聊聊天，听听唱片。有一个深夜，两人还对着几重屋脊外一只黑乎乎的猫头鹰影子射了一粒左轮枪弹。张院长是军籍中人，持有小枪。我母亲也常夸张太的娴雅风度。两家的感情是很融洽的。抗战刚胜利，他们几乎是第一批离开的。主客双方都有依依之感。张院长送了一件紫砂茶具给我父亲留念，张太送母亲的是一只马口铁大饼干盒。茶具是一壶四杯加一个瓷心木盘。泥很细，柄作竹节状，杯子外壁是泥，内壁是很薄的开片瓷，冰纹很细。并非什么古董，只是民国时期的出品。张家夫妇的命运非常悲惨。就在返乡途中，似乎未入安徽，遭遇土匪抢劫，夫妇双双遇难。消息传来，我父母嗟叹不已。特别是母亲不忍，一再叹惜张太太罹此噩运，还说当时父亲曾力劝他们待时局平稳一些再作归计，最好与大队同行，不必急于在大混乱中走长途。无奈他们归心似箭，也不知前途如此凶险。我每每在哼唱老歌“小楼上的人影，正遥望点点归帆”，读到“过尽千帆皆不是，斜晖脉脉水悠悠”之类词句时，会想象那位寂寞的夫人站在我家小楼窗口远望的画面。但她眼前没有流水归帆，只是内地小城鱼鳞一般的层层屋瓦。

明端还有两位江南流亡同学，在我家借住了很久。一个叫吴金龙，长得黑黑粗粗的。一位秀气些，不记得姓名了。与我们同吃同住，对我母亲“妈妈、妈妈”叫得很亲热。孤身学子，没有门路，两人返乡很晚。临别时，一再说道谢的话，掉泪。母亲叮嘱她们，到家就来个信，免得挂牵。一去之后，杳无消息。有一次母亲忆及此事，叹气说，大地方的人心不实。

张院长留赠的茶具，父亲一直摆设在他的起坐间里。“文革”期间，二姐明坤在平坝屯堡地区一户人家养病，是一位亲戚辗转介绍的，去时带上了这把壶。屯堡人家嗜茶，主人不断夸赞这把茶壶，姐姐临别时就送给他家了。茶杯和茶盘现在我手里。有一只多年前跌破，用老法钻眼补起，还有一只也有裂纹了。那个大饼干盒，我母亲直到去世，都是用它装点心。

※　※

附记：几个月前，忽然接到一个南京电话，说他是祝世安的儿子。我惊喜如在梦寐，话筒随即传来一个已近苍老的声音："明贤大哥，我是毛毛呀！"一根中断数十年的线居然续上了。原来是那位打电话的孩子偶然从网上查看祖父祝寿庭的条目，见《读库》选载我的《物之物语》中有载，遂辗转找到我的电话号码。几天后与寿康先生也联系上了。他已九十四岁高寿，身体和脑力都强健不输壮年，喜爱摄影。给我写的长信字迹秀劲，叙述清晰，陈年旧事记得一清二楚。世安也已七十出头，退休多年了。叔侄两家都寄来兴旺和谐的全家福照片，看了欣慰之至。

（2014年7月）

歌声里的抗战

在童年记忆中,抗日战争与歌声交织一起。甚至两者就是一回事。我没有亲见抗日战场,只饱听了抗日歌曲。战前出现过多种救国论,如“实业救国”“教育救国”等等,其实没有错,只是远水救不了近火。倒是救亡歌曲不胫而走,深入人心,鼓荡起一片敌忾同仇的氛围,是正义战争的有力助手。

第一次受歌声震撼,是进入黔中附小一年级,在师生同乐会上,一个女生独唱《松花江上》。她是随家长逃难来的外省人,也就是三四年级的年龄罢。开始唱得很动听,随即喉咙哽咽,后来就号啕大哭起来,牵动了许多师生,全场一片哭声。黔江中学是江苏镇江师范的校长曹刍先生受中英庚款管理委员会之托,内迁创办的,师生员工很多是下江难民。附小设在“川主庙”,四合院,中间一个方方的大石院。我们教室在正面大殿,神龛用一大张竹篾帘子遮住。有一次两个男生打架,一个掀开帘子逃进去,我们这才看见后面坐着的刘备,两侧站着关公张飞。

这支《松花江上》，当时唱遍大江南北，是《流亡三部曲》之一。第二首因思想意识不正确，作者在延安受批判，就不再演唱，我还记得它的歌词："泣别了白山黑水，走遍了黄河长江，流浪、逃亡，逃亡、流浪。流浪到哪里？逃亡到何方？我们的国土已整个在沦丧，我们已无处流浪，也无处逃亡。哪里是我们的家乡；哪里有我们的爹娘！说什么你的我的，分甚么穷的富的，敌人杀来，炮毁枪伤，到头来都是一样。"大约最后几句混淆了阶级区别，所以受批判。其实这话并无大错。另有一首激昂奋起："脚步连着脚步，臂膀抗着臂膀，我们的队伍是广大强壮！四万万被压迫的人民，都朝着一个方向。"我原以为就是三部曲的末一首，有一位老师指出我弄错了。我最喜欢的歌是《救国军歌》："为我中华民族，永作自由人！"至今哼唱还不禁动容。还有"大刀向——鬼子们的头上砍去！全国武装的弟兄们，抗战的一天来到了，抗战的一天来到了！前面有英雄的义勇军，后面有全国的老百姓"。背着书包去上学的男孩，口中念念有词，忽然会拔足飞奔，扬手高唱："冲呀——大刀向鬼子们的头上砍——去！"解恨得很！

一群军衣军帽的职业歌手进入石城，把零散的抗日歌曲汇成了一条河，河不大，却是活泼泼地汹涌流动。这是由舒模率领的剧宣四队，隶属于周恩来、郭沫若领导的政治部第三厅。来后借住于女子中学的一间大教室。用几床白被单隔成两半，男女队员各住一间。这种安排使窦校长十分不满，认为有碍观瞻，特别是在女校。我大姐明端是女中学生，对校长的愤怒不以为然，认为光明磊落的集体生活非常好。她本来就喜欢唱歌演戏，立即成了剧宣四队的追星族。每天放学,就在饭桌上絮絮地讲那些兵怎么出操,怎么排练,怎么打篮球,怎么洗衣裳晾被单。不久她与这些文艺兵交上朋友,得了许多照片带回家来。我们也就跟着看见了那些兵们怎么出操,怎么排练,怎么赛球,怎么晾衣裳。他们都非常年轻,穿棉军装,戴棉军帽;女兵军帽下露出长长短短的辫子,很俏皮。男兵们就是兵的模样,但细看还是要清秀些。

剧宣四队来了不久,就在京戏园上演老舍的话剧《国家至上》,我跟着大人们去看。座位很好,二三排靠中,看得十分清楚。剧情是褊狭的民族主义情绪如何化为同仇敌忾的爱国主义力量。我过去只看过唱念做打的京戏,第一次看写实手法的话剧,非常刺激。特别是那位回民领袖马大哥,白胡须、红脸膛,目光炯炯,声如洪钟。有一场结束前他大吼一声,怒视周围,一跺脚,大踏步下场,那神采令我心醉神驰。

明端与文艺兵的友谊与日俱增,不久就把全队人员请到家里来做客了。他们顺着几个院子巡行一通,观看父亲盘侍的花木,然后才在四进客厅里坐了满满一圈。我一直远远跟着,窥视这些心目中高不可攀的人物。舒模年龄稍大些,也不过四十岁左右,个头不大,皮肤微黑,头发很浓,眉目端正,很有书卷气。姐姐常常提起的草田最开朗活泼。可惜宋扬没有来,下乡采风去了。他就是传唱至今的《读书郎》的作者。"小嘛小儿郎,背着那书包上学堂。不怕太阳晒也不怕那风雨狂,只怕先生骂我懒呀,没有学问啰,无颜见爹娘。"贵州人一听,就知道其旋律是从山民的唢呐谱来的。原本还有第二段:"小嘛小儿郎，背着书包上学堂。不是为做官，也不是为了面子光。只为穷人要翻身呀，不受人欺负哎，不做牛和羊。”中间的衬字，现在都唱成“郎里个郎，郎里个郎”，而当时是“叮叮个切，哝冬个锵”，拟锣鼓之声。他们还有一首《苦命的苗家》也传诵一时。“苗家要自由呀，苗家要平等呀，我们出了粮，我们当了兵，为什么别人在享福呀，我们就没有份！为什么呀，国家的事呀，不准我们问！”最令我惊喜的是马大哥的扮演者刘双楫也来了。神气很温厚，但我还是心怀敬畏。这是一个下午，父亲上班去了，母亲为大姐准备了茶水、点心、水果，也避开没有露面。客人发现门外有个观察员，就把我叫进去一起坐着。我如坐针毡，但也很愿意在他们中间听他们年青欢畅的笑声。忽然有人提出要玩游戏，玩“我的鸟儿飞到哪去了”。每人先要选定一种花木作名号。轮到我，我大窘，在大家鼓励下报了一个“含羞草”。那时我以为这种一碰就合叶垂枝的神奇小草是珍稀植物，是我家园子里的宝贝。选完名号，一个清脆的女声响起来：“我的鸟儿要飞了。”众人问：“飞到哪棵树上去了？”女答：“飞到蔷薇花上去了。”那位蔷薇花马上说：“我的鸟儿要飞了。”“飞到哪株树上去了？”“飞到松树上去了。”如此错综传递，每出一次差错，就引起一阵哄笑拍手。我看得正有趣，不提防舒模大约觉得冷淡了我，大声说：“我的鸟儿要飞了，飞到含羞草上去了。”大家的眼光都转向我。我跳起来就逃出屋子去。后面一阵大笑，说真成含羞草了。这是我的国耻纪念日。如换成现在，我事先就会宣布不参与这样的游戏。玩了一个多小时，他们又笑语晏晏地走了。我远远目送，感到惆怅。

据方志介绍，在四队到来之前，安顺已成立“抗战戏剧歌咏团”，举行过大型演出。四队来后，又有“珠江音乐社”的建立。随即来了高博、杜雷等人的“新中国剧社”。加上几所中学和国立军医学校、兽医学校，一时之间，小城的抗日演出活动真有点如火如荼。我看过的话剧有曹禺的《雷雨》《日出》《家》；老舍与宋之的合作的《国家至上》，与赵清阁合作的《桃李春风》；吴祖光的《风雪夜归人》；李健吾的《狂欢之夜》；张道藩的《蓝蝴蝶》；陈铨的《密电码》等，总有十多部罢。那时演出的《雷雨》按初版，在尾声中周朴园、繁漪和四凤成为同一个精神病院里的疯人。从《狂欢之夜》中看到酒吧之类的现代都市生活，印象很深。新中国成立后从电影《三毛流浪记》里看到大胖子杜雷，以及许多影片中的高博，还有香港片片头上的“音乐：草田”字样觉得亲切，像是久违的老朋友。那时舞台上的道具，乃至服装，都是借用现成的，拼拼凑凑。大幕拉开，一堂写实摹真的布景显现出来，场子里就像刮穿堂风一样，掠过一阵赞叹之声。幕间换景的时间，长得够睡一个小觉。一次有人来访家母，说是演话剧需用一件道具，想遍全城，只有我家才会有，特来奉借。一问是电扇，家母根本不知此物。又一次，邓先生借去客厅里的两只单人沙发演戏。我去看了的，戏名忘了。演到一处，两人争吵，邓先生摸出匕首向对手刺去，真把皮沙发划破一个口。邓先生把沙发送到省城换了皮革，才还舍间。教我们音乐的何老师当《风雪夜归人》的演出人，在京戏园后台一角搭了个铺，日夜加班。我和罗哥去看他，须发戟立，两眼红肿，几乎累垮了。按当时条件,不是爱戏如命,不能作出那种奉献。后来到省城读书,我读遍了图书馆里的中国话剧剧本,就是这时引起的兴趣。

音乐会更是全新的玩意。一天我午后上学,路过大十字武庙(那时是县党部),里面传出悠扬的乐曲声。循声而进,发现一群人在偏殿里练乐器合奏,我的老师吴定周先生在拉二胡,蒋旭英先生在拉小提琴。曲调是我会唱的歌曲《插秧谣》:“布谷声声,田里水漂漂。我们大伙儿从早到晚,弯背插秧苗。”我站在门口听了一遍,怕迟到,赶紧走了。不久,在音乐会上演出这节目,一群当老师的大人,奏一支简单的旋律,竟拘谨到先在幕后试奏一遍,再开幕演奏。我正式听了两遍,觉得是意外的收获。这时恰有两位专业歌唱家从南方来,经过石城,过几天要开一个演唱会。她们在晚会主办者苦苦哀求下,风尘仆仆赶到场子里,各唱了一支歌,又唱了一支二重唱。女高音叫江心美,女中音叫胡雪谷。后台所有人员都拥到前台来听“正宗洋嗓子”。

一个夏夜,我与姐姐和店员大哥哥去豫章中学听音乐会。舞台是就着旗台搭的,演员站在煤气灯照亮的小台上,观众站在月光下的操场里。我们到得晚,站得远,我又矮,只能从晃来晃去的背影缝隙中,飞快地对台上瞄一眼。歌却是听得很清晰。有一个男声唱《太行山的太阳》,特别叫我感动,就是意大利民歌《我的太阳》,但填了新词:“遥远的北方,本是我的故乡:小小的村庄,在黄河岸旁。三间破茅房,四面围着土墙。我母亲在那远方,长相望。流水的时光,流浪在他乡,流浪在他乡。怎不惆怅!何日能见我母亲,和太行山的太阳!"那天音乐会结束后,我们踏着如水的月光回城,我心里一直流动着这支陌生而又无比亲切的歌。至今我哼唱这支歌,还是唱这个词,觉得比现用的译词更浑成。用现成歌曲配新词,是当时通行的习惯,取其便于及时面世和流传。当时家喻户晓的《小放牛》,田汉就配了新词,把"赵州桥"换成"卢沟桥",用牧童和小女孩的对唱宣传抗日。在大府公园的一次集会上,演讲之后演节目,黔江中学的女生王璇穿白绸衫裤,扎红头巾,打着腰鼓演《新小放牛》,神采飞扬。

四队的歌咏演出,大都选择各类广场,演出过《黄河大合唱》、《生产大合唱》(带简单表演),配上各种短小的歌曲。像舒模自己的《大家唱》,在石城很流行,到处听得见小孩"来来来来来来来你来我来他来她来,我们大家一齐来,来唱歌,来唱歌。一个人唱歌多寂寞,多寂寞,一群人唱歌多快活,多快活……唱歌使我们勇敢向前进,唱歌使我们年轻又活泼……"舒模总是当指挥。但有一次在女中操场坝上,他和另一个男角表演了一首《亲家对唱》,非常有趣。俩亲家碰上了,这位问:"亲家你打从哪垯里来?"那位答:"乡公所里开会来。"再问:"开会商议的什么事?"再答:"三言两语讲不明白。"这位见怪了:"讲不明白也要讲,耐心的解释才应该!"那位忙辩白:"亲家你说的哪里话呀,只因为问题太复杂。"于是讲了开会处理的几件事,一件是:"狗娃子,不成材,又偷了张家的葫芦柴。""政府的处理怎么样呀?""罚他给砍树去割麦。"又一件是:"二胡子,脾气大,打了他婆姨两巴掌，婆姨到政府告了他。”“政府的处理怎么样呀？”“批评二胡子不应该。说得两口子同了意，手牵手儿就回了家。”以下的词没记住，大抵是谈得满意，友好作别。两人还化了装，作北方庄稼汉模样。这支歌我后来再也没听到过。当时只觉得这个“政府”很可爱，鸡毛蒜皮的事也管，还管得这么通情达理。多年后哼唱，才恍然大悟：这不就是解放区歌曲么，除了边区政府，哪里还有这样的“乡公所”！

当时，除了《义勇军进行曲》《救国军歌》《大刀进行曲》以及“黄河”这一类雄壮威武的歌曲外，还有一类较为软性的抗战歌曲。温情脉脉，哀而不怨，最受青年学生的喜爱。我从大姐明端那儿，听会了一堆这类歌曲。词和曲都极柔美。这类歌曲，以怀乡为最大主题。最脍炙人口者，有《江南之恋》：

> 我家在江南，门前面小河绕着青山。在那繁花绿叶的城池，我懂得怎样笑，怎样歌唱。啊江南，春二三月，莺飞草长，牧女的春恋，在草原荡漾；啊江南，麦田的微风，吹醒了夏夜梦，媚惑的星星，点缀着蓝天；啊江南，秋水啊共长天一色，晓风残月轻拂着杨柳岸；啊江南，寒鸦点点，载来了鹅毛雪，殷红的渔火，独照江滩。啊江南！梦样的温存，露样的娇香，水样的柔情，云样的迷惘。别离时，我们都还青春年少；再见时，又将是何等模样。

这支歌五十年代在台湾老兵和知识分子中再度流行，借以寄托乡思。大陆《参考消息》曾报道过。

有一首《夜夜梦江南》：

> 昨夜我梦江南，满地花如雪。小楼上的人影，正遥望点点归帆。丛林里的歌声，飘拂在傍晚晴天。今夜我梦江南，白骨盈荒野，山在崩陷，地在沸腾，人在呼号，马在悲鸣。侵略者的铁蹄，卷起了漫天的烟尘滚滚。去吧，去吧，祖国受难的孩子啊！我们要把复仇的种子，播散在祖国的地下，在今天发芽，在明天开花，开花，开遍了中华。

此词的作者杨友群是贵州毕节人，诗词浸养深，才写得出典型的江南风景。作曲者汪秋逸是江南人，胜利后回乡了。听音乐界朋友说，汪先生去世后，家乡出版他的歌曲集以为纪念。杨先生的情况，曾多方打听，无了解者。

《故乡》："故乡，我生长的地方，本来是一个天堂。那儿有清澈的河流，垂杨夹岸；那儿有茂密的丛林，在那小小的山冈。春天碧绿的草原，有牛羊来往；秋天的松林，灿烂辉煌。月夜我们曾泛舟湖上；在那庄严的古庙，也曾凭吊过斜阳。现在，一切都改变了！现在，已经是野兽的屠场。故乡！故乡！我的家呢？我的家呢？哪一天才能回到你的怀里？这一切，可还是平安无恙？"这首歌抗战中唱遍全国。词曲作者陆华柏，五七年被打成右派，这支经典艺术歌曲被批判者称为“灰色歌曲”。

端木蕻良词，贺绿汀曲的《嘉陵江上》非常有名，被认为可与舒伯特的歌曲媲美。

> 那一天，敌人打到了我的村庄，我便失去了我的田舍、家人和牛羊。如今我徘徊在嘉陵江上，我仿佛闻到故乡泥土的芳香。一样的流水，一样的月亮，我已失去了一切欢笑和梦想。江水每夜呜咽地流过，都仿佛流在我的心上。我必须回到我的故乡，为了那没有收割的菜花，和那饿瘦了的羔羊。我必须回去，从敌人的枪弹底下回去。我必须回去，从敌人的刺刀丛里回去。把我打胜仗的刀枪，放在我生长的地方。

这支歌当时常表演，但因为有半音、转调，习惯于五声音阶的石城人唱不了。还有一支怀念东北家乡的也很流行：

> 淡淡月光，云波荡漾。月光照在心头，是惆，是怅。呵——故乡啊，故乡啊，哪年哪月，才能吟咏在月下的松花江上。长白山麓，有我可爱的家乡，有我童年的甜蜜，现在啊，一切只能在梦里来往。血腥伴着金风，白骨映着寒光。啊，月下的故乡，一片荒凉；故乡的人啊，也不知去何方！

也有以爱情为题材的抗战歌曲。老舍的《送郎当兵》：“丈夫去

当兵,老婆叫一声,毛儿的爹你等等我,为妻的将你送一程。”流传最广的是《淡淡的三月天》:

> 淡淡的三月天,杜鹃花开在山坡上,杜鹃花开在小溪畔。多美丽啊,像村家的小姑娘。去年,村家的小姑娘,走到山坡上,和情郎唱支山歌,摘枝杜鹃花,插在头发上。今年,村家的小姑娘,走向小溪畔,杜鹃花谢了又开呀,记起了战场上的情郎。摘下一枝鲜红的杜鹃,遥向着烽火的天边。哥哥,你打胜仗回来,我把杜鹃花插在你的胸前,不再插在自己的头发上。

一九五六年底,我第一次单独出差,去重庆办事,回黔时在海棠溪住了一夜,以便次晨上车。在一家小旅馆里,独对孤灯,忽然邻家有个小女孩唱起这支杜鹃歌来,声音粗粗的,感情平平的,只是信口而唱,却引起我无限的感动。可能是跟妈妈学会的罢。

当时还唱过许多以后才嚼出味来的“怪歌”。如一首《玉门春晓》:“左公柳拂玉门晓,塞上春光好。天山融雪灌田畴,大漠飞沙旋落照,沙中水草堆,好似仙人岛。过瓜田碧玉丛丛,望马群白浪滔滔。想乘槎张骞,定远班超,汉唐先烈经营早。当年是匈奴右臂,将来更是欧亚孔道。经营趁早!经营趁早!莫让碧眼儿,射西域盘雕。”近些年才知是罗家伦的得意之作。

抗战期间广泛流传的歌曲,至今仍在纪念性演出中露面的,仅《长城谣》《松花江上》和“黄河”等寥寥几首,其余都湮没了。它们是我童年的精神盛宴，启迪智力的维生素，陶冶品性的教科书。多抄录一些，给不知道它们的读者一观。

一九四五年到来，舒模指挥四队演出了一场音乐会，首演《新年大合唱》，“我们欢唱三十四年新年歌，恭祝大家健康多！有气有力多生产，不怕肚子吃不饱”，锣鼓震天，还配上舞龙、秧歌、腰鼓，最后放大红色的蚂蚱炮，气氛非常热烈，令我兴奋得透不过气来。过了几个月，忽至宣布日本投降了，满大街放炮仗，过年的黄烟、嘘花也上市了，挤不动的人群连爆竹也不躲避。甚至十年难见一次的烟火架也赶制出来燃放了。一片空前绝后的大喜若狂，涕泪满襟。等我回过神来，舒模和他的唱歌兵们不在了。走了。消失了。我那份惆怅啊！草田赠给大姐几本书作别，有《普式庚诗选》、《我的心呀在高原》和《茶花女》。都是草纸的抗战版，扉页上题了“明端同学留念，草田赠”字样。转眼五十余年过去，明端不在了。舒模不在了。草田不知近况。唯一如故者，只有那册《我的心呀在高原》立在我的书架上。其中袁水拍译的十多首霍斯曼的诗，是我爱读常读的东西。

姐姐们唱的歌

我会唱的抗日歌曲相当多，曾几次令长我十来岁的朋友惊讶。他们才是唱这些歌的一代人，怎么这个当时的小孩子，能与他们旗鼓相当地竞唱！这些歌，我是听大姐明端唱出唱进而听会的。抗战胜利后，另一类歌曲流行，像周璇、白光、姚莉、吴莺音等人的歌，我也会唱不少。这又是从大姐购置的唱片里听会的。大姐是一个整天唱歌的女孩子，特别爱唱电影插曲。当然，爱唱歌的青春少女很多。普遍如此，今日尤烈。如今是上万人跟着歌星同声高唱了。

一九四四年冬，日寇攻入独山的消息，对一向以福地自许的安顺城造成一场地震。小城居民发现，被他们怜悯同情的“下江人”的悲惨命运，一夜之间落到了自己头上。短短几天里，某家带头逃难了，某家在贱卖家具了，这类谣言，像蜂桶失王嗡嗡乱飞。我放学过街，也能感到异样的氛围，但家里总是平静如常。忽然一天，母亲宣布要带着我们去乡下住些日子，只留下父亲和工人刘大哥看家。近年才听谷受璋兄说，其实那时他已受父亲委托，踏选了几处地方，并选中偏僻而风景绝美的织金小城。但远行困难多,决定先到远郊的郭家屯暂住。

那个冬天特别冷。母亲率领我们过钟鼓楼,经北街,出北门,一路有干河、精怪塘、跳蹬场等地名。母亲坐轿,两个妹妹和两个表妹分乘两架滑竿,两两相背而坐。两个姐姐和我步行。加上刘大哥、厨工小冬姐和挑炊具衣物的挑夫,还有抬轿抬滑竿的,颇有点浩荡了。途中刘大哥背了我两段路,但我还是很妒忌妹妹们不用走路。不想到了地方,发现四个妹妹哭得鼻红眼肿,竟是在滑竿上冻得手足疼痛,流着眼泪熬过来的。精怪塘这个地名,特别引起我的兴趣。路边真有一口塘,那水绿得出格。挑夫告诉我,孤身过路人黄昏时分走过,会看见一块红毡子浮到水面上。要是此人起了贪念,伸手或用竿头去捞,红毡就会反卷上来,把他拉进塘底去。要是不顾而去,它也就无可奈何。当时正近薄暮,天气又阴沉沉的,想象绿水里浮出一条红毛毡,这画面真瘆人!多年以后,我曾想把这传说改造成一首叙事诗而未果。很难消除那浅显的教训味。数十年后的今天,这红毡子倒真成现实问题了。

抵达郭家屯已快入夜。我们投奔的人家姓吴,本无戚谊,也无交往,是由范姓亲戚介绍的。范家的二女儿,新近嫁到吴家作儿媳妇。安顺人重亲情,喜欢盘根错节地认亲戚。吴家与我母亲同姓,我们就按姨表关系称呼他家老少。这时,吴家已腾出两间厢房带一个小厨房供我们暂住,晚饭也准备好了。

次日上午,我开始观察吴府住宅。常见的木结构三合院,第四面是高墙和大门。四级石阶后是三开间的正房。石阶下是左右厢房。前院很小,后院是窄窄的一条。这时候,就听见两个姐姐和范二姐在她新房里唱起歌来了。

吴家是很传统的乡绅家庭。老太爷是权威的象征,吃饭以外的时间都躺在烟灯旁。偶尔有客人来聊天,或是独自翻阅老书,都是就着烟灯。一次他问我:听说你爱看书,看过些什么书?我说的无非三国水浒说岳说唐,外加《爱迪生的故事》和《绿野仙踪》。他忽然欠起身说:你看过《绿野仙踪》?转脸对客人说:这是有名的书,我也闻其名而未见其书。脸上很佩服的样子。多年后我才弄明白,他说的《绿野仙踪》是清代李百川的小说,而我读的《绿野仙踪》是美国童话。老太太是铁腕人物,主持家政,精明干练。少爷少奶奶地位不低,但发言权不大。范二姐的丈夫当天不在,过了两三天才见到,后来也不常见,似乎在外面做事。圆脸、眉目端正,话少。我似乎没听见过他的声音。范二姐是续弦,前房遗有一个女儿,就叫吴大妹。那时似乎四岁左右,没有玩伴。这里站半天,那里站半天,是一种无声无息的存在。家里一下子来了这么多小朋友,她只是很近地站着看我们,不吭声。她有两个特点,一是手掌特别柔软,可以一直翘到拇指紧贴手背;二是一见食物就左眼皮飞快地眨动,右眼却纹丝不动。吴家的人,数她留下印象,至今妹妹们还在说起。但我最感兴趣的是吴府管家郭绍华。来之前范大姐提到过此人,说他是招安的土匪头,本应砍头示众,吴老太爷与县长是至交,硬讨下来。我全神贯注地偷偷追踪观察他,但他出没不定,在外办事的时候多,也不知道住哪里。青衫青裤，羊皮背心，白包头，与乡民无异。唯独腰间紧扎一根宽皮带，别着一支手枪，是亮点。而他那黧黑瘦长的脸和细长眼睛，在我看来分明透出剽鸷之气。一天中午，巧遇他应答着老太爷的嘱咐，从上房走出来。我尾随他到大门外，见石墩上系着一匹马，他解开缰绳，一眨眼就飞身上了马背，嘚嘚而去。这镜头使我很满足。

到达的次日，母亲就带着小冬姐、刘大哥去赶跳蹬场，采购十天所需的粮食菜蔬。吴家也去赶场，买回两尾一斤左右的鲤鱼，送给我们一尾。晚炊时母亲就烧来给我们吃了。第三天晚上，吴家来请母亲去上房吃消夜。后来母亲说，吴家那尾鱼，分做了三味：一段红烧，一段糟辣，都已吃了。请去消夜，是品尝他家最拿手的盐菜鱼。母亲对这样吃鱼很诧异，老太太听说我们一顿就全吃了，也很诧异。

那个冬天特别冷。泡冬的水田结成厚冰，被二姐发现，两个姐姐就带着我们去滑冰。当然没有什么器械，只是穿着棉鞋乱滑一气，不断跌倒。尖锐的叫笑声招来一大群狗，团团围住，汹涌澎湃似的狂吠，把我们吓坏了。姐姐和我还能绷住脸面，妹妹们干脆大哭大喊起来。二姐胆大，想捡块冻泥，掷出去吓吓狗们。才一弯腰，对面的几只狗就倏忽一退。这下得了主意，我们纷纷对着狗们作猛然下蹲状，且战且进，步步为营。但始终不能突围，直至几位农人闻声赶来，才解救了我们。

姐姐们唱了许多歌，范二姐还教了一首新歌，是电影《一夜皇后》的主题曲。我不习惯簇簇新的洞房，范二姐的房间只进过一次。但在外面也把这支歌学会了。小令体的歌词很有点诗情画意："无边春色在儿家，满眼繁华。莺啼燕语太喧哗。如图画，万树锦桃花。酒帘花里高高挂，随微风，左右倾斜。花正开，人未嫁，梅龙镇上，卖酒作生涯。”

《一夜皇后》这部影片当时我还没看过，但知道它就是京戏《梅龙镇》又名《游龙戏凤》的故事。我从小讨嫌这出戏，觉得下流。周璇主演的电影，后来也看了，没多少印象。但这支歌永远不会淡化。当时三个女孩子的歌声，从暖烘烘的新房里传出来，穿透门窗墙壁，弥漫在阴暗的天井、转角、厨房，一切空间。“花正开，人未嫁，梅龙镇上卖酒作生涯”，令我感到彻骨的寂寞和凄美。卖酒作生涯的李凤姐结局非常悲惨。唱此歌的两个姐姐，还有同样爱唱歌，谈起好莱坞音乐电影《彩凤清歌》中狄安娜·窦萍的歌声无限神往的范家三姐，都夭折在如花的年龄，都死于民间称为“女儿痨”的肺结核。数十年间，这支歌在我心中，永远与肃杀的严冬、闭塞的乡民、沉闷的大家庭、不幸的少女锁定在一起，伴之以惶惶然的战争恐惧。

我们借住吴家，原不知会住多久。但我们的新鲜劲还没有消失，刘大哥忽然来了，说是日本鬼已退出贵州境，要进城回家了。我们就此告别郭家屯，从此没有谁再去故地重游。吴家后来的结局很惨。老太爷在新中国成立前夕病故。儿子接班任乡长，“土改”中划为恶霸地主被处决。老太太以下扫地出门。范二姐受的坎坷难以详述，居然顽强地活了下来。几年前她到省城看范大姐，突然来探望于我，前尘往事，真如梦寐一般。问起吴大妹的情况，说是长大后嫁了当地的农民。

回到城里，一切恢复了老样子。不久日本宣布投降。蜂拥而来的难民蜂拥而去。小城顿时冷落下来。次年父亲应大姐明端请求，让她到贵阳女中上学。两年后我也到省城重考初中。当时正值春季，辍学半年，与穿着白领蓝衣女中制服的大姐朝夕相处。

明端去世近五十年了，凡认识她的亲友同学，总说到她的善良与热肠。抗战期间，她一个刚上初中的女孩儿，在校在家，都无足轻重。而她的班主任张慧老师产后病故，她能说服母亲，把诞生才七十一天的婴儿接到家里，养到十一岁才由其父接回上海。她同学中有两个孤身在外的难民女同学，在我家食宿近年，直至返乡。赴缅远征军（青年军）在街头招兵，她放学路过，立即报名，回家才告诉父母。入伍当然没有成为事实。女孩子善良者不少见，难得这样慈心与侠气兼备。她用许多小乐事令平淡的生活生动起来。舒模率领的剧宣四队和高博等人的新中国剧社驻扎在女中，明端仿效他们，带着弟妹办家庭剧团。与她在省城一起度过的那个夏季，我见她买来装着炸拉子即叫蝈蝈的小竹笼，那金属性的振翅声，把正午和黄昏叫得更热。买来盛在桃形玻璃罐里的蝌蚪，浓墨一样在清水里窜来窜去。从中药店买来冰粉子，用大瓷盆做成冰粉，一碗碗送到大家面前。假日拎着竹篓装的硕大的“火炭杨梅”，乘马车去郊区看范大姐。她最大的乐趣是看电影，新片必看，一部不落。在黑乎乎的电影院里，她递到每个人手里的橘子，都是掰成十字的，省得你费事剥壳。在家就一边织毛线一边看着歌本唱歌。参加了基督教青年会办的合唱团，每周练习，还正式演出过。我听过她参加的合唱《海韵》，是赵元任为徐志摩诗谱的曲。她文科很好,初中毕业时,国文老师张时俊在她的纪念册上题了一首诗,前二句是“明端贤棣善文章,摇笔即来气宏皇”。小学三年级时,我抄袭过她一篇得高分的作文。但我的老师只给我七十五分,令我大为不平。有一个假期,我在她的歌本上为她抄了很多首歌,她很高兴。这件小事一直是个欣慰的回忆。但我伤害过她。有一次午后,看日场电影出来,大姐与一位同学邂逅于街头,分别一个假期,见面不禁拉手惊呼跳跃。这本是女孩子的常态,我与谷受璋兄却觉得好笑,立刻模仿取笑。大姐生气了,说她从来没有这样不尊重过我们的朋友,赌气快步走了。我们本来毫无恶意,于是很懊悔,讪讪地跟在后面。到了住处,大姐还愀然不乐,却仍然舀了酸梅汤,默默地递给我们。这件错事,永远不能弥补。

一九五〇年春节刚过,我和姐姐赴省城开学,同行有居住贵阳的两个表妹和一位姨婆。不料在离贵阳已不远的清镇狗场遭遇土匪抢劫。在附近农舍蜷了一夜,次日觅车到贵阳。匪势迅速蔓延,交通断绝了好几个月,连省城也几次流传着土匪定于某日攻城的谣言,人心惶惶。但物资与人客的运输不容久废,想出了数十辆商车列队衔尾而行的办法,姐姐就带着我踏上回家的路,不让我返回花溪的学校,怕无法向父母交代。不到百公里的路程,我们浩浩荡荡的车队走走停停,首尾相顾,从清晨到夜里近十时才到家。路上几次听见枪声。记得到家我就呕吐了,晚饭也没吃就睡了。姐姐明端则从此卧床。开始诊断为支气管炎,渐渐肺结核症状日益明显。原来她在省城就咯过血,瞒着没对家里说,耽误了医疗。我在安顺中学借读一个学期，又回到原校。姐姐终于不治的噩耗，就是在花溪得到的。我伤心之至，曾写过六七首伤悼她的诗。我至今认为这是我习作中最好的作业，因为是心底流出的泪。可惜在“文革”抄家风中被谨慎的妹妹烧却，一首也记不全了。

长大读诗词笔记等类文字，吃惊地发现旧时中国青年女子的死亡率高得可怕。从“自古美人如名将，不许人间见白头”这句诗，也可以想见一斑。社会陋习、妇女地位、多妻制度、医学知识、治疗手段，乃至青春期女子的生理心理特点，就是摧残青春少女的杀手组合。以明端的生活状况，竟也不能幸免！诗人何其芳早年有一首《花环》（放在一个女孩坟上的花环）说：“你有珍珠似的少女的泪，常流着没有名字的悲伤。你有美丽得使你忧愁的日子，你有更美丽的夭亡。”这是面对死神的无可奈何的解嘲。夭亡不美丽，少女的夭亡最令人摧伤！我多么希望能看到活到白发飘萧、满面皱纹的两个姐姐！几十年中，她们只活在我从她们那儿学会的那些歌曲中。

华严洞躲警报

安顺人听难民讲述日寇飞机轰炸,同情之余,隐隐有侥幸之感:亏得我们这是福地!也知道重庆几乎天天挨炸,但毕竟那是“陪都”,身份不一样。天塌下来有高汉顶着。到得百里之近的省城连番被炸,才知道锅儿真是铁铸的。于是西秀山石塔旁竖起了空袭警报杆,钟鼓楼也出告示试验手摇警报器。这玩意一嚎起来,通城鬼哭神惊,阴风惨惨。自此,石城居民开始学习躲警报,而且形成了一句新谚语:“天不怕,地不怕,只怕飞机屙巴巴!”汪曾祺的《跑警报》说,昆明人说“跑警报”,不说“躲警报”,也不说“逃警报”。分析道:“‘躲’太消极,‘逃’又太狼狈。唯有这个‘跑’字于紧张中透出从容,最有风度,也最能表达丰富生动的内容。”石城居民也有说“跑警报”的,但更为通行的是“躲警报”。初学乍练,顾不上风度。

塔山上的杆子用来挂红球:三个球是预行警报,四个球空袭警报,五个球紧急警报加警报器。红球全降,不言而喻是解除警报。红球向眼睛发警报,手摇警报器则是向耳朵发警报。

某日下午第一节写字课，一个同学获准出去注水。很快回来，从容地说：塔山上挂灯笼了。全班不等老师发话，哄然“漫卷诗书喜欲狂”，呼啸集合于操场。随即由校长带领，分班鱼贯而出，就近沿青龙山下迤逦出城，憩息于一片松林之中。城中心钟鼓楼上的警报器，也远远传来了凄惨的嚎叫。这里遍地都是一丛丛贴地的野花，阔而扁的叶子碧绿，高高挺起一枝未绽的紫花，活像一只饱蘸了颜色的毛笔。已开的花则像紫蝴蝶。我非常喜欢这种毛笔，摘在手里，比画着写大字。这笔萎败得比解除警报的信号还快，临走时就扔了一地。回想起来，真是罪过。此花当时不知其名，多年后请教花鸟画家，说是叫作“紫鸢”，是鸢尾花的一种。虽然不久就整队进城，但下午的课也就免了。这并非头一次躲警报，只是印象较深的一次。小石城的警报，总是有惊无险，小学生不知利害，反而盼着常有警报好得郊游。

汪曾祺的《跑警报》记了大学师生在其间的许多妙人趣事。小石城没有防空洞，也没有大学（只有国立军医学校和国立兽医学院两所“最高学府”，应属大专或高职罢），比起昆明人的此项活动，简陋多了。

有一段时间，不知是因为警报频繁躲不胜躲呢，还是适逢暑假，父亲让母亲侍祖母、外婆和我们到华严洞住下躲警报。这是我一生中最惬意的日子。

华严洞是个大溶洞，约定俗成的端午节游憩之地。但这时候洞里存放了北平故宫博物院内迁的部分藏品，有军人和专职机构守护，不让游洞。洞外庙宇则不受影响。华严洞藏有国宝，当时只是传闻。

一九四四年,应有关方面的恳请,选出一百多件字画在省城展出,证明确有其事。华严洞外是一大片环山带水的田畴。山都是小巧玲珑型,葱茏苍翠。水是一条小山溪,轻捷者一跃就可横越。溪水从岩洞石峡中流来,极清澈,鱼虾成群。清乾嘉时期著名学者洪亮吉在贵州做过学官,喜欢华严洞的景致,作诗说:"我欲磨崖易旧名,读书山畔藏书穴。"但这个山名没有叫开。从北平护宝南下,在华严洞住了八年的文物专家庄慕陵先生,在又一个八年后想念华严洞那段生活,作了一幅《安顺华严洞读书山图》,遍征友好题咏。此时的庄先生已远在海陬,是台湾"故宫博物院"的副院长。他的友人张敬先生,也曾是石窟护宝人,为此图作了一首套曲,其中说华严洞"千岩万壑图,翠柏苍松径;青溪拖玉带,苗寨布荒茔,好一派水秀山明","漫收拾洞天福地,尽流连石宝山城;桃源世外三生幸。云深藏宝器,风静送梵声;有登天眼界,看滋地围屏;泉活活鸟语嘤嘤,树森森石叠层层;任天时寒暑阴晴,任人间喜怒哀憎,任尘寰得失衰兴;漫惊……回首西南山水程,画意诗情"。此时远离大陆,莫说自己的桑梓之地,就连寓居过几年的华严洞,回忆起来也无比美好。真是"无端更渡桑干水,却望并州是故乡"了。近年读到台静农先生记庄严(慕陵)先生的文字,知道这是一位非常可爱的至情至性的文人。

我们住在一座小阜上的木楼。楼下两排房间;楼上是一间大敞屋,四周一圈回廊。站在廊口凭栏眺望,左手是华严洞,右手一座小石头庵。前方是绿油油的稻田,弯来弯去的小溪,远处一个个螺钿形的小山。景致确实是很秀丽的。

那座小尼庵最吸引人。庵建在石梁上。石梁对着一座崖峡石洞。峡口草树一片乱绿,石洞半明半暗地伸进漆黑的深处。一股水从洞中暗河中流出来,注入小溪。石梁上小石屋既是通道又是观音阁,除了神座,香客跪拜都觉逼仄。后侧是菩萨殿和尼舍,都在水上,小得像玩具。我几次随母亲去过,站在尼舍的小窗前,面对崖与庵之间那片永远阴森森的水滩,一半儿恐怖一半儿神往。多年后读到郭沫若译歌德《迷娘曲》:“有山有山云径深,驴儿踽踽,常在雾中行,幽壑中有蛟龙隐,崖欲坠,瀑布正飞奔。”虽景物并不全合,却觉得正是说的此处。有一次,小尼姑发现洞口水中有一条大蛇,惊动了众人。我飞奔而去,倚在小窗上寻找,果然它就在洞口边待着。尼姑们烧香燃烛设供果于石梁边上,宣诵佛号,求它不论是何方神圣变化,都不要惊扰世人。我看了半天,那蛇毫无动静,兴尽而退。后来听说这位神圣也待得够了,“忽然消失”,于是比丘尼们更加虔心赞诵,梵音大作,感谢观世音菩萨解救众生。

到华严洞住下的第二天,我学两位姐姐的样,裁出一叠砂人白纸,用夹纸搓了纸捻,订成两本作业本。一时间雄心勃发,心想这样漂亮的本子,一定要写上最新最美的文字。谁知吮毫蘸墨才写一个字,就满不是那回事,顿时兴致锐减。这个“事与愿违”的例子,今天还记得一清二楚。这以后更是终日徜徉于山光水色之间,顾不上老师布置的作业了。

其间有三件事还记忆犹新。

一是刚住下不几天,半夜被叫醒,说是“老二”(棒老二,即土匪)

在抢邻寨二桥。我们站在楼廊上，又冷又刺激，微微颤抖。往那方向看，果然有微弱的火把亮光，闪晃在黑乎乎的夜空里，还听见远远的喧闹声。我们小楼的围墙是石砌的，碉形大门上还有枪眼，有人向外打了两声火药枪，以示警戒。不久那边归于寂静，想是土匪已退，我们也就回去睡觉了。这种小抢劫，在当时是常事。

其二是我出丑，大狼狈。一天从城里来了姐姐的几个同学，就一起在溪畔小路上闲逛。忽然，远远蹿过来一只猴子，颈子拖着一截铁链。后边主人越叫唤，它越跑得欢，还毛手毛脚地抓挠挡了它道的人，呲牙咧嘴吱吱恫吓，我们这一群纷纷笑骂躲避。那泼猴跑过去老远，又回头越过我们，向它主人狂奔而去。我心想，快趁此时回去，算不定它还会转来。我刚走了几步，那畜生果然又来了，看见离群的我，就径直奔过来。我拔腿就跑，它连纵带跳地追赶。姐姐们在后面大声喊我不要跑，我停下它也会停下。我哪里敢停！一路狂奔，听见他们喊：猴子回去了，猴子回去了，回头果见猴子跑不过我，已认输撤退。但我还是一气跑回园子，关上沉重的两扇大门。

其三是大妹明怀落河。一日母亲和外婆去小河里洗衣裳，我和妹妹跟着。河面横着三块又宽又厚的石条，石条挨近一个小岩洞，水就是从小石庵后面的暗河流出来，经过这个小岩洞到河里的。外婆和母亲面向上游蹲在石条上洗衣。我和妹妹背向蹲着看鱼虾。忽然她指着水里说了声“红鱼！”就圆滚滚地掉水里了。我一声惊叫，母亲回过头，一把将妹妹拎了起来，随即抱着就往家里走。外婆收捡了衣裳、捶衣棒等等，挽着大竹篮，带着我回去。小河离我们的后门很近，上一个小坡就到了。回家见妹妹裹着大毛巾坐在那里,除了头发还湿着,别无异样,似乎也来不及吓着。其实那水不过膝盖深。

去年夏天,我和两位年轻朋友去华严洞。那座小楼还在,只是板壁换成了砖,小木楼变成了小砖楼。楼前的小土坡变成了水泥地。石梁上的小石庵旧貌依然,小河上的洗衣石条,连石纹都令我眼熟。我在几处都拍了照片,带回来给妹妹看。知道这些事的人,如今只有她和我了。(附记:明怀已于二〇一〇年五月病故。)

华严洞一段生活,与其说是躲警报,不如说是渔人误入桃花源。

写躲警报写出这么些闲情逸事,可谓离题万里。但安顺人的躲警报生活不过如此。于是,他们更相信这是一块福地。

来了美国兵

小城出现美国大兵的时间，我说不准确。应该是太平洋战争爆发后，抢修中缅公路那时候罢。

小城原也有外国人的。那是天主堂的修女和神父。行人寥寥的石巷里，时不时会有一位修女走着。飘飘荡荡的大黑道袍，大黑风帽镶一道雪白硬檐，鼻梁上架着金边眼镜。偶尔会两人同行，更偶尔是三个。不论几个，永远是沿着街边走，平视疾步，旁若无人。如遇太阳天气，那真是黑白分明，黑得深不可测，白得晃眼睛。那份超凡离尘的圣洁，拒人于千里之外，连那些百事可乐的刻薄鬼，也不敢拿她们做取笑的话题。此外还有基督教的牧师，虽也是高鼻深目，金发碧眼，衣着就很普通了。小时候生病，要是两服汤药不见效，或一日就会被母亲带着上街，也不告诉去哪儿。走到水洞街附近，隔着石桥两边的柳树隐约望见福音医院的灰房子，就明白是送来给外国人掀起衣裳听胸口，立刻紧张起来，只盼望敲心口的是中国实习生。不论外国医生中国医生，一律都非常和气，轻言细语。医院里最大的人物是费医生,不知道是哪个国家的人。小城有名的西医陈知生先生与我家是通家之好,是个基督教家庭,陈夫人约我母亲去过费医生家,看着什么都新鲜,回家后告诉我们,费家的小孩吃洋芋泥当饭,一人一个大碟子,用调羹舀着吃。郡人邓迁出国留学,娶了一位洋媳妇,回国住在什么地方,抗战爆发后带着回到小城。那年大年初三,大十字耍龙,黄昏时分,父亲就带着我们去南街口,在聚康银行二楼的办公室里等候。这是最好的观赏窗口。忽然邓先生带着洋婆子进来了,与父亲寒暄闲谈,等着看龙。房间本来很小,一装进这位西方硕女,顿时显得空气稀薄。小城的婆婆妈妈,吓唬小孩总是说:再哭,再不睡,“红毛绿眼睛”要来了!这回可真是与之共处于斗室之中,我们都吓着了。时方三四岁的妹妹明新开始哭,经姐姐低声哄了几句,不敢哭了,蒙着脑袋伏在桌子上,敛声屏息,一直躲到龙灯玩罢,洋人离去,才抬起头来,一脸一身的热汗。我虽不怕,却大不自在,贴着玻璃窗街,决不回头。从来没有看过这样憋气的耍龙。这位洋夫人的国籍我也始终没弄清楚。小城老百姓恪遵不求甚解的文化传统,凡红毛绿眼睛一律称之为洋人,或外国人。倘再细分,就是英国人或德国人,仿佛地球就是中、英、德鼎立的新三国演义。(注:在小区内偶识同乡项光宇老先生,是我小学班主任项光潜老师的弟弟。他告诉我,邓迁与那位德国女子是罕见的“合同夫妻”,十年为限,到期后真的在广州分手了。)

美国兵与此前的小城洋客人们大不一样。他们蜂拥而来,小城立即热闹了许多。他们带来了大量的新鲜玩意:吉普车、皮夹克、口香糖、冲锋枪、奶粉炼乳、骆驼牌香烟、各种战地食品、大拇指加“顶好!”等等又等等。老百姓管他们叫“美军”,或者文一点叫“盟军”。

原来我一直以为驻小城的美军没多少人,都住在三一小学的校园里。最近才得谷受璋兄指正,说是大队美军驻扎在北门飞机场,借住我们学校的只是指挥部门的军官。与飞机场相距不远的北校场则驻的是中国兵。当时我们把校园借给美军,学校搬到县参议会后园的几幢旧木房上课。没有操场,上不成体育课,但那座荒芜残败大园子远比操场有趣,我们并不想念整洁的校园。忽有一天,父亲带着我去离别数月的学校看电影。那是晚上,校园有无变化未及观察,只发现礼堂被颠倒用了:校长训话和学生演戏的小舞台成了看电影的楼座,银幕则挂在对面的礼堂大门上。放的片子是一部丛林寻宝故事的五彩电影,白人土著、雄狮巨蟒、食肉植物、秘密宝窟等等。后来到省城读书,看多了,知道这是“探险片”千篇一律的公式;但当时觉得精彩至极,次日就向同学细细复述。同观者还有帅灿章帅二伯伯。他与家父是三一小学的正副董事长。从而猜想,这次邀请是感谢借校之意。

美军驻扎国外,例有胡作非为的事发生,至今犹然。相距不过百里的省城,就时有美国兵酗酒闹事的新闻传来,有的还上了小报。诸如持酒拥妓,飞驶过市,溅行人一身泥水,吓得小摊贩逃避不迭之事,几乎日日发生。这种妓女有个雅号,叫作“吉普女郎”。有一美军买茅台当啤酒咕嘟,醉倒在市府路口,车马行人为之绕道而行,警察都不敢惊动。更有一夜,美军醉鬼竟在中华南路交通银行的过街楼下,与妓女公然宣淫,引得路人围观唾骂。外省大城市,更有汉口舞会集体施暴、北京女大学生沈崇受辱等震惊全国的案件。驻扎安顺的美军,没有太为非作歹的传闻。不知是因为小城太小,驻军不多,相对单纯一些呢,还是发生过这类事件,只是没有传入我们混沌小孩耳中。在我印象中,美国兵多是些活泼轻浮的小伙子,经常三五成群地找机会出来闲逛、猎奇,领略异域风情。虽然还是红毛绿眼睛,见惯也就不惊了,所到之处,每每引起小孩围观。胆大乖巧地伸出大拇指嚷一声“顶好!”说不准能得一片口香糖作为回敬。当时叫它“橡皮糖”,因为永远嚼不烂。嚼得无滋无味了,往同伴头发上一捏,那绺头发就再也梳不通了,只好让妈妈一剪刀剪个缺口。我妹妹明缘刚上小学,列队放学途中遇到美军,男生们纷纷叫“顶好”,她被围住了,又是倔脾气,噘嘴站着看地下。不想美国大兵倒把橡皮糖给了她,而且是一整盒。但男孩子们最向往的美国货是汽车上的透明弹子。橙红透明,极像琥珀,往地上一掷,能弹起丈多高,用多大力也纹丝不损。当时都说是车轮滚珠,多年后才知道是尾灯的“复眼”。有一个同学不知从哪儿得到一颗,立刻傲视群伦,全校男生艳羡。打弹子是男生的主要游戏,一洞二洞三洞,三洞出来变“老虎”,就可以吃对手。常用的弹子是再生玻璃制成的“猫眼珠”,浑浊粗糙,还难得选出一颗浑圆的。我真是朝思暮想一颗美军弹子,上下学过南街时盯住每一个地摊搜索,终于没有这福分。还爱玩一种“海军火柴”,一根根又长又白又粗,药头很大,看去就气派。特点是浸水里再拿出来,照样划得燃。南街一家小店有卖,用零食钱换回几根,带到学校大家围着一杯水划着玩。这家店铺里蹲着一只比我们还高的马猴，用索子拴在门上，一副厌世者的阴沉嘴脸。上下学经过，总要看它一阵子。趁店主没看见，折一截干粉条扔给它，它就一伸手抓住，放嘴里很不屑地嚼起来。那时市面上的美军物资五花八门，都是大兵们偷偷卖出来的。弯头手电筒、军毯、大头皮鞋、夹克衫、呢大衣、蚊帐、食品包，以及许多想都想不到的玩意儿。除了香烟和口香糖是花花绿绿的，其余全部草绿色，老百姓就叫它"美军色"。谷哥告诉我，同德经营香烟时，晚上会走来一个美军，进到店堂，比画几下，解开夹克衫，从腋下取出一条骆驼牌香烟，就着钞票讨价还价，成交后揣起钱立即离去。有一次，夹克里竟藏了三条烟。那时候满街都是骆驼牌，还有"红吉士""白吉士"，最好的据说是"红双狮"，杆很长。陶行知先生得到友人赠的一盒骆驼烟，还写了"行知体"的诗发感慨。我家买的美军用品有一条军毯、一顶蚊帐，后来给我带到省城住校用。这蚊帐极细极薄，纤维细而挺，脆脆的，不带一点茸毛，大约是用什么方法处理过。挂起来透气透亮，有烟雾的感觉。多年后下水一洗，就起毛与普通蚊帐无异了。有一种战地食品包最有趣，我曾得过一只，剪开密封的厚塑料皮(里子是锡箔)，内装一人一餐所需：饼干、黄油、果酱、方糖、薄匣香烟和纸火柴。一片鲜黄色的东西，不认识，舔一下酸得脑袋打摆摆。后来知道是调饮料的柠檬膏。厨房碗柜里有一只美军罐头，放了很久，母亲总不动它。我看得眼馋，要求了几次，母亲方让人打开。谁知是一罐白豆，现在叫芸豆。母亲说："豆腐盘成肉价钱！"那时候，只有云腿、凤尾鱼才配装铁罐头。这只芸豆罐头蒸出来，一股牛肉和番茄味,大家都不要吃。我还从地摊上买到过一小包日本兵的“梅干精”,真是怪事!味道略似醋与酱油混合,外加一股怪味,立刻扔了。

洋人来了,西餐馆应运而生。就在我家的隔壁,狭而深的小店堂,招牌却叫“国际饭店”。后进才是主餐厅,门面只是卖西点咖啡。我每次路过都忍不住看看。两行小桌,铺着雪白的台布,立着瓶花,纤细的高背椅。跑堂的(应该叫 Boy 吧)一身白衣,头戴高顶白帽。比小城的土饭店是要讲究些,但生意并不兴旺,也就是一对两对青年男女来吃点心。女士都穿旗袍,男士则穿西装,是翻译官,其他装束的是下江学生。一次不知谁人邀请,母亲参加过一次国际饭店的宴会。对于我们的好奇询问,母亲只说:吃不来!

随着滇缅公路的进展,小城经常有美军车队过街,从东门进城,经东大街、钟鼓楼、西大街,出西门过两可间、花牌坊一带逶迤而去,直奔云南。每次经过,必引起行人伫观。如碰着赶场,万众夹道,只空出够汽车前进的一条人胡同。最壮观的一次,足足有七八十辆大小越野车,小的叫小吉普,带拖斗的叫中吉普,最大的先叫大吉普,后来才叫军用大卡车。都一个模样,不带车门,以便上下。当时有个笑话,说是一个乡下人目送小吉普飞驰绝尘而去,惊叹道:崽哟!这么小点就跑得飞一样,长大还了得!有的卡车,车轮比我们小孩还高,拖着各种大型武器。市民们大声点数,互相纠正,自命见多识广的就讲解这是高射机关枪,那是什么炮什么炮。大兵都挎冲锋枪,当时叫卡宾枪。还有一种枪管外又罩一个布满圆孔的套子,小城居民称为“蛇蚤龙”。我以为这种枪是四面八方射子弹的,要不然那些圆孔有何用。大人说那是用来散热的，我很不愿意相信。我还得过一枚奇怪的纸质弹壳，橙红色，印着字，只有底部是铜的。很粗，我套在拇指上玩。大人们告诉我这是“来复枪”的子弹，至今不知是否如此。这一次最盛大的车队过街，我是在家里听到信息才跑到街门口的。只见从东门到西门，整条大街上车轮滚滚，像一条百尺长虫，踽踽而来，迤逦而去。不知是不是在准备一次会战。居民们津津有味地议论了许多时候，并引出种种分歧、争论和见证。还有一次印象深刻，是多辆普通吉普中间，夹着一辆白色小吉普，停在国际餐厅门口，车上人入内用餐。几辆车都伸出颤巍巍的细杆，顶上有风车叶似的薄片，后来听说是扫雷器。那辆白车特别打眼，从未见过，车主的身份肯定很高。随即有人想当然地判断为魏德迈将军。小城很不乏这种生而知之的聪明人。

美军借住我们小学，学校借用县参议会的那一段生活，有件事记得很清楚。一个同学发现荒园的土墙破了个碗口大的洞，露出一团斑斓彩色，细看竟是一条大蛇的肚腹。他跑到同学中一嚷，大家争先恐后跑了去，远远站着看。我看清了那团绿白花纹时，手脸起鸡皮疙瘩。一个调皮鬼冷不防大叫一声，吓得女同学跳起来。后来有人想起去告诉门房老头，不一会他摇摇摆摆来了，右手提着大火钳，左手摊着一张报纸，纸上摊了一堆旱烟杆捅出来的烟油。据说蛇最怕此物。老头向墙洞走，女生向四下逃，我们也后退几步。那蛇显然是冬眠未醒，很容易就被老人活捉了。老汉提着不住挣扎弯曲的大蛇，在两行敬畏屏息的注目礼中庄严而去。听说他把蛇拿到北街药酒店换酒喝了。

日本宣布无条件投降的消息传来,小城四条大街人流汹涌,炮仗声此起彼伏。美国大兵们也跑来参加狂欢,高高浮动着草绿色船形帽。谷哥扎的“四强”国旗并列的“V”字大彩灯,挂在同德门楼上,晚上灯里的110伏灯泡一亮,把四周照得雪亮,引来越集越多的市民聚观,美军干脆整车地来,堵断大半条街。店里怕乱挤出事,把闸拉了,黑暗更引起一片骚动喧嚷,吓得仍把灯开亮,直至观众看够了,逐渐散去,才关灯睡觉。

美军撤离小城的时间和方式,我就都不知道了。

美国大兵是石城历史上一个来去匆匆的远客。我至今留有一件这段历史的纪念品:一把草绿色的刷子,形状像排笔,但柄短而毛长。那毛也是一种仿棕丝的塑料纤维,很硬,估计是用来刷粗呢军服的。我用来刷书画毡上的纸屑灰尘。

岁时乡俗

小时候就盼过年。民谚说万节春为首。春节就是旧历年。过年之乐,其实是在等待阶段,除夕近黄昏那时刻达到顶峰。酝酿了半个多月的节日氛围越来越浓郁、越来越迫近,真不知要迎来一个怎么样的庞然大物。一上了年饭桌,节日气氛就开始淡化,渐渐稀释,终至索然。正像雨意最浓,是在黑云压城、金蛇隐现之际一样。

真把年过完了,又颇怅怅然,意犹未尽。老来诵郑子尹《正月十六日戏书》诗"灯节行看过,儿童又爽然。抱书愁上学,牧犊怒持鞭"之句,真觉刻画亲切。

进入腊月,过年的准备工作就开始了。先是见母亲带了人,头上顶着布袋,手持捆着扫帚的竹竿,打扫各房间的天花板和墙壁。这叫"打扬尘"(尘念阴平声,撑)。扬尘即平日附着于天花板及墙壁上的飞尘。按规矩应在腊八那天打扬尘。谚曰"一年不打尘,十年理不伸(亦读撑)",但执行不严格,年前打了就成。书上写的"腊八粥"很诱人,但石城人不喜喝粥,病人也宁愿喝米汤。只有形容贫困才说:"穷得喝稀饭!”腊八还是蒸豆豉的日子。腊八蒸的豆豉经久不坏。

再过些日子,母亲带着人去赶牛场,买回猪肉、肠衣、豆腐、豆腐干之属,摆开架势做腊肉香肠血豆腐干豆腐。厨房弥漫着花椒盐的香气。大块猪肉抹上厚厚的花椒盐,码在瓦缸里。做香肠用竹圈翻套肠衣,填肥瘦肉,填一段扎一根线。安顺香肠讲麻香,不带一点甜味。豆腐与猪血、肥肉丁加盐搅碎,团成球形,裹以青菜叶,这叫血豆腐。豆腐干滚满花椒盐,泡在腊肉汁里,是为干豆腐。这些都是待熏的半成品。我们跑出跑进,心旷神怡。两三天后,母亲从瓦缸中取出一块“暴腌腊肉”,吃生片火锅。在此前后,必有一个受母亲派出的人消失一天,黄昏才拎着磕(以石碓捣细)好的糕粑面回来。年前到磕面坊去磕面的人家多,要预约排队的。随后就有一天制糕粑。糕粑面是按比例混合黏米和糯米打成粉末,上饭甑蒸熟后,倒在无甑底的空甑中,用粗头大棒压榨,成为圆柱形的糕粑,即年糕。也可以用大布包着挤压搓揉。分淡味和混糖两种。淡味者为主,混糖的聊备一格,小孩爱吃。米面蒸熟,未压成粑之前,像松花豆,叫松糕,夹一簇在小碗里,浇上蘦子糖汁,也是小儿的好点心。打糍粑更好玩。糯米饭蒸熟,倾入石碓窝,两人各执粗头大棒对着舂打,粑粑棒是专制的,形如棒球棍。我和姐妹们都喜欢参加打一阵。开头轻松,越打碓中粑越黏稠,非大人不能提得起来。舂完,把棒头粘着的糍粑抓下来。残留着的,小孩就争着“啃粑粑棒”。成粑之前的糯米饭,自然又是一顿点心,咸甜二吃。另外还要做小米粑、懒豆粑、高粱粑等等。

腊肉香肠腌好上架,用柏枝火熏着。带香味的青烟从厨房后的杂物小屋里飘出来。香味越来越浓,年也就越来越近了。

腊月二十三,买枣子糖“送灶神菩萨上天”。除夕点香烛接灶神回家。但不像侯宝林说的相声,要换灶神像,只是红纸写的神位。

除夕之夜的主角是火,“三十夜的火,十五的灯”。火盆比平时烧得旺,枫炭允许搭三层,像小灯一样又红又亮。年年发誓要守岁(叫“守年老者”,与西方圣诞老人不谋而合),但好不容易挨到半夜,磕头拜年,领了压岁钱,就陆续睡去。但我总是熬得最久的。一觉醒来,已是大年初一。

初一整天禁动菜刀扫帚,饭食和扫除都于头晚做好。想是让妇女松弛一天之意。我记忆中的大年初一就是:阴沉沉的灰色天空,往往还有毛毛雨。因臃肿新衣裳而显得又呆又村的小孩。东一簇西一簇的人堆。零零碎碎的炮仗响声。所有商店都关着铺板,倒显得不如闲天热闹。

新得傻乎乎的小孩是街上的主流,走来走去,不知道过年该怎么个大玩一通,只满街找可看的看。大人们在家里祭祖、休息、闲话,主要是赌博,正月是公然赌博的节日。老头老太玩字牌,妇女儿童掷“状元红”(骰子博戏),海派打麻将。小儿满世界彳亍,最吸引他们伫观的一是劈蔗秆,二是“跌十三”,都属底层游民的街头赌博。

石城不产甘蔗,都从炎热地区贩来。粗细色泽近似幼竹者称“蔗秆”,皮薄易剥,为小儿所喜。紫皮粗壮者称“糖蔗”,买来要请大人用菜刀劈削。以蔗秆博戏,是几个人聚钱买一整支连根带梢的蔗秆,割掉梢叶。立蔗于地,第一刀归出钱多的人,站在石阶上,手捏一把锋利小刀，用刀背压住蔗顶使之立稳，然后翻转小刀，以刀刃触蔗，顺势往下劈去。蔗皮破多长，就切下多长归劈者所有；然后第二个人接着劈，直至破完这根甘蔗。刀是共用一把，关键在手法高低。据说有一刀破全秆的，合资买的甘蔗归他一人独享。但我见过的顶多破过一半就了不起。看人劈蔗秆只能稍稍看一会儿就离开，如果被家长或父执辈撞见，就会目为“无出息”了。

劈蔗秆只输赢一段甘蔗，“跌十三”是赌现钱。赌者以右手握拳，摆三个小钱在虎口处，往地上一掷，口喊“十三！”大约是以三个钱的正反面组合关系来定，得分多者赢赌注。有笑话说，某翁有三女，他择婿标准是从事“不要本钱”的生意，即有一技在身者。最后选了一个唱川戏的、一个擅长“跌十三”的和一个茶倌。某日此翁卧病，三婿同来探望。走到病房门外，大女婿用高腔唱道：“亲爷何时得的——病嘞？”二女婿应声道：“十三！ 十三——！”岳父大怒，拎床下夜壶掷出去：“滚——”三婿高声吆喝：“又来一壶开水！”“跌十三”被认为更下流，故我从未观察，不知其规则，只知这个笑话。

当时的小学课本有一课：“新年到，新年到，穿新衣，戴新帽，吃年糕，放鞭炮。”真正吸引小男孩的，最是末一项。有的小小孩，用压岁钱买了炮仗，却不敢放，只好请别人代劳，自己站一边眼巴巴地看。有一种“黄烟”，外形与炮仗无异，点燃后喷出极浓的黄色烟雾。如果捏着向水洼里写字画鬼脸，可以保留几秒钟，才渐渐洇散。平常多受欺负的老实小孩，这时就用黄烟往墙上写仇人的名字，以示报复。“嘘花”无声喷火，适合小小孩，胆大者不屑放之。但有一年，安宗表妹大病初愈，头发稀拉拉的，得了一枚很贵的“水仙花”，个头很大。拿在手里几天，终于下决心放了，我们围观，见喷出来的火花雪白晶亮，一朵一朵辐射出来，果然呈水仙花形状。我最喜欢的是“乘枝箭带电光炮”，近于北京人的“二踢脚”。特别是晚上放，带竹签的火箭曳着光尾破空而上，看看熄灭了，忽然一声巨响，发出雪亮的白光。电光炮细而硬，从广州来的，尾端黑色是标志。外形一样而尾端不加黑色的，叫“蚂蚱炮”，响声小得多，发光作红色，价格便宜一半。东大街两侧的铺檐下，鳞次栉比地摆着炮仗摊，是最吸引顽童的所在。一次，有人在我家大门外的摊子上买了一根乘枝箭，当场燃放，不知有意还是无意，火箭不上天而是射进对门的火炮摊。转眼间乒乓乱响、火烟迸射，不到三分钟，对门爆竹摊就彻底破产了。我目击了这场乱子，但不知伤人没有，也不知最后如何了结。

正月间四郊还有跳神（地戏）、迎菩萨（抬着代表祖先的神像游寨）等活动，都属于现在称为“屯堡文化”的内容。我跟着母亲，到五官屯看过跳神，到镇宁看过迎汪公。印象是地戏简陋、铁炮震心；镇宁小街小巷铺了厚厚一层甘蔗皮，像在地毯上走路。正月间我喜欢的是耍龙。

耍龙是初三拜庙，初九耍到十五。但我早已在每天放学路过武庙时，溜进大殿看足了龙头诞生的全过程。从扎竹架到糊纸，从素白到彩绘，安长髯，贴金角，逐渐神气活现，直至威仪俨然。父亲却不过别人一再请求，同意接了一回龙。龙到东道主家，要进去绕宅赐福，那硕大无朋的龙头勉强挤进宅侧的巷道，在两壁划出了许多痕迹。

当街的二楼，摆了几排长椅，供亲友观看。因位置高而近，不仅看得真切，而且烟火遮没了耍龙的人，只见一条龙在烟雾光焰中翻翻滚滚，真有点飞龙在天的意思。

龙灯快到东道家之前，先有鱼兵虾将灯作前队，随行有“炭花龙”。就是一个铁丝小笼，内贮火炽炭皮，系以长绳，舞动起来，炭皮就爆出密集火花，在夜色中画出灿烂的图案。我觉得这简单的炭花龙倒比正规的烟花好看。

龙来了，舞了，这时放炮仗、嘘花、铁花。嘘花是粗竹筒填火药；铁花又叫“水仙花”，一个人把一小勺熔铁水抛起来，另一人挥木板猛击之，铁水就变成雪白晶亮的火花向空中飞洒。非常好看，也令人害怕，须提防落在身上。持嘘花竹筒的人，一般远远对着滚动的龙身喷射，为神龙助威。但常有胆大心硬者，对准耍龙尾人的赤膊喷去。耍龙尾巴的人必定赤着上身，骑着龙尾巴的竹竿。据说事先厚厚涂了一层油脂，以免皮肤烫伤。我确实看见那赤膊人坦然承受火花，但不知是不是真不会受伤。后来读巴金的《家》，描写耍龙场面，称为最残酷无人性的举动，是义正词严的。有一年烟火太猛，把龙头烧得七穿八孔，威风扫地，临时赶制了一个较为简朴的，好比一出戏的主角换了 B 角出场，令我扫兴。

安顺耍龙，例由屠户行包办。不知什么缘故。不知别处是否也这样。

元宵临近，大十字的灯市，除夕以来三三五五，至此臻于极盛。一般是金鱼、玉兔、金蟾、菱角、八卦、荷花等形状。碧绿肥胖、后腿活动的三足金蟾像个丑角,比较有趣。但我都觉得有点小儿科。有一年罄其压岁钱,买了一盏小龙灯。一头(此头虽小,也比斗大)、一身、一尾,外加一个元宝,与妹妹们持着在园子里耍,耍完藏在厨房的杂物间里。母亲闻知,叫拿去看看,我举着精致的龙头上楼,母亲看了笑骂:你就是条孽龙!

无可奈何年去远,似曾相识债归来。当务之急是赶做落下的寒假作业。马上要开学了。

二月做"观音生",母亲吃三天"观音斋"。与小孩无关。我幼时痛恨素席,因为什么炒鸡丁、回锅肉、盐菜肉、火腿等等,都是用豆腐做来骗人的。先母一生敬仰观世音,嘱咐我们:出差在外,遇事就默念大慈大悲、救苦救难观世音菩萨。

三月清明,着新草鞋,踏青上坟放风筝,在料峭山风里,坐野地,吃新豌豆、新蚕豆、新蒜薹、新青椒,惬意无比。现在种大棚蔬菜,都成了"四季菜",吃不出季节感来了。

五月端午,挂菖蒲艾条,吃粽粑,大人蘸雄黄酒给脑眉心写个"王"字,想着自己是老虎了。争着端雄黄水,用饭帚蘸着遍洒屋角墙沿,驱虫祛病。午后出门"游百病",端午出游,百病消除,出游之处,是塔山和华严洞。我喜欢去华严洞。塔山虽近,却没什么玩的。华严洞的佛寺,端午这天被城里好事者包下来办酒席、打围鼓(川戏清唱),成群结队手举臭烘烘冒黑烟的汽车外胎钻洞。洞口几只承接岩浆水的大石缸,平时一钱不值,端午也论杯卖钱供游人饮用。那股从喉咙冰到肚子、冰得你透不过气的味道,终生难忘。

端午满街的人，满街的草药摊，民谚说端午百草都是药。又说“癞疙宝（癞蛤蟆）躲端午”，这天满世界无此物。有一年端午，一个农人在大十字大声喊：“哪个来买这个宝！”路人一看，他提着一只饭碗大的癞疙宝。这是我亲眼所见。还有一项，是姐姐们分送手制的绸缎香包、五色丝线缠的菱角、填棉花的猴子。但男孩是不屑一顾的，谁带了就在同学中成为笑柄。

七月“接老祖公”，即祭祖，很隆重。月初，母亲就从柜子里取出祖宗牌，悬挂起来。祖宗牌不是木制的牌位，是石印的一幅画，画着标准的中国住宅、摆设、老幼四代各得其乐等等。香烛之外，还供奉点上红绿色的寿桃、馒头、时鲜水果、清茶、糕点等等。特别可爱的是一钵麦芽、一钵谷芽，青葱葱的一尺多高，用红线拦腰束住。这是在杂物间里预先育好，为老祖宗坐骑准备的马草。半个月里，顿顿供饭菜茶水，早晚叩首，香烛不灭。小孩们经过就跪下磕三个头。十四晚上“送老祖公上天”，除祭奠外，要“烧包”，即为祖宗准备的钞票。“包”的封皮纸是木板印就的，像个大信封，右侧有“冥司”字样，中间和左侧留待填写亡人姓名和子孙姓名，包里用钱纸折成凹槽，贮放金银锞，然后封包，填写封皮。写包要请字写得好的族叔、罗老表他们写，大姐二姐后来也得参加。我以下的，学历不够。最逗人的是要买一个纸扎的马哥头和一匹纸马，护送老祖宗上天。马哥头穿一身黑色短打，歪戴博士帽，嘴角叼根香烟，蓄小胡子，右手执鞭，一副滑头相。马作匪夷所思的彩色。还要为马哥头起个姓名。有一次大姐灵机一动，起了个“姚大顺”，全家乐不可支，因为姚大顺是一个什么小店的老板，小店招牌就叫“姚大顺”。后来，姚大顺在我家就成了纸马哥头或真马哥头的代号。在户外烧包，还要烧些散纸钱给无人管的孤魂野鬼。

七月半鬼节，放河灯，为鬼魂归途照路。河灯放在几乎年年有人自溺的李家花园河里。石城人寻短见的，几乎都选择李家花园跳河。一跳就全城传遍：“李家花园的河鬼又找替身了。”河灯在暗夜的河面荧荧地亮，缓缓地去，很有点“袭人”，即“瘆人”或“慑人”。

八月中秋，供月亮菩萨，吃月饼百果，跟各地差不多。毛豆可以说说，就是还没十分饱米的黄豆荚，盐水花椒煮熟。田园风味，越吃越香。石城月饼，不论馅为水晶、洗沙、火腿，都是洒满芝麻的酥壳，不同于广式、云式和省城。尤其洗沙麻饼，至今驰名。

八月十五偷老瓜的陋俗，似乎别处也有。中秋之夜，着人偷农家园子里的南瓜，赠送久婚不育的亲友，说是“宜子之兆”。取《诗经》“瓜瓞绵绵”之义。接瓜人家则设宴接待。并且，偷瓜时不忌主人发觉追骂，说是骂得越恶越秽，越是催生有效。古人笔记载种芫荽要边撒种边说粗言秽语，越骂越长得好的风俗，似乎相近。

九九重阳，在古代是雅人之节，登高赋诗。但俗人也有俗人的过法。石城是打糍粑过重阳，说是“牛王菩萨生日”。大约是酬谢耕牛劳苦之意。农家则酿酒。有一年重阳，父亲带着两位姐姐和我，与志斋吴先生、罗首明先生，出东门登高，走到山腰一个古寺小憩。这座庙颇见荒芜了，没有见到和尚，但佛菩萨们的塑像，金蓝尚有六七成新。我们坐在高高的后殿石阶上，正对着前面天王殿后背的护法菩萨韦驮，是个金盔金甲的英俊小将。殿柱有副小对联："大将军不离宝杵，真佛子何用袈裟。"吴先生忽然叫我念。我念了，他对父亲夸我念得有节奏。后来不知怎么又说到了陶渊明的《桃花源记》，边背诵边讲，亲切流畅。大姐回家佩服得不得了。

十月初一"送寒衣"，即烧纸衣供祖宗过冬。也给孤魂野鬼烧一些。

十一月冬至日，吃羊肉。我母亲不吃牛羊肉，我们也跟着一年只吃一顿冬至羊肉。而且不是炖汤，只用芹菜干炒羊肉丝。有一年去杨表舅家玩，看他家邻居的一大厚本志异笔记小说，忘了时间，在杨家吃饭。表舅妈特地到门口买了羊肉来炒。回家说起，母亲问我吃了羊肉没有，我谎称只吃了肉中的芹菜，母亲笑骂："假回子！"

入了腊月，又见母亲带着人打扬尘、蒸豆豉，一年又周而复始。我们也"收拾书包过残年"了。

方言土话

安顺土话，颇有一些异于别处者。拣几个有趣的说说。

一种是对事物的叫法不同。

有一种尖壳蜗牛，比圆壳蜗牛更小，常见于泛硝的老土墙上，半天不动一下。土话叫它“猫猫谜”（谜读去声）。小儿看见，拍手唱道：“猫猫谜，快出来，我拿油炒饭跟你吃。”一儿带，众儿参差和之，渐唱渐整齐。唱个不休，想诱惑它伸出头来爬行。后来听见省城小儿唱的是“蜗牛蜗牛快出来，有人偷你的金棺材！”则更有趣。蜗牛本已蜷伏在壳中，却以此诳它伸头，匪夷所思，不是小孩想不出。把蜗壳叫作金棺材，是美丽的童话思维。叫它“猫猫谜”，大约是极言其小，直同无物。形容别物太小，也说“猫猫谜喽！”

蜻蜓叫“张张伯儿”，伯字儿化。“张”即东张西望之意，骂人鬼鬼祟祟的模样曰：“看你张头二脑的！”蜻蜓飞快地转来折去，是有点张头二脑的。“伯”则如“老耗”“猫三”“狗娃”之类的昵称。石城有儿化音，如“一文钱”读“一文儿钱”。化得硬，不如川语儿化圆滑好听。

蝙蝠叫“夜白虎”，夜里出来的白虎。青龙、白虎、朱雀、玄武称四象。蝙蝠兽而生翼，非常兽，故以神化之物相称。但说它是老鼠吃了盐巴变的，又称“盐老鼠”。我家后院杂物间的檐下，寄居了一家夜白虎，傍晚就出来做飞行表演，倏忽来去，惊险转折，眼睛都转不赢它。我特别艳羡那对肉翅膀，因为《封神榜》里雷震子背上长的就是这种翅膀。夜白虎一出来，我就拄着一根长而细的竹竿，用力转动竹梢，呼呼呼旋出一个漏斗。大人说这办法能把它引来并且碰落。但一次也没有成功。有一天，挑水刘大哥捡到一只受了伤的，我大喜，与姐姐在灯下端详，才知奇丑无比，从此断了系念。城南五里华严洞，是石城人游憩之地。我先后进洞两次，入洞不远，就有大蝙蝠呼啸而来，用肉翅掠过游人的火炬，而且百十成阵，往来如织。后来读韩愈的《山寺》诗“黄昏到寺蝙蝠飞”，觉得是久已稔熟的风景。

西红柿叫“柿饼茄”，其状如柿之茄也。这叫法比别处叫西红柿、番茄、洋海椒都确切易晓。

有一种花生，个头壮硕，倍于普通花生，其壳也白净可爱，但壳内花生仁又少又小。北京人叫它“半空”；石城人叫它“戆棒落花生”，都是卖给小孩混嘴的。这个“zhuàng”字，原以为有音无字，一查《辞海》，居然有，就是“戆”，释曰：（gàng，杠，读音 zhuàng 壮）愚而刚直，如：戆大（吴方言）。这种花生正是大而无当的。石城人称傻大个为“戆棒”，或就叫“戆棒落花生”。“他？戆棒落花生！”喻其中看不中用。这个字在石城又有“添加”之义，购物时小贩说：“再抓几颗，zhuàng 足一斤。”似也近于“壮”义。

石城人喜爱的菜蔬——山药,学名薯蓣,入药叫淮山。状如一截老藤,削掉极薄的皱皮,其肉莹白细滑。炸而炒之,炸而烩之,或炖鸡汤,都极可口。山药有黑白二种,白山药中又有一种粗壮倍常,而质地粗糙不入味者,叫"大白山药",善厨的主妇是不买的。硕大而浑不解事的人,也被叫作"大白山药"。

原地旋转,石城叫"扯毛毛线",第二个"毛"字读阴平,猫音。状其动作如扯线团,不住转动也。一天下午,我忽然来了扯毛毛线的兴致,一扯扯了好久。扯完头晕欲呕,非常难受。母亲让我反向而旋,方渐渐好些,跟着姐姐到街口玩。见一辆省城方向来的吉普车,车侧站一贵妇,衣着华贵,外套领是一只整狐狸皮,绕过她脖子,一边垂下脑袋,一边垂下尾巴,眼睛是玻璃珠子,荧荧发光,像真的一样。我骇异不已,佩服这女子胆大。

据以上例子可知,石城人说话,喜欢借物喻义,少用概括抽象,形象思维,唐诗遗风。

不说"某人倒行逆施",而是"那是个反穿衣倒趿(读杀音)鞋的角色"。

达官贵人忽然失势,叫"一瓜锤打掉了八百年道行"。

趾高气扬的人一改常态,则说:"哪个把他的神光褪了?"

某人劣迹败露,事后诸葛亮就说:"你只看他那唇不包齿的脸嘴。"

无可奈何时说:"那又咋办,莫非去咬天?"

暴殄天物叫"作福践灶"。作践灶神,不惜天福也。

自欺欺人叫“捏起鼻子哄眼睛”。

事倍功半叫“豆腐盘成肉价钱”。

士可杀不可辱叫“愿砍脑壳,不割耳朵”。

忍无可忍叫“只差砍开喉咙出气”。

北方人笑骂:“看我不揍你!”石城人说:“谨防我左耳巴打出你的右耳屎!”

骂人逞能,说:“你充哪家大都督!”似乎典出《三国演义》周瑜故事。

贪婪者叫“大嘴老鸹”。吝啬鬼叫“夹壳核桃”。不负责任百事推卸的人叫“褪(tùn 去声,普通话无同音字)脱大天尊”,好似菩萨名号。妖娆轻狂女子叫“风摆柳”,媚态如见。是非不辨叫“有理三扁担,无理扁担三”。经常捅娄子的人叫“包整烂”。势利鬼是“捧红踏黑”。

厚脸皮叫“城墙转角”,转角处比墙面更厚。量狭好胜是“赢得起输不起”。处事圆滑面面俱到叫“大菩萨一对蜡,小菩萨一炷香”。顺水推舟叫“歪歪坡,斜斜下”。两边讨好是“快刀切豆腐,两面讨光生”。法治黑暗是“有钱偏打正,无钱正打偏”。光说“倒霉”不足,要说“霉起冬瓜灰”。形容破落子弟:“前三十年吃云片糕吐渣,后三十年吃豆渣嫌碗小。”这些土话,一生动二简练三传神,是一代代民间智慧的积淀。

石城土话里保留着一些典雅古语。叹为观止时说“了矣!”小偷叫“剪绺”,好像《水浒传》的词。“充其量”“墨者黑也”“臭而不可闻也”,都是挂在嘴上的古话。嘲蠢人曰:“你硬是诸大菩萨!”笑贪食者曰:“你这个无尽藏!”则是佛经和赤壁赋中古典的谐谑化,“诸”谐“猪”,“藏”谐“胀”。“此大自然之无尽藏也。”多年后在乌蒙山区,又听见“路毙”“军犯”“奚落”之类古词语,还活在村夫农妇口中。

我母亲极多这种“意象派”语言。以上例句,大多是从母亲口中听来的。告诫溺爱不明者:“不要护脓成疖子。”认为不可救药者则叹曰:“随他成龙上天,成蛇钻土罢。”还有前面写过的“磕头买来作揖卖”“一个和尚疯,一庙疯和尚”“一种生,百种死”等等。我每每惊叹,打算记录在纸上以免遗忘,但总是忘了实行。后来人琴俱亡,弥补无从。但以上这些话,并非我母亲的创造,都是安顺人的通行话语。

传神的家乡土话,很多已然消亡了。

山民口味

旧日石城多瘾君子，胃纳不健而嘴刁，非美味不能有食欲。影响家人，波及社会，形成烹饪精洁、小吃花巧，甲于黔省。民谚说贵阳人讲穿着，安顺人讲吃喝。我第一次去成都，久慕其小吃之名，遍尝一通，觉得盛名之下，其实难副。

拣几样安顺风味小吃说说。

荞凉粉

以甜荞磨浆，加卤熬制，冷却后成固体。切成小块，浇以腐乳、红油（油制辣椒后专只用油）、姜水、蒜水，洒上葱花、炸黄豆、炸花生，拌匀后，以小竹叉叉而食之。香辣浓烈，极富刺激。青年男女最嗜此物，百吃不厌。我认识一个女子，多年以荞凉粉为正餐。如用铜制漏匙拉成条状，减辣加醋，称“醋丝丝”，味较清淡。荞凉粉一般作午后小吃。骄阳之下，聚而食之，汗出淋漓，有如曹孟德读陈琳檄文而头风顿愈，痛快之至。

油炸粑稀饭

类似油茶而滋味各别。所谓稀饭，其实是米面羹汤。把油锅中炸得嫩黄酥脆的豆沙窝一切四瓣，放入米羹之中，洒上咸蘉子末，再浇上一勺锅中沸油，"嗤"的一声，即可食用。其味醇厚甘糯，是早点中顾客最多的品种。豆沙窝之外，还有糍粑片，"手指头儿"（糕粑片一端切开几个岔，状如手掌），任选。蘉子读如"引子"，有的地方叫苏麻。紫黑色小圆粒，状如油菜籽，香味极浓。

油炸鸡蛋糕

并非糖果店的蛋糕。是大米与黄豆磨浆调成糊状，舀入特制的长炳六角形铁勺中，加葱肉馅，再添米糊盖满，入油锅炸脆。出锅后置白瓷碟中，用一个小酱油壶一压，脆响而破，淋上白酱油。外壳焦黄，内瓤洁白，葱花碧绿，酱油嫩黄，色香味俱佳。石城酱油分两种，一种色淡味鲜，叫白酱油；一种色深带甜味，叫红酱油，供烹调菜肴用。醋也两种，拌凉菜的叫“漆醋”，色黑如漆，又酸又香；淡的叫“酒醋”，只供烹饪调味。有一段时间，我吃油炸鸡蛋糕上瘾，上学放学过南街，几乎每天都吃。一个星期日，母亲买了来做“晌午”（石城话读作“少午”），人多，每人只得一个，吃了，我又直奔南街而去。摊主笑道：“还没得吃够？”

碎肉豆沙粑

即加厚的豆沙窝。但不用油炸，而以干锅炕透。然后破开粑面，浇以炒好的糟辣肉末。近年友人从石城来，带来此物，却已改为豆沙与糟辣肉末一并包入烘炕，其味乃大逊。我母亲在世时常做。弟妹们吃了新型的，尽都摇头，认为远逊。

松糕、糯米饭

石城人做大米点心，都是自己动手，现蒸热吃，非常可口。大甑蒸出糯米饭，滚烫地倒入石臼，两个人手持形似棒球棍的粑粑棒，你一下我一下地捣。小孩都喜欢试试，当作游戏。开始还可以，越舂越稠，非大力拔不出来，就只能是大人收尾了。这是糍粑。黏米与糯米按比例研粉蒸熟后，用粗木柱挤压成块，则叫糕粑。近于江南的年糕。蒸熟后挤压前的形态，叫松糕。挑到饭碗里，浇上蘼子红糖汁，吃一点也很可口。

糍粑未捣前，自然就是糯米饭，也可甜咸二吃。咸糯米饭是与豌豆、脆臊、蛋丝同炒，然后洒葱花、浇红油，也是好早点。

酸菜粑

腊肉丝与酸菜丝同炒后，用以烩糕粑丝。食时加油辣椒、葱花。鲜酸浓郁，迥异他味，年节风味，莫过此品。妻子从先母处学得，每年必以饷客，无不赞赏。如用鲜肉，其味尽失。

卷 粉

以米浆浇于炽锅上，摊成半透明的极薄粉皮。切成粗条，热食冷食汤食干食俱可。但石城人喜吃卷粉裹，尤其是小孩。以整张粉皮摊开，抹上油炙甜酱、油辣椒，铺上绿豆芽、酸菜丝、炸黄豆或炸花生、葱花。卷成筒状，浇一点白酱油。状如春卷，"裹"即卷子之意。凉食，鲜腴爽口。

贼蛛粑

米、面混制，但不是烧卖。是以肉末糯米饭为馅的厚饼，油烙成脆壳。米香与麦香互发，壳与心酥糯相济，其味别致，在我家尝过先母所制的客人，都大赞赏。石城叫蜘蛛为贼蛛，取其见人即逃匿之状。但这种饼为何与蜘蛛相联系，我却百思不解。

肉饼、开花鸡蛋糕

石城肉饼小而厚，很厚，在平底锅里油淹着烙好半天，烙成酥脆的大厚壳。食时一揭两瓣，像开盒子。肉馅灌汤，味殊鲜美。肉饼铺的大油锅，同时兼制甜点。一是小麻花绞，石城人叫"油香"。一是芝麻鸡蛋糕，状如开口石榴，酥壳软心，小儿捧在手里，像个大元宝，眼饱心惬。

甜　糕

热甜糕以米面发酵加红糖制成，状如又厚又大的圆砧板。面上铺满芝麻，切开来侧面呈蜂窝状。凉天盖毛巾保温。小孩递一角钱去，换来一个大三角。如果刚出笼，烫得两手倒换着抛来抛去，又忙着凑过小嘴去咬。凉甜糕以荸荠粉加米面制作，状如盖碗茶的杯座子，褐色，晶莹如冻玉，洒满芝麻。是夏日冷食。

锅炸、水晶糕

石城产一种另类荸荠，个头小，水分少，不能当水果吃，用以提制淀粉，涨性远远大于藕粉、芡粉之类。用荸荠粉制作的锅炸（读阴平，渣音）和水晶糕是安顺的代表性甜食珍品。现在不容易买到真荸荠粉，这两种甜食渐渐式微了。

以荸荠粉调成稠糊，加水搅熟，冷却后切为菱形块，裹以干荸荠粉，入沸油中炸片刻，置盘中，洒上白糖，即成锅炸。工序简单，关键在于调制的稠度和油炸的火候恰到好处。须令外壳脆如薄冰，内瓤嫩如鱼脑。是冬令筵席的甜食精品。如有外地客人，主人要示以吃法：用筷子将菱块压破散热，搅拌白糖，徐徐入口。因壳内热度极高，如囫囵夹起就往嘴里送，会烫伤口腔。喜欢恶作剧的人，用来戏弄新女婿。

水晶糕是荸荠粉加糖和花生末、山柳红末等，加水搅熟后，洒满芝麻，冷却后切菱形块上桌。状如鱼冻，清凉柔腻，是夏令筵席的甜品。

荸荠粉也可如藕粉一样调羹食用，有消食之功。如开始用冷水调成糊状后，再加进干粉若干粒，沸水一冲，就会在羹内形成一些酷似白石榴子的半透明小粒。这种吃法就叫“石榴米”。也可上席，干粉用食用颜料染成红色，就更像真正的石榴米了。

锅炸的“炸”字，有一次偶然从一本书里读到真有一个古字，音义都不错。当时大喜不置。写此短文时，凭记忆翻阅多种书籍，遍寻不得。遗憾之至！

每年玉米灌浆，市上就卖新苞谷粑。素者以新苞谷磨成糊，包在苞谷壳里蒸熟，纯然本味本色，清新香甜。荤者以菊花形长柄铁勺盛新苞谷糊，夹洗沙馅，入油锅炸熟，再洒一小勺白糖食用。润糯甜厚，又不失清新香味。石城颇重尝新。第一顿新蒜薹、新豌豆、新蚕豆、新辣椒，往往在扫墓野餐中吃到，新米饭也祭祖而后食，依稀古代“贡新劝尝”的遗风。

有一种糯米鸡肉大水饺，个大而皮薄，漂浮汤中如蝴蝶，叫“汤饽饽”，似为旗语。

安顺有两种食品，外人见之咋舌。一是嫩木瓜，才如小指首节长短，即上水果摊。买回家来，以干豆豉、辣椒、盐，舂为细末。剖嫩木瓜为两瓣，去籽，状如小船，满满盛一船盐辣豆豉面，送入口中，酸涩香辣，都臻极致。某晚霍霖表哥为我们一帮小孩摆木瓜宴，堆了半桌子，吃得一个个像洗了桑拿浴，痛快淋漓，不可名状。前年回去，适逢韩府扫墓。在大帐篷中居然见此睽违之物，问津者极少。我吃了一只，以温儿时旧梦，独见一个女孩快意大嚼，全如我们当年豪兴，不禁艳羡。另一样是刚长到桂圆大小的青涩花红（林檎），也下树上市，吃法与木瓜略同,只是单用盐和辣椒,不加豆豉。这两种食品,安顺以外,决无二例。

安顺的小面馆最令我怀念。那一份古朴平和,就像岁月本身。这种面馆很多,我去的次数多,还记住名字的有一家叫“老味道”,一家叫“试一试”,还有郑家面馆。格局都差不多,临街设大灶。店堂简单清洁,光线略黯。方桌条凳,都是白木本色,每晚用大锅里的面水洗刷,纹理筋络凸起,跟浮雕似的。桌子上空悬挂着一方粗布帕,意思是供顾客拭筷,白布洗成了浅灰,没见人真正用过。

顾客一到门首,堂倌就要高声吆喝:“照客几位!”进来坐定,先上一小碗清汤,汤里两三枝青翠的豌豆苗,几粒紫色的旺子,白绿相间的葱花,鲜香开胃。这碗汤是奉送的,吃完会账时,给堂倌一点小费,就包括在内了。遇上吝啬顾客,不给小费,堂倌心里鄙视,脸上却不露出来,依旧笑吟吟地郑重道谢,看客人羞也不羞。还可另要一碟“小菜”,凉拌绿豆芽或凉拌“冲菜”(辣菜),任选。小菜要计价,但极低廉。

面馆一般卖粉、面(面条和米粉)和馄饨。粉面分汤、干两类,每类又分高、低两档。高档叫“炖面”,低档叫“行面”。行面浇头为脆哨;炖面则脆哨外还有香菇肉片之类。这个“行”字在安顺话中近于“简陋”“单薄”“不结实”等义。买桌椅看不中意,说“行得很”“行滔滔的”,恰与北方话的“行”字反义。我查《辞海》《辞源》,均不见“行”字有此义,也不见此义有同音字。另有特殊名目的粉面,就是肠旺面、羊肉粉、鸡丁干粉等等。

鸡丁干粉值得一说。老安顺人喜吃米粉胜过面条,认为吃面“烧心”。日常吃粉,调料多至十来样,以肉末、炼酱、油辣椒为主。鸡丁干粉一般要到店里吃。其形状很别致:青花翻沿大碗里,米粉摆作斜坡状,一边高一边低,鸡丁、炼酱、红油、油炸野慈姑、葱花、姜末、蒜末等铺满斜面上,只高沿露出雪白的米粉。喜吃面食者,如我,就点鸡丁干面。干面无汤,故又称“燃面”。国民党“一门三中委”的谷氏兄弟,都嗜此味,尤其是谷正纲,回乡头一件事就是吃一碗鸡丁干粉。我妻子是重庆人,尝过一次,再跟我到石城,也必点此品。肠旺面从省城传来,但安顺的肠旺面仍胜过省城。

安顺面馆的顶峰,是一九五〇年前后的郑家面馆。郑干臣是小城名厨,川人,客居石城数十年,承办筵席,手下精兵强将,器皿讲究。新社会伊始,宴请之风消失殆尽。那时他已病故,老妻率徒弟营此面馆。大材小用,鹤立鸡群。我寒假回石城,吃过几次,当得起精绝二字。后合并他店,遂成绝响。

黔省老面馆的堂倌吆喝,自成套路,很是有趣。有明语暗语两类。明语一听就懂。比如:“照客二位!汤面干面合席。汤面汤宽减条!干面红重免青罗——”减条即面条少些,红重即辣椒多些,免青即不吃葱。只不过是拖声摇气地唱着喊。暗语则有如黑话,且又喊得很快。其特点是把许多“藏尾成语”串起来说,如慢慢参详,或写出来,是不难识破的。所以他须说得快而句读不明(石城人叫“说葡萄话”)。故友陈光余兄曾解释过喊堂暗语,借录于下:

肠——说“地久天”;旺——说“六畜兴”;面说“牛头马”;粉说

“胭脂花”;炖说“桌椅板”;鸡说“太子登”;辣说“毛焦火”;多说“格毛格”;添说“脚板翻”;快说“麻利带”;酒说“羊羔美”;壶说“朝山拜”;等等。都是取黔语谐语,隐去四字成语的末一字。

此外,据说还有对顾客不敬的隐语。有一次我见跑堂的唱了一通之后,一个顾客忽然叫住他:“你才刚喊的什么?再喊一遍我听!”那堂倌慌忙说没喊什么不好的话。那顾客拍桌大骂堂倌放肆,嘲骂客人,以为他听不懂。那堂倌很年轻,面红耳赤地反复申辩,客人只是不依。坐柜台收钱的老板娘过来道歉赔礼、叱退堂倌,好不容易才劝得那位顾客悻悻归座。我非常想知道那句不敬的暗语是什么,却无处去讨教,憋闷至今。

正如讲吃不讲穿,石城人对吃喝也注重实惠而不讲花哨。烹饪以家常蒸炒的可口为标的;且又囿于山国,取材止于鸡豕,海味只知鱿鱼海参虾仁之类,还都是干货。因此,往来观黄果树瀑布群的各地游客,异口同声说一路之上,最数石城菜做得好,却举不出什么名贵的大菜。有几样特殊菜肴可以说说,却不是人人都能接受,正如唐诗星座中之孟郊贾岛也。

石城冬季,喜吃“一锅菜”,近年上市称“一锅香”。不同于生片火锅,而是把五六种菜蔬分别炒好后,拼摆于锅中,再加汤烩透。看似无奇,而味美迥异于诸菜分食。我家常在冬令饷客以此菜,无不赞美。宜入之菜为两类:一为鸡鸭猪肉,取其鲜味;二为白菜、山药、红豆、油豆腐、冻菌、粉丝等,取其易于借鲜。尤以肥鸭与凌豆腐为上选。凌豆腐即白豆腐冰冻成蜂巢状,最能饱吸鲜味。有一次在安顺小馆吃“一锅菜”，竟无菜不可入，连卤肉、蒸菜、盐菜肉等带药味的都混杂其中，失去“一锅菜”的优点，可谓知其然而不知其所以然。另一次与乡友们吃“一锅菜”，端上桌就是杂乱不堪的一堆，大异于我从小熟见的拼嵌式。我提出批评，几位乡友却说没错：“一锅菜”的起源，本来就是年夜饭的剩菜，第二天一锅煮之，不想别有风味，渐渐形成一个品式。我信服这个分析，却不相信自己吃了几十年的赝品，包括郑家馆的、家母所做和亲戚家的。我思考一番，结论是拼嵌式是在原始形态基础上的提高和美化：烹调讲色、香、味，视觉形象是“鼎足”之一，不可忽视。拼嵌式有规律：白菜垫底，鸡鸭置中央，其他品种各分两半，对角摆放，加汤略煮，鲜香互渗。不仅好看，而且有理。明明是新鲜菜肴，却要弄成残汤剩饭模样端上桌，实无道理可说。最近见乡友邓文郁先生文章里谈及“一锅菜”，形式与我说的拼嵌式完全一致。邓先生比我略长几岁，对家乡旧事极为熟悉。

石城讲究吃鸭，胜过吃鸡。认为属温补之物，比鸡（尤其是公鸡）有益。一入腊尾，菜场就鸭市为盛。剖好洗净的鸭子，一肥一瘦两只对面拴着，称为一合。如单买肥鸭，则价要提高。鸭子都来自西王山。有个传说：西王山潘家出了一员猛将，为朝廷立下大功。皇帝不能不赏，又怕他势大造反，就依丞相的诡计，封他回乡“斩杀自由”。他一听居然裂土封王，大喜过望。带着圣旨回到家乡，地方官告诉他，圣旨写的是：“宰杀自由。”此时兵权已无，想要挟也不行了，只好世世代代在这里大养鸭群，宰杀自由。西王山鸭毫无臊味，比鸡还好吃。

鸭多鸭蛋就多,做皮蛋盐蛋。再就是孵小鸭。小鸭没孵出来的“寡蛋”,是石城一道风味菜。寡蛋比好蛋还贵。做法是连壳蒸煮使熟,剥出蛋黄蛋白及鸭仔(去毛洗净),用二合油(猪油菜油)炸得微焦,再用青椒、大蒜、蒜苗煎炒。外地人闻之色变,其实很好吃。也并不比下江人吃蚕蛹、北方人吃蝎子、广东人吃老鼠更可怕。胡维汉学长认为,这是明初入黔的江淮兵带来的习惯,至今上海南京等地仍吃“喜蛋”,吃法与鲜蛋差不多。我们听了咋舌,难以想象会是什么味道。

安顺不近大江大河,日常所食水产是小鱼小虾,大鱼入席或年节才吃。晒干的小鱼称细鱼,北门所出为优。用竹签剔净鱼腹,油炸使酥脆;另炒青椒烹醋,吃时浇于鱼上,拌匀后食用。香酥酸辣,是送饭的好小菜。小虾叫土虾,以别于海产虾仁,调进鸡蛋同煎,叫“虾抱蛋”。香椿上市,也调鸡蛋同煎。至今许多老安顺人不怎么吃鱼,包括我在内。

山药是喜爱的菜蔬。块茎,状如老藤,褐色多毛,削去薄皮,肉雪白有黏液。中药里的“淮山”就是它,补气益中。根结小果如毛栗子,叫“山药果”,青椒炒之,比山药更好吃。

细鱼寡蛋山药果,还有茶叶,先母在时,每年要请亲友代购。母亲不在,细鱼和寡蛋就睽违了。只山药果和茶叶常备如故。一次有年轻乡友馈以寡蛋二十只,恰好那天在妹妹家聚会,就带了去。不会做,全糟蹋了。近些年,回去必吃,大快朵颐。

汪曾祺写到在老师沈从文家吃饭,沈先生指着一盘炒慈姑说:这个好，格比土豆高。汪先生小时对慈姑无好感，因它带苦味，听了沈先生的话，便也吃得有味。安顺的野慈姑，个头极小，秆很细，像只小蝌蚪。放砧板上用菜刀拍裂，下油锅炸了洒上椒盐，酥脆香甜，毫无苦味，品又远在笨头笨脑的家慈姑之上。

从野慈姑想起另一种异品。某年与母亲去安顺，帅家表姐留饭，说有芹菜酸。一听这暌别数十年的名字，舌上隐隐沁出一种特殊的酸味。纤细的枝叶，黄绿黄绿地横放在白瓷盘里。拈起一枝，蘸着腐乳生辣椒水放进口中。果然是它。酸得那样清、那样纯、那样爽口。无可比拟，唯有亲尝一口。记忆诚然属于大脑，但眼耳鼻舌其实各有自己的记忆。某些色调、某些声音、某些气息、某些味道，都明显地只留存在相关的器官上。

慈姑芹菜，野生皆胜于园栽，不是偶然。人参、天麻、香菇、各种药材，各种菌类，概莫能外。这是造化之谜。当然，蔬菜不能取代肉食，野菜也不能取代园菜。然而，东坡词云："雪沫乳花浮午盏，蓼茸蒿笋试春盘。人间有味是清欢。"清淡的东西有隽永之味。饮食、文字、友情、人生，都是如此。

手制玩具

朋友提醒我:写家乡旧事,不可忘了当年的玩具。我说:忘不了。

我们小时候的玩具,现在的孩子看了,要笑得提前换牙。那确实是简陋、寒碜。但它有个特点:绝大部分是自己动手制作,于心智发育大有裨益。

记得进黔中附小一年级,做的第一种玩具是纸青蛙,扁身大头,匍匐在桌上,调匀了气息一吹,它就扑扑扑向前跳。把两只纸蛙遥遥对峙,两端吹之挺进;相遇时催劲对撞,谁的青蛙被掀翻即为败北。小儿无不逞强好胜,就在材料、设计、制作上斗心思。纸质求其硬,脑袋求其锐,折叠求其挺括。尤其在头顶上绞脑汁,越来越长,越来越尖,渐渐青蛙变成了独角兽、鬼怪式飞机。还自封称号,你写个"大王",我就写个"大大王",他又写"大大大王"。但真正可爱的,还是开初那大头扁身扑扑轻跳的憨样子。当时折纸工艺没有书,都是小孩之间实授实学,父母兄姐也教教。一张方纸,同样的起手程式,渐渐变化,就可以从简单的马褂长裤、官印官帽到较复杂的木船、篷船,到复杂的货车、飞机。

竹是又一材料大类。找一段小指粗细、带节的，锯为两截，空筒的一截长，带节的一截短，嵌进一根竹筷，就完成了一支纸枪。口袋里装一叠草纸，撕一片在嘴里，嚼成茸茸一团，塞进枪管，用竹筷推到前膛；再嚼一团塞进后膛；这就可以射击了：伸竹筷抵住后弹，对准竹节击一猛掌，后弹以很强的气压把前弹推出枪口，发出响亮的枪声"叭！"这时后弹变成前弹，等待新的后弹来发射它。把草纸在口里嚼来嚼去，颇不够卫生；但这种枪的设计是极巧妙的，又简单又高效，且不会坏。发明者真是高人。

水枪也用竹子做，但要较大的毛竹筒。节疤上钻一小孔，越小越好；一根竹棍，顶端扎一团破布，强力塞进竹筒里，就可吸进半筒水，再喷出老远。就是个山寨版注射器。要诀是孔要小，水才喷得远；布团要塞满水筒，才吸得进水。幼时随母亲去镇宁看过年迎菩萨，住在寿佛寺。大殿上扔着许多放过了嘘花的大竹筒，选了一个回来做水枪，孔大，水不能成线喷出去，而是汩汩流掉。

竹蜻蜓。这是最考手巧的玩具。"丁"字形。两翼要削得极薄，极对称，还要略带斜度。中间嵌一根细竹签。两掌贴住，往上一搓，就飞上空中，闪闪地飘旋，斜斜地低掠。做得最好的，能让主人追在后面，好一阵方把它捉住。甚至有盘旋一圈又飞回来的，那就是可遇不可求的神品了。这种在空中且旋转且画出弧线的运动，我觉得美不可言。有了儿子以后，见市上有飞轮枪，买回来带着孩子一起玩。那轮子飞得赏心悦目，只少了制作者那份成功的自豪和狂喜。

纸竹结构是风车、风筝。风车有两种。一种用一片正方形手工纸(蜡光纸),四角对剪一条缝,不到头,四只尖角弯到一起粘住,成了一朵花。中间打洞,穿一根竹签,顶部缠线糊纸挡住不让掉,就成了。那形状不转就很好看;风一吹,骨碌碌转,很轻盈。另一种用一片竹子削得飞薄,中间烙一小孔,两端各贴一面小旗,反向、异色。在风中转起来了,呼呼的,有威武之气。前一种像小姑娘,后一种像小男娃。动手扎风筝,那就繁难多了。主要是骨架难得削到两边均衡,左右一样重。不均衡就在天上翻筋斗,一连串翻着栽到地上。这时候风筝已完成,没法大改了,就用尾巴来弥补,往往一边尾巴一短橛,另一面却拖得长长的,很丑看。一般是买现成骨架来动手糊纸,但糊之前仍要请大人仔细检查骨架是否均衡,加以修正。小孩扎风筝,只能扎最简单的"一块瓦",即北京人说的"屁股帘子"。充其量扎到"马褂风筝",状如短袖上衣,还只是白纸的。要想扎红绿二色的"阴阳马褂"加两只眼四只眼(眼即小风轮),就非得要大人帮助,实际是大人为主了。放风筝是我小时候的最大喜爱。压岁钱都用来买风筝。还不屑于放"一块瓦"、"马褂"之类,要放大的,蝴蝶、蜻蜓、老鹰、八卦、戏装人物。有一次放胸前贴了羽毛的鹰,引得铁鹞子飞来追着打。杀猪巷方家扎得精致华贵的大风筝,我成了他家的常客。不买也跑去站着,痴痴地看他干活。这人有残疾,身子站不直,相貌很清秀,声音尖锐。后来,我猜想他家是北京来的旗人,破落世家。风筝扎好了,飞得好不好的关键在"斗线"(或"陡线"?)安的角度恰不恰当。稍微调一调,飞起来就不同。安得恰好,才不会沉沉地坠着飞不起来,也不会飞到你头顶上不肯远去。哗啦啦篗子响着,线碌看着看着瘦下去,天际的风筝快沉到地平线上了。这时停止放线,手把着线一逗一逗,那风筝又扶摇直上,安详地停在天心,飘带披拂,风轮哗哗地转。这时候,就是物我两忘的极乐境界。前几年,侄女慧子带了只风筝去扫墓,举着跑来跑去。我说,跑着放没水平,接过来,辨辨风向,一抖手风筝就上去了。大家叫好,不愧是老把式。现在的风筝用塑料薄膜,不怕碰破,只少了纸风筝的那一派空灵风韵。巨型软风筝,如多节的蜈蚣、龙,就不是我们小孩能控制的了。“文革”结束后,一九七九年,春天到北京开会,在天安门看了一回风筝,见所未见,才知天之高地之厚,小时候真是坐井观天。这却是后话了。

木材非小儿所能对付,木制玩具,如关刀长枪金箍棒等,都是匠作制造,而且过年才买得到。自制的只有弹弓,哪个砍得一只粗壮端正的弹弓,周围同学都要艳羡。弹弓胶皮的弹性大小,十分重要。最好的是美军军车内胎皮,称为“熟胶皮”;弹性小的称为“生胶皮”,扯不长,弹不远。有一位同学,姓梅,弹弓玩得出神入化,不瞄准,全凭感觉。有一次一扬手就打死一条蛇,快如小李飞刀。我打弹弓不行,但用小石块掷目标相当准,也是凭感觉。木玩具还有陀螺,广有爱好者。民谚说:“树叶青,放风筝;树叶落,铲疙螺。”铲即抽,原始的陀螺用木疙瘩砍成,所以叫疙螺。螺要读阴平声。城里难得找到树疙瘩和锋利斧头,城里小孩的陀螺多从车木作坊买。南街中段有一家木车床,与海马公爷隔壁而居,当街柜台上摆着大中小各类陀螺,待价而沽。如果小孩带了一枚铜圆去,店主就替你嵌于螺顶的圆坑里,嵌牢了，放在木车床上，抓一把锯木屑按在上面，车床一转，铜圆就闪闪发光。更好的陀螺用牛角车成。我得过一支黑牛角，到这家车了一只陀螺，上嵌铜圆，非常神气。但限于牛角形状，它瘦而高，旋转得不如矮而胖的木陀螺稳而久。抽陀螺季节，男生们中午提前到校，在廊室环绕的大院子里尽兴抽个够。渐渐引来观众，高班同学，低班同学，特别是还有女生。于是演变成火热的竞技。比谁定得稳，比谁转得久，比谁的把谁的碰死。甚至对着别人的脚拐抽，让陀螺去“吃螺蛳肉”。有人不但自己抽得好，还有余闲帮别人救起摇摇欲倒的垂死陀螺。场面火炽，却没有喊杀呼啸之声，因为抽陀螺须聚精会神。为吸引观众，有个同学搬来一只异乎寻常的巨型陀螺，有饭碗大，惊世骇俗，只是不大抽得动。抽陀螺最费绳子。一般用细麻绳，取其柔而韧，但也损耗很快。棕绳、棉绳更不行。最佳材料是构皮树的皮，柔韧耐抽都在麻绳之上。我家园子里有一棵很大的构皮树，每年都要带同学来剥嫩枝上的皮。构皮树的大叶子，又是母亲做甜酱时包酱粑的最佳材料。后来嫌它遮花，就放倒了。近年，贵阳街心场地有人抽超巨型陀螺，大如提桶，成为城市风景。

春放风筝，秋抽陀螺，是男生最好的运动。

铁玩具，似乎只有铁环。有一次放上午学，我出了校门就滚着铁环走。生铁铸的，小而重，不易跌倒。我越滚越来劲，出南街，过大十字，经大半条东街，直滚到大门口。沿着街沿，一路避车躲马让行人，无比灵活，几次濒危而救起。到家得意非凡，向母亲夸耀，换了几句骂。有人用粗铁丝做铁环，接头处弯个结，虽用铁锤尽量打扁，还是转到那儿就神经质地一跳。有位同学,滚着一个齐胸高的大铁环来学校,隆隆如载重汽车过街。相熟的同学争着去试,双手推着绕院子一圈就脸红喘气。这是一个锈损的汽车轮圈割下的外沿。可能这同学的父亲是修车的,才会有这种东西。

打弹子也颇流行,但我不是很喜欢。似乎与现在的门球有点类似,不过不是进门,而是进洞。一洞二洞三洞,都挖在泥地上,通过三洞就变老虎,可以“吃人”了,击中别人的弹子就赢过来装进口袋。弹子都是再生玻璃做的,混混浊浊,不能清澈透明,有绿、蓝两色。中央有一块乳白斑的,叫猫眼珠。玻璃弹子大都不能浑圆。男生们买时要蹲在地上反复检视,选取滚起来顺畅不摇摆起伏的,但不易得。有个同学得了一粒从未见过的弹子,色泽质地都如琥珀,像个通体金光透明的小太阳。他说是美军军车的车轮滚珠。大家诧为异宝,到处访求,如愿者绝少。我就熬到八年抗战胜利也没得到过一颗。可能那位同学家也是修车的罢。(后来知道并非滚珠,而是尾灯复眼。)

对了,铁玩具还有九连环。九个小铁圈,各系一截铁丝,铁丝另一端并排固定在一块铁皮上,再串在一个长槽形铁丝圈上,九个环一个套一个,玩的人要想法把它一一解开,成为各自独立的九环。不知其法的人,可以日夜绞尽脑汁解它不开。一旦知道了解法,也就只能磨炼手指而不能磨炼头脑了。有一次我在家里看到一堆金色的窗帘环,选了九个,在大朋友帮助下做了一具九连环,又大又亮,非常气派。玩上两天,也就搁置。

说玩具,不能不想起当时小学必开的手工课(又叫劳作课)。就是教学生做各种小玩意。这是一门顶可爱的课。我们做过竹蜻蜓、风车。做纸板文具盒,线条笔挺,糊上中意的色纸,面上剪贴小图案,写“学如逆水行舟,不进则退”之类的格言警句。采一片轮廓美观的树叶,贴在一张蜡光纸上,顺叶边剪出细细一道纸边;再贴在另一种颜色的蜡光纸上,又剪出一道细边。如此三五次,成为一片五色镶边的树叶书签。姐姐们高班,还学用弱酸腐蚀树叶,剩下筋络,染成猩红深紫,系一根丝线,也是书签。对着光一看,通体透明,那叶纹像一张繁复的网,美得超乎想象。元旦将到,就自制贺年片,在白纸上布出各种图形纸片,房屋、白云、小鸟、小人、花卉树木等等,然后用废牙刷沾着颜色水,隔着蝇拍的纱网轻轻刷,把颜料筛下去,揭去图形,即成彩地白形的画面。然后写上祝福的话,投进邮筒。女儿心性,有时还要在信封边沿写上“绿衣人儿快快跑,莫把此信忘记了”,打上重重的三个惊叹号。收信人如是女孩,不写普通的“收启”之类,而写“玉展”。我喜欢手工课。手工课培养动手创造的兴趣。蒜苗上市季节,选一根节大的,剪短笼一个红辣椒;另拿一根弯成环,用刷把签签串在一起,就成了一只站在架上的红嘴绿鹦哥,提着走来走去。蚕豆老了,选一粒大的,从底部退掉豆肉,把空壳戴在大拇指上当帽子,下画眉眼八字胡,对着人鞠躬致敬。鸡蛋壳做不倒翁。一张白皮纸,围着圆心折成重三角形,剪出相错的裂口,打开成了一个层层叠叠的网篮,可以盛重重的砚台墨盒或书本,拎起来颤悠悠的,扬扬得意地穿街过巷拎回家。

最富原创性的是用线磙子做爬山车。找一只缝纫机用的线磙,把两边轮子刻成齿状，把一截橡皮带双折穿过䃼洞，一头加一枚小钱固定住，另一头穿过一小片石蜡烛，再拴上一根小木棍。小棍一圈又一圈地摇，摇到胶皮带绞紧。一松手，胶带慢慢松开，带动木䃼车转动前行，还能稳稳地爬上书本砌成梯形的小山。这就是我们的坦克。非常有创意。

玩昆虫是我儿时一大爱好。现在看实是罪过。但我喜虫动机，纯粹是审美的。我常细观一朵野花，一片草叶，惊叹出声。那样匀称的造型，那样谐和的彩色搭配，那样精致无伦的肌理，是人类呕尽心血也设计不出，梦想不到的。昆虫也一样。我想得到它，只为了把玩，观察，赞叹。蜻蜓的复眼，细看不得，一看扑朔迷离、头昏眼花。我一见蜻蜓就忍不住脱上衣扑。扑到了，用一根长而又长的棉线拴在细腰上，一松手，它冲天而去，飞到极限，定住了，我又把它收回来，像是一只活风筝。一不留神，它力气极大，带着一根长线袅袅飞走，在阳光下亮闪闪的。晚春初夏到城外，大黄蜻蜓百千成阵，一团光雾，一片金属般的振翅声。红蜻蜓最美丽，但自尊自贵，飘忽如风，很难捉到。黑翅膀荧光绿细腰身的水蜻蜓(蜻蛉)更比红蜻蜓美，是此族中的倾国妖姬，也非常难捉。它知自己身份，不容袭近。凤蝶双翼上的花纹图案、颜色配搭，令人如对梦幻。父亲的花园某年有一片灯盏花，是极粗陋的草花，却最招大花蝴蝶。长夏假期无事，我每天要多次去园里，窥探是否来了飘带蝴蝶。一见真来了，心跳就加快。潜伏着掩近去，等待时机。蝴蝶很警觉，越漂亮的大蝴蝶越警觉，飘来飘去，忽东忽西，忽前忽后，好容易选定一朵花停上去，双翅还是闪闪不停。这时候从后面伸出两指头，很慢很慢，突然闪电般袭击，捏住它翅膀与肚子之间。这里既捉得牢，又不伤彩翼。有一回，园子里来了一只特大的凤蝶，花斑华丽得难以置信。我袭击几次，都被它翩然逸去，然而又不飞远。每次我都觉得心跳到了喉咙口。老来的冠心病症状，说不定就是这次犯下的病根。后来它飞过粉墙去了，我也死心回屋。怀着侥幸心，隔了一会又去窥视，不想它真回来了。经过几次斗智，我终于抓住了它，但它身硕力大，我又捉得歪了一点，它挣断一瓣后翅逃走了。蝴蝶正是后翅最美。留在我手里这一片，金碧之上分布着的绿蓝黑黄五色斑块，比孔雀翎还华丽。我把它夹在书里。有一次二姐带同学来捉飘带蝴蝶，我取出让她们看，震得她们不敢相信是真的。近些年，朋友几次送我旅游云南买的蝴蝶标本，无一种及得上那一瓣吉光片羽。

五彩缤纷的飘带蝴蝶在花丛上倏忽往来，像风中的羽毛，这是老宅记忆中最明丽的一景。

但我最喜爱的还不是蜻蜓蝴蝶，是皂角虫。有的地方叫它独角牛，有的叫它犀虫，不知道学名叫什么。硕大，浑朴，脑袋中央有一支开叉独角，通体紫黑色，透出一丝金红，像皂角，所以叫它皂角虫。就这一派威武大朴的大将气魄，令人欢喜赞叹。它坚甲锐角，大而化之，随意飞到窗台上、路边、石头上，一待大半天。你想捉我？捉去就是，决不逃跑。有的小孩捉到，就托在掌心里卖，一包盐酥豆就可换得。我遇这种机会，决不放过。它也不好玩，就这么若无其事地待着。偶尔飞起来，那气势比得过空中客车，或重型轰炸机。但它难得一飞。我只是满心欢喜地欣赏它完善的造型和大智若愚的神态。叫它独角牛、犀虫，拟之以牛、以独角犀，都能仿佛其威严，比叫皂角虫妙得多。

犀虫以下，穿迷彩服挥舞迷彩双鞭的天牛也还可观，但斑驳得有点邋遢，不如螳螂英俊。捉了螳螂，拿草茎让它舞动大锯一节一节锯断很有趣。轻轻捏住双锯根部，感受它斩杀时的力量，也很有趣。蚂蚱枯燥得很，只有些小孩成串地拴起来，卖给大人油炸来吃。汪曾祺说蚂蚱与蝗虫各是一种，我们分不出。纺织娘我们叫"煎蛋姑"（或应作"尖蛋姑"？）脑袋狭长而尖颏，碧绿，比蚂蚱好看些，但也无玩法。蟋蟀叫"油唧唧"，我们捉来斗过，但不成风气。我一位表姨父养过金铃子，叫起来像八音盒，铃铛乐队，我们小孩不会喂。还有一种，省城叫"炸拉子"，北方称"叫蝈蝈"。叫起来钻耳朵，能把夏天叫得加倍的热。还有枯枝虫，第一次见到，诧异不已，因为像夸大的卡通造型，不像活物。前些年住相宝山下，花树里很多，孙子宇宇一捉十多只，满鞋盒爬，色泽有的半枯、有的全枯、有的枯后沤黑，比真的枯枝还枯枝。

同学中还有在家里养洋耗子（小白鼠）玩的，蹿上蹿下，踩小竖轮，一股刺鼻的臊气。我见过一次，厌恶得要吐，宁愿看老蛇大蟒，有恐怖之美。

从玩具说到玩物，全是顽童的心爱，不涉及女孩儿。女孩再小，玩得也很现实主义。做布娃娃（叫"妹娘娘"），"办姨妈"请客吃饭，缝香包缠菱角，等等。再大一点，就学织毛线。妹妹明缘小时候坐在灶神神位前的小凳上，抽香签棍学织毛线，香签棍断了，反手另抽一根。又断，又抽一根。一坐老半天。男生觉得不妨也玩玩的是跳绳，跳大海、踢毽。女生跳绳一般比男生强，能跳几种花样，踢毽也要巧些。但我见过毽踢得最好、绳跳得最好的，都是男生。跳大海，即北方的跳房子，又叫跳板，跳“派”（读阴平，派即脚下踢来踢去的那块小板）。在地上画出图案，单脚踢派一格一格过，先过完者为胜。大规则如此，小形式五花八门。我姐姐妹妹在石院里依石缝画大格跳“双人大海”，每次二人对跳，交叉而过时，派不能相碰，身体衣裳都不能相接触，很难一次过关。冬天特别适合跳板。妹妹明缘双手弯曲到胁下取暖，长出了第二双耳朵，就这姿势跳板。其情其境，犹在目前，而她和两姐姐都不复存在了。

今日儿童玩具之丰富华贵，比诸我们作小孩时，不啻天上地下。但我似乎觉得，他们因此得到的快乐，并不比我们多。孩子都是争强好胜的，我们那时赛的是心灵手巧，现在赛的是父母的财力。

流血故事

我做小孩时,小城风气古朴。有三个恶性案件,让我意识到生活的残酷一面。

凶　宴

小学同班女生,杨姓,家住西街大十字。父亲经营洋纱布匹,家道很殷实。生性好客,上可陪玉皇大帝,下可陪悲田院乞儿。又讲究庖厨。因而天天座上客常满,杯中酒不空。加上慷慨善良,乐善好施,人称“小孟尝”。

一日开晚宴,高朋满座,杯觥交错,从傍晚吃到二更,气氛浓郁。席间话题如跑野马,随意转换,忽然转到一个什么题目,两个客人争执起来,互不相下。众人先不在意,只当是斗口笑骂,不料两人酒意助长怒气,越争越认真。一方是军人,竟拔出手枪相恫吓;对方也不示弱，拍着胸膛叫他开枪。众人赶快劝解，但双方已成僵局，谁也不肯丢了这份面子。主人眼见持枪人已狂怒难遏，起身过去阻拦。（估计他认为只有这样，才能让双方体面下台）不料这时一声枪响，主人应声倒下。混乱之中，他还神志不乱，最后一句话是叫家人闩上大门。大门既关，当事人一个也没有离开，随即主人也气绝了。警局闻报来人，询问了情况后，即将杀人者逮捕。

杨家夫人懦善，儿女幼小，主持丧事之任，落在店号经理肩上。紧接着，关于这位经理乘机捞钱的传闻便出来了。我母亲本来就同情孤儿寡母，听到这话更不放心，带着我去看望杨伯妈。到了杨家，见两扇大门上不是常见的贴“当大事”三字，而是斜贴白十字。想是因为非正常死亡罢。屋子里凌乱不堪，正是遭逢急难的情景。母亲与杨伯妈说着话，恰好那位经理进来商量什么，匆匆又走了。母亲就巧妙地问起他主持得如何，母女俩同声说全靠了他，显然又满意又感激。母亲放了心，安慰一番就告辞了。凡事往坏里想，想了就当事实说，永远不乏其人。

杨家女儿年龄比我大三四岁，不几年就结婚了。当时女孩读书迟，都是班上年龄大的。夫婿也是我的同学好友。新中国成立后她已有孩子，就未能参加工作，后来在一个缝纫社织衣服。对比男女同学，觉得百不如人，心情抑郁，五十多岁就作辞人世了。儿女拖累大，毛线活下了班还带回家，手闲就不停地织。有一次告诉我，一本《红岩》，她坚持每天读一点，七个月才读完。几年后，她丈夫也随她去了。

那位过失杀人者，是省主席的亲戚，没关几天就释放了。老百姓非常愤慨。有人说杨家应当去南京告御状，也有人说不是存心杀人，算不得犯罪。终于是不了了之。

凶园

一位表兄的舅舅是军人，做到少将师长，一直在外面"打抗战"。家中两个妹妹品行不端，丑闻远播。事情传到师长耳中，他认为秽及家门，奇耻大辱，写信严斥了一通，并说要亲自回家处理此事。妹妹知道大祸将临，向母亲痛哭认错，恳求保护。母亲见事已至此，也只能不计前嫌，拼命护犊。不久师长果然专程返乡。晚饭后全家闲话，哥哥顾左右而言他，两个妹妹强作镇静，心中战栗。母亲陪坐在侧，寸步不离，儿子一再催她去休息，她就是不动。室中气氛，十分紧张。挨到深夜，师长忽然提出要看看后面花园。母亲以夜深为由，极力劝阻，但师长执意要去，只好依他。师长让两个妹妹走前面，母亲殿后。进了园子，他把门一关，把母亲隔在园外，掏出手枪，把两个妹妹打死在园子里。事后，人们听说两个女子已跟着哥哥远嫁他乡了。

这个可怕的故事，讳莫如深。知者很少，也有断言绝无此事者。我同样难以置信，但这又是表哥亲口告诉我的。永久之谜，姑妄言之。

凶 塘

表舅母葛氏，早已亡故。中年时得过癔症，幻听幻视，胡思乱想。这种病是间歇发作，无规律，不发一切正常，一发匪夷所思。有一次她到我家，闲谈之间，忽然发病，说了许多莫名其妙的话，似乎变成了一个陌生人。民间认为这是鬼魂附体，母亲就对那个附体之魂说些威胁的话，例如再不走开，“就要拿桃木棒棒来打了！”又说些安抚的话，只要退去，一定给它倒水饭、烧钱纸。一会儿，舅母似睡非睡，不闹了。母亲就和别的人说些别的事，忽然病人惊恐地大声说：你们在说邓罗氏，我怕我怕！母亲顺势又说了些恩威兼施的话。闹了半个多钟头，舅母清醒过来，又变得温婉知礼了。

这个场面，我一直在座，又好奇又害怕。特别“邓罗氏”这个名字，令我心里发毛。事后向母亲询问，才知道其人其事。

民国早年，石城东郊水塘边住有一个老妇，姓罗，嫁于邓家，成了邓罗氏。我先总想为什么要叫“囤箩氏”，恶心！她是个孤人，抱养了一个女孩。女孩长大了，她竟要逼女为娼，用这种钱养活她。女孩不从，时常吵闹，她就将女孩杀了。尸体无法处理，便砍碎沉入屋前水塘。不料包裹散开，有内脏浮出水面。戏水的顽童不知是什么，用石子打、竹竿捞。老妪坐在屋前看见，大声说，杀猪丢的肠肝肚肺，不要去玩，造孽。后来东窗事发，震惊全城，是空前未有的大血案。前去观看打捞残尸的居民，摩肩接踵。县长大愤怒，判了个古书上才有的

“凌迟”酷刑,就是“千刀万剐”。据说是从眼皮割起,一点一点,遍及全身,号叫数日才得死去。凶媪插着斩条游街示众时,万人空巷,夹道围观。母亲说当时她已上学了,夹在人丛中看过街场面,杀气腾腾,吓得她全身发抖。

后来,与两个同学去东门外捡香烟盒(当时男孩流行收藏此物),在一家木屋檐下喝凉茶歇气。附近草丛中竖着一块大石碑,我无意中过去一看,竟是处决邓罗氏一案后,立以儆世的,文末还有年月和县长署名。可惜当时不知事,没有把碑文抄下来。这块碑要是还在,可列入民俗博物馆的珍贵藏品。

惊悚传闻

地方掌故，是石城小孩的催眠曲、似真似幻的童话。

虎狼为患

民国续修府志说："吾郡虎患，莫过于光绪中年。或见于山，或见于洞，或捕人于村，或截人于路，传闻纷纷，几于随地皆有。"庚子年大饥荒，从归化购米，运送必经凤凰山，每天往来者络绎不绝，而老虎就敢在这种情况下经常袭击行人。某日，有一乘轿子经过，老虎从后侧扑出，咬住后面轿夫，轿子堕地，把轿中人簸将出来。某乡粮食熟了，乡人集体看守，有三人露宿屋外，老虎把屋里单睡的人叼走了。又有一个农夫，为了堵水治田，必得野宿一夜，在田边找到一个岩石夹缝，刚好能挤在里面，以为牢靠无虞，谁知还是被老虎硬生生拖出来，咬死在田边。志书说，老虎为患之初，老百姓用火铳（土枪）打，用毒药闹，都无效，敌不过它。后来干脆遇着老虎就下跪惊拜，伏地喊菩萨。这个办法能否奏效，志书含糊其辞，说是“久亦自消失”，似乎老虎菩萨尚有怜悯之心。也可能是灾荒过去，百兽渐渐增殖，老虎在深山觅得到食物，也就不必犯险。但与勇夫挺身相抗，必定也有关系。志书记载，距城三里的西王山，有一位苟姓守备，有拳勇，使一人多高的铁棍。一次西王山来了老虎，山民狂奔远避，恐惧战栗。苟守备闻讯，脱衣露体，手持铁棍，与老虎搏斗。最后他把老虎打死，自己也被咬成重伤，抬回来就死了。苟狗同音，民间传为“狗打虎”；还惋惜说如他不姓这个字，就不会被老虎所克，胜而不死了。后来乡民感戴，塑他的像陪祀于关帝行营，塑像着盔甲，长尺余，侧坐在关老爷旁边。

据志书，石城闹虎患的历史很久。明初郡人王亚，家中只有老父和他。性好游荡，不大料理家事，吃过饭就出来找朋友嬉游。但每夜回家都很早，侍候父亲入寝。有一晚偶然回去晚了些，敲不开门。从后园翻墙进去，见地上有父亲的一只鞋，大惊，进屋连声呼唤，也无回答。连忙点灯到处找，发现几步之外有一段血肉模糊的东西，竟是老父的一只脚，又惊又悲，昏倒地上。第二天，请朋友分头寻找，收得一些残骨，买口棺木葬了。从此不再出外嬉游。过了些日子，忽又招邀朋友来家喝酒。喝到酒酣耳热时，对大家说：“老虎伤我老父，我与它誓不两立。现在已经置备了大刀，一定要找它报仇！”众人一看，那刀重十三斤，磨得锋利无比。王亚说：“明天早晨我就去找老虎。如果被它吃掉，今日就与弟兄们永别了。如果我能杀了它来祭奠老父，要请大家帮助料理。”大家应诺散去。次日天才蒙蒙亮，王亚就提刀出门寻虎,果然远远看见老虎睡在河对岸的岩石下面,河面有两丈来宽。王亚站在河边,向老虎扔石子。老虎果然被激怒,一纵跳过小河,向王亚扑来。王亚一闪,两手紧紧抓住老虎尾巴,虎头向右咬,他向左躲,向左咬就向右躲,死不放手,得便就猛推虎头去撞石头。人虎相持两三个小时,力气使尽。那老虎舌头吐出几寸长,口水吊起一尺多,王亚也累得僵在那里不能动弹。有朋友记起他昨夜的话,到他家不见人,就约起许多人,扛着刀矛出村寻找,发现了王亚和老虎僵持不动。走近用石头掷老虎,一动不动。众人提刀矛一阵砍刺,有一枪刺进虎眼,老虎大叫一声死了。王亚也奄奄一息,仍不松手。朋友们把他抬回家,帮着安排了祭奠死者的事。

志书又载,城高数丈,从未发生过狼入城的事。光绪丙申年(一八九六)七月,有一晚初更以后,督署的佣工老太婆忽然被狼蹿入咬伤,幸而呼救及时,没有死。此后狼就经常乘夜进城咬人,闹得满城风雨,传闻不绝,有说吃掉一人的,有说吃掉两人的,有说吃得尸骨无存的,有说剩下一肢半体的,传说不一,无日不有。于是必须夜行者,都结伴持械,一路防范。有个八岁小乞丐,跟着母亲在王氏祠堂中烧火做饭,忽然一只狼冲进来把他衔了就跑。其母边追边呼救,附近居民闻声赶来,一起追到黉学坝,那狼才丢下小孩逃掉。狼患闹了一个多月,渐渐又无事了。石城人不辨豺狼,一律只叫"豺狗"。虎字也尽量避免,叫"猫",紫云有地名曰"猫营",许多地方有"猫场",本意都是"虎"。

昔日史实,有如好莱坞恐怖片。

神　医

石城把特立独行、疯疯癫癫的人称为“半仙”，“这个人有半仙之体”，多半是戏谑。但有时也是正面的，比如两位神医：一个张半仙，一个何半仙。

张半仙更为人知的名字是张疯子，本名无人知道。南关乡人氏，从小读四书五经，人很聪敏。道光初年应童子试，为全县第一。乡试时恰服父丧，不得入庠，改习医术，二十来岁就出了名。某次，某提督大人的女儿生病，请他医治。女公子病好了，却把他抓去坐了县狱。他不知身犯何罪，只知老百姓有理无处说，在牢里继续钻研医学。坐了一年多牢，那提督调任别处，他才得出狱，接着行医。一次替人把脉时，手指按在病人腕上，时轻时重，探试脉息的微妙变化。一时间恍然大悟：那位军门大人定是见他在女儿手上这么按捏，以为在趁机要流氓，于是等病治好后行报复。医病竟成罪过！他越想越气愤，就住到潮音寺里，轻易不出来。偶尔露面也邋邋遢遢、装疯卖傻，人人叫他张疯子。然而遇到患病待救，仍忍不住要出手，往往药到病除。渐渐上门求医的越来越多。有的给治，有的不给治；有的收费，有的不收费；全凭他一句话，其实无不合情合理。咸丰初年，府官毕祉堂体弱多病，听人推荐，请张疯子来医治。毕守见那恶心模样，不想治了。经家人强迫，勉强让他望闻问切一番，没想一药而愈。后来府中眷属生病就都去请他。张疯子开始不收毕府的钱,后来一要又是很多,出得府来,见穷人乞丐就施舍,全部送光。毕守听说,认为他是个异人,要请旨旌表他,他坚拒不受,毕只好夸他是“半仙”,这个称号就传开了。丙寅年,石城流行“麻脚瘟”,张疯子每天上街医治,救活了很多人。他活到八十多岁,府志称他“年愈进,行愈狂,医技愈神”。

另一位在“麻脚瘟”流行中救人很多的神医叫许松侪。本是平越人,因同治年间的民变,带着女儿逃亡,辗转来到石城挂牌行医。他又精通堪舆之术,就是看风水。又善占卜之学,还很灵验。因而也被称为“半仙”。

再一位府志留传的苗族医生杨阿利,是城北依寨的农人。他在起事反官府的义军中当了五年军医。最擅长“神水接骨”之术,凡刀伤、石伤、跌打诸伤,无不手到病除。最神的是用药仅二三厘,能运行周身,行到患处而止,续骨止病。他用的药都是大雪天独自入山采撷,别人不认识,也不知药名。杨阿利为人温厚,身体又好。病人有请,虽远在数十里外,或严寒酷暑天气,都会立即赶去诊治。病家穷者只须招待他一顿酒饭,富者也只付钱把银子,从不争多论少。杨阿利去世在光绪末年,活了九十来岁。

复仇者

同治三年(一八六四),东街某姓人家来了三个陌生人,一男二女。男子自称姓田名有光,带着母亲和妻子,从镇远逃难到石城,想赁一间小屋居住。当时省内各地都有动乱,这种难民不少见,房主就把仓房的边屋租给他。田有光是小贩,每天早出晚归,归来必带些好东西奉养母亲,夫妻俩则吃得非常简单,但从来没有忧戚的神色。其妻姓李,长得很美,还识文断字,做完针线锅灶,就捧着说本为婆母吟唱解闷,引得四邻女子都来旁听。房东偶尔和田有光谈天,发现他很有学问,经史子集无不通晓,私下对儿子说:这家房客不是寻常人,不能看作一般的难民。如此一年多,田母生病卧床,夫妻俩侍奉汤药,昼夜不倦,但终于不治。夫妻哀痛不已,依礼治丧。过了一个多月,田有光要回家乡访看亲友,夫妻临别时相持大哭。邻里们都奇怪,暂时分别,何竟如此。田有光去后,李氏靠洗洗缝缝过日子。过了一些日子,有人从铜仁来,称李氏为嫂嫂,说是有光的表弟,来替他捎家书。李氏拆信一读,痛哭晕倒。邻里们拿过那封信来看,信中说是大仇已报,死而无憾,现已在大牢之中,只等秋季处决。心中放不下的,只是贤妻离家千里,举目无亲,无所依托。嘱咐李氏速觅良人,以终余年,切勿以他为念。众人大惊,赶快把李氏唤醒,询问根由。

这才知道,田家实小铜仁人,家有一片好水田,与豪绅罗家田产毗连。罗某多次想谋这片良田,田有光的父亲都不肯卖给,罗某就伪造田契,告到官府。幸而遇到个明白官儿,一问就弄清了真相。罗某诡计未逞,反受了许多责骂讥讽,恼羞成怒,带着家丁,夜间拦住从邻村饮酒回来的田翁,棍棒齐下,往死里打了一顿。等田家发现背回家,呕血月余而死。临终嘱咐儿子为他报仇,方能瞑目。田有光当时就想手刃仇人，但怕累及母亲妻子；而且两家势力也太悬殊，罗某不但敢杀人，杀了人还不断寻衅。经过深思熟虑，他就带着母亲和妻子潜离故乡，辗转到石城隐居下来。直到母亲去世，这才身怀利刃，潜回铜仁，把罗某拦在热闹街市中，刺其胸，掘其目，然后到官府自首。府官怜他身世，又是自首，想从轻判个“斩监候”，即死缓，并同意他带信告知妻子。李氏托表弟带回信返铜仁，表示此生誓不再嫁。表弟去后，再无音信，李氏照样靠缝补浆洗养活自己。

冉冉三年过去，到了准备送旧迎新的残腊岁暮，忽然远远来了一伙人，衣冠鲜明，仆从如云。这时李氏正破衣烂衫在檐下洗衣服，无心抬头看热闹。不想那伙人到门前停住，马上人径直走进来，竟是她以为早作了刀下鬼的丈夫！四目相视，痛哭失声。问起丈夫何能逃脱大罪，才知道是有一位素昧平生的田提督，听说了有光的事，非常同情，向当局者力说得释，安置在自己幕中，现已委派了职务，要去上任了。他在石城住了几天，厚谢了房东，用轿子抬着李氏去了。

广东和尚

这和尚操广东口音，石城人就叫他广东和尚，叫来叫去，把他的法号叫没了。俗家姓名，更是无从考察。在石城，这种“以绰号行”的例子很有一些，例如海马公爷。

据考，广东和尚是同治八年(一八六九)来石城的，驻锡于大水桥的关帝庙。沉默少言，不喜交游，唯独与石板房扶风寺的住持觉成和尚要好。他很有经济头脑，把庙子经营得财力殷实。这就引起盗贼垂涎，在同治九年(一八七〇)，结伙三十多人，半夜闯进庙去，把广东和尚捆绑起来，拷问银钱藏在哪里。广东和尚略一使力，就把绳子绷断，从贼人手中夺过一把刀。群贼围上去乱杀乱砍，竟敌不过他，被他杀死二人，杀伤十余人，剩下的抱头鼠窜。于是人们才知道这个和尚身怀绝技，争着去结识他。第二年，乡人王氏四弟兄与李姓、张姓共十多人来访广东和尚，要求拜他为师，学习拳棒。和尚答应了，从此悉心传授，把自己最拿手的单头棍、八面刀也教给了他们。

学了一年多，和尚把学生们叫拢来说：你们学得差不多了，今天要考察一番。你们先同我打，然后互相打，看看各人学得如何。他指挥徒弟们搬一口大瓦缸放在空地上，挑井水来灌齐缸口；再叫十五个徒弟各持器械，围住水缸。然后和尚左手提一根铜条，右手握一条洗脸帕，站到水缸边沿上，凝神静气，叫一声“来！”徒弟们扬起刀棍打将过去，和尚只把铜条左右挥舞成大环形，挡住打来的刀棍。一会儿，徒弟们只看见白光一股如匹练盘旋空际，不见有和尚，连缸和水也看不见了，于是都目瞪口呆，泥塑木雕，手里的刀棍也不知何时掉在了地上。半晌，听得师傅大叫一声：“止！”一切恢复原状，看那水缸里的水，一滴都没溢出来。自此广东和尚更加威名远播，妇孺皆知。“街有谈，谈和尚；巷有议，议和尚”，俨然焦点人物。一些习武出名的人，也不能不佩服。广东和尚的其他绝艺，渐渐不断揭秘。说是他舞动单头棍时，叫徒弟们四面泼水，点滴不能沾身。广东和尚有个师弟住旧州东门关帝庙,他每天辰戌二时要亲自去那里上香。一出庙门,迅疾如御风而行,三十多里路程,一盏茶时间就到了。有人猜他会早经失传的缩地术,有人认为是得了神行太保戴宗的四个马甲。

同治十二年(一八七三),广东和尚召集徒弟道:“现在是国家多难之秋,凡有一技一能的人,都能得到破格录用,你们只要肯上进,不愁没有出头之日。我准备结庐深山,面壁十年,图个清静。你们各自努力,不用以我为念。”徒弟们依依散去,第二天再到庙上,和尚已不见踪影。

习武和尚不少见,但广东和尚的功夫,必被注入了九成水分。

阿保塘

去城三十里的蒋义寨,有一口池塘,叫阿保塘,周长百余丈,塘水清澈澄碧,满满当当。塘水流进城里,就是居民天天饮用的大龙井水。塘景凄美,如果在塘边闲坐,但见风吹浪涌,毛发皆森,不敢久留。传闻有个村妇到塘边来洗菜,看见水面有块岩石,正想跨上去,忽然游走了,原来是一条巨大无朋的鱼。

当地传说,此地原是苗寨。苗民阿保一天见煤灶旁边突出一样东西,非木非石。想用刀子削平,用斧劈掉,但都砍不进去。他换了把锄头,奋力挖去,轰然一声,地就陷下去了,全寨数十家皆归水国。所以这里叫阿保塘。

像是一次山体滑坡，泥石流造成的灾难。

范家坟

旧时石城小儿都知道一个故事：至南水关凤凰山放牛割猪草的人，如果天擦黑还不离开，就会听见范家大坟里面传出呻吟："油干灯草尽，饿死范家守坟人。"先母告诉我，范家是大官，用童男童女随葬，筑石室于墓中，以大缸贮灯油、粮食。粮尽殆毙时发出哀吟，听到的人无能为力。后皆死去，而其声不绝。这传闻令我毛骨悚然。几十年后读到续修府志，方知坟中人为明朝的范凤鸣，以武功封昭勇将军。坟山很大，风水很好，号称"日受千人拱手，夜受万盏明灯"，颇有点僭越气味，其任官员乃建土地庙遮住大坟，以免蒙失职之责。民间呼为范总爷坟，确有童男童女随葬的传说，但已无可考据。想来不大可能，大约是安顺人擅长的魔幻现实主义。

侠盗杨二

惯盗杨二寄身南关厢，居无定处，宿无定所。身手矫健，过于猿猱。石城许多小偷扒手，都出自他的门下。他专偷远处富户，从不骚扰邻里，反而暗中周济贫困患难者，所以周围居民都不怨恨他。有一任知府蒲卜臣到任,想效法前知府胡林翼榜样,加大惩治匪盗的力度。一时之间,著名巨盗甘幺等人,捕杀殆尽,唯有杨二,严缉不获。一天晚上,蒲知府正秉烛办公,忽然一块石子从天上飞堕,差点打中脑袋,他吃惊问道:“是谁?”房上应声曰:“杨二!”知府大叫:“来人捉贼!”那声音笑道:“杨二是捉得到的吗?慕蒲公之名,特来一见,怕捉就不来了。唐突了,请原谅!”长啸一声而去。

似乎脱胎于笔记小说《我来了》。

海子山

海子山在城南四十五里。原是一片良田,明成化三年(一四六七)忽陷成海子(湖泊),周围约二十五里。海中有山,挺然孤耸。附近黄泥凼、纸马关、三堡等地均下陷为海。崇祯年间,释如果和尚在山上始建蓬莱寺。后来有个翰林陈良弼,官至道台,见此山灵异,就在这里出家,锐意经营。民间传说海中有条雌龙。雄龙在云南,雌龙常去看它。去则水涸,归则水盈。水涸时山就现出一座石洞,洞内有一块平坦巨石,即为龙床。后来虽旱时水也漫住洞口,看不见龙床了。民国初年,有好奇者搬了龙骨车来这里车水求雨,据说车了一阵,忽听洞内有钟鼓之声,随即大雨倾盆而下云云。

海子山远比阿保塘规模大,是不是石城一带历史上曾有小面积地震之实例?

市井怪杰

孔子曰:畸人者,畸于人而侔于天。《辞海》曰:畸人,不合于世俗的异人。我小时候,安顺城是有几个这种怪人。侔于天谈不上,畸于人是有的。

海马公爷

有一天放学回家,走在南街上,一边观街景。一家挂满了难以形容的破旧玩意的小店,吸引了我,就走到跟前去谛观。不提防从那些巾巾吊吊的缝隙中,看到一张脸隔我很近,吓我一大跳。那脸又老,又瘦,又黑,又皱,头发胡子乱蓬蓬,活像一枚陈年核桃丢在乱麻中。但这枚老核桃有两只幽幽发光的眼睛。

看清楚了,也就不怕了,他静静坐在柜台后面,正是一个平平常常的店主。这时候,有个中年人路过,凑近来招呼店主一声,指着挂在最显眼处的一只破烂斗笠问:“这也卖得出去?”

这只斗篷至今如在眼前。除了帽圈还完整,笠面只剩下稀落落一些篾条,好像幼儿园小朋友画的太阳:一个圆圈,一些光芒。

店主把脸一侧,夷然道:“我这个斗篷,要救一条人命!”石城人把斗笠叫斗篷,音若“董篷”。

那位石城幽默家做惊讶状:“救哪个的命?”

“到时候你自会晓得。”店主冷然强调,“我这个斗篷,到时候要救一条人命!”

回家向母亲说起,母亲说:“他是海马公爷。”

我恍然明白了那位路人正是这样叫店主老头,就追问其详。但母亲只知道人所共知的传闻:这是个怪人,玩精玩怪玩“海马”,玩得倾家荡产。

从此我每过其门,一定要瞅一眼。海马公爷总是乱糟糟地坐在那里。那时我已读了不少怪力乱神的杂书,相信身边就有风尘异人,这位公爷多半是其中一位。光这个绰号就有无穷魅力。“公爷”即“纨绔子弟”的同义词。海马我知道,装在药店玻璃匣里,天天可以看见。只有小指长,头部真像马,无腿,立着游动。为这东西何至于倾家荡产?海马公爷又在小店前铺了个荒货摊,我在上面看中一方印石,很粗糙,但尺寸大。我问过几次价钱,谈不拢。那石质实在差,他要价却不低。但内心里抵挡不住从海马公爷手中买点什么的诱惑,终于买了。请教刘式型老师刻什么,他说,刻李白的“天生我材必有用”罢。刻了没有,却不记得了。不久我去省城上学,就再没见过海马公爷。但这个能引起无穷联想的绰号、绰号主人那异乎寻常的形象、那斗笠要救一条人命的对话，却永远不能忘记。而且觉得这是一个无终无始的生命，永远坐在他那些巾巾吊吊后面。

若干年后，《现代作家》一位编辑来约小说。这时正是新时期伊始，文学已从只准写工农兵的雷池中解放出来。我就选择了这位一直坐在记忆中的怪人。但我只借用了他的绰号、他的相貌，还有他为玩物不惜倾家的这几点。主要情节取之于另一个真实的故事：我的一位母系长辈，生下来就被算命先生害了，说他是“九五之尊”的命，将来要当皇帝。那时货真价实的宣统皇帝都被掀翻了，如何能想象小小石城再出一位皇帝！但虔诚的父母仍对他百般宠爱，养尊处优，终于养成了百事不会的废物点心。刻画他连生活常识都不具备的细节，即用香皂洗鸡内脏，则又是得之于一位学长。他学铁路干铁路，从来不做饭，以致闹了这个笑话。因此，这个小说人物，是三块“泥”掺和捏成的。我用这故事表达一种看法：无根据无作为的“希望”，即等着天上掉馅饼，足以误人害人。也就是鲁迅译裴多菲的话：“绝望之为虚妄，正与希望相同。”而对于石城南街上那位真正的海马公爷，我对他的身世经历是一无所知的。

好些年以后，读到邓文郁先生的文章，才知道海马公爷的生平事略。邓先生比我长几岁，又几十年生活在安顺，知道的地方掌故远比我多。原来海马公爷名郭聘臣，祖上富有，住围墙街沈家巷，后迁同街罗家花园。“他的住处，屋里屋外天井中旮旯角落，处处都摆满怪石，奇岩，破铜烂铁，盘盘碟碟，碗碗盏盏。这样他说是宝，那样也说是宝，一个大家务（财产）就这样的花光了。”

引人遐想的那个绰号，得之于他在镇宁买了一头小毛驴（石城极少见，误读为“猫狸子”，诧为异兽），每天牵着东走西走，见人就说看“海马”。于是得了这个绰号。“海马”加“公爷”，不知出于谁人的锦心绣口，真起得好。

邓文说海马公爷无妻，拖着两个或三个娃娃，“光屁股郎当的和公爷就在铺子里的一张草席上滚”。然而一家人终年乐呵呵的，不知贫苦二字。对门富户杨某给了孩子几件衣裳，公爷立即奉还，说是“娃娃们搞惯了，是贱皮子，穿上衣服皮会痒，不自在”。联保主任发给“济腊米”，也不要，说是“娃娃们饿惯了，得点饱饭吃会拉肚子”。真是人也不堪其忧，回也不改其乐。“穷得硬气，饿得新鲜。”邓文介绍海马公爷除了摆荒货摊，主要靠修钟表有些收入。

这些情况，邓先生得之于画家吴乾惠。吴先生我认识，但不知他与海马公爷是朋友，失去了向他问些轶闻趣事的机会。邓文写海马公爷出让给吴先生的文物：“一尊土黄色的瓷狮子，有点像大蜡台”，一读我就忆起确有这么件瓷器屹立在海马公爷柜台上。吴先生是说出了这件瓷器的来历，才获得海马公爷出手让给的：“这瓷狮子为明洪武四年青州御窑产品，共四个，现故宫博物院有一只，三只下落不明，这是其中一只，可惜打断了一只脚。”如果这一鉴定确实，真可列为国宝级了。邓文又说海马公爷店中贴有“天生我材必有用”条幅，我当时没有见到，竟与刘老师建议我刻的印文不谋而合，也真巧极。

海马公爷不知殁于何时。他那几个备尝饿其体肤的孩子，不知后来情况如何。邓先生的文章也说不晓得，只知其中一位叫“青松”的也修钟表。

洪兴芝

洪兴芝这名字和他那些恶作剧故事，在石城妇孺皆知，版本纷出。连他的生活年代，说法也相差百年。那些轶闻趣事，考察起来，很多是别人附会上去的。洪兴芝就像徐文长、唐伯虎、济公和尚一样，成了一种民间口头文学的载体。

据姜心彻先生的考证，洪兴芝应当是生于道光末年（一八五〇年）前后。姜先生也是我的父执辈，处事严谨。他生于一九〇三年，也没见过洪兴芝，洪的故事他是从祖父、父亲处听来的。然而，石城人说起洪兴芝，仿佛和他握过的手还没冷。

我最先听到的洪兴芝故事，是买鸡蛋和买水缸。洪兴芝买鸡蛋，讨价还价中间，卖蛋人出言不逊。他不动声色，照价全买，叫背着跟他回家。一背背到静乐庵前。这里地名偏石板，有一堵光滑而倾斜的岩石，被一代又一代小孩梭得光滑如油。洪兴芝转了一圈回来说，家中无人门上锁，就在这里点数。他让卖蛋人张开双臂护在偏石板上，自己把鸡蛋一五一十往上码。上百鸡蛋码完，卖蛋人已动弹不得，一动就会把鸡蛋滚下来摔碎。洪兴芝教训了他一顿（一说给了他几耳光),说和气才能生财,生意不成仁义在,不可出口伤人。训完了,扬长而去。卖蛋人伏在那儿,狼狈万状,好容易盼到有人经过,才解了围。

洪兴芝买瓦缸,也是喊齐天还齐地,遭卖缸人冷嘲热讽。洪兴芝提出:论口卖谈不拢,论斤卖如何?那人以为遇到了傻子,同意论斤卖。水缸重量称好,洪兴芝取出些零钱说:“给我敲四两。”卖缸人瞠目结舌。围观者哄笑说:“他是洪兴芝!你奚落他,不是瞎了眼睛!”这是洪兴芝最出名的故事。但去年购得新出版的周作人《明清笑话》,这两段赫然在内,却属于徐文长的传说。

另一故事,说洪兴芝冬天常到各商店混火烤,来了店员们得让座,奉茶递烟,人人讨厌。一次,一个促狭鬼把火钳烧烫搁一边等他。因为洪兴芝一烤火就要拿起火钳添炭,是个老习惯。一会儿果然来了,大家让座寒暄,分外客气。洪兴芝坐定了,一边说话,一边伸手去拿火钳。吱一下烫了手。他缓缓放下,若无其事,从容开口:今天有个后生来找我,说是他爹难伺候。花钱如流水,钱交给了他,几天几天又来要,几天几天又来要,求我帮他想个方子。我说只有一个方子:从今往后,再不要拿钱落你家爹的手!他把这句“再不要拿钱落你家爹的手”反复讲了两三遍,打个冷哈哈,起身走了。店员们半天才回过神来,他在骂人:“再不要拿钳(火钳)烙你爹的手!”

又一个故事。两弟兄分家后,哥哥生意发达,弟弟一败涂地。一再向哥哥告帮,惹得哥哥恼怒,再不理睬。弟弟走投无路,去问洪兴芝求救。洪提出得了好处对半分,弟弟一口应允。第二天照计行事,弟弟提着香蜡纸烛和鞭炮,雇两个土工子跟着,去到哥哥店里,说是要去迁父亲的坟,特来知会。哥哥惊问原因,弟弟说,已请教了阴阳先生,他穷愁潦倒,就是因为父坟埋得不好,发兄不发弟。现已看好一块弟兄都发的风水地,择吉时迁葬,不然他只有穷死。哥哥一听明白了,咬咬牙拿出一箱洋纱,帮助弟弟东山再起,条件是一不准迁坟,二不准再来耍赖。弟弟欢天喜地去了,拿几文酒钱遣散土工子,再去酬谢洪兴芝。这故事闻之于已故倪如锡兄。

洪兴芝有个朋友住乡下,一日命长工赶马来接去喝酒。长工是个粗人,不懂礼貌,到了地方,大名小姓地打听洪兴芝住哪里。洪兴芝听他直斥其名,大为不快。从大汉手里接过请帖,看了一阵,指着院子里一只石磝说:“你家太爷要借这个石磝去照样子打。他忙要,你先背了去,我慢慢骑了马去陪你太爷喝酒。我写封回信你带去。”大汉稀里糊涂把那石磝背到太爷家。太爷莫明其妙,拆信一看:“来人无礼,大石压之。”这故事载《安顺晚报》,述者王文远君。

姜心彻老人听父辈说,洪兴芝是秀才,后来中举,但考试时他正在丁忧(为父母守丧)期中,被人告发,革掉举人,连秀才也开除了。姜文说他“虽有才干,却缺了文德,有识的人都认为不可取”。是否就因功名被革,怨怼难解,才变得愤世嫉俗,刁钻古怪,以作弄他人为乐。

姜老说洪兴芝善作对联,传诵一时。

一妓名周大脚,求洪撰春联。洪写:“周官一部多经济,大学十章半理财”,横批为“阳春有脚”。将其名三字嵌入。周官是《尚书》篇名,《大学》是四书之一,都是古籍。

光绪年间,石城徐竹贤花三千两银子捐了个官,不久就死了。洪兴芝作挽联曰:“三千银子向京去,一面铜锣归家来。”旧时无媒体登讣告,雇更夫沿街敲锣,高声报丧。

清末石城东街有比邻二店,一为绸缎铺傅仁昌号,一为杂货铺杨永发号。洪兴芝撰联曰:“富人开仓,穿不完绫罗绸缎;洋烟瘾发,吃尽了苦楚艰难。”富人、仓、洋、瘾、发都是谐音。

洪兴芝其人其事谑而近虐,是石城幽默向极端和恶性发挥的一个标本。

姜心彻先生自己也算奇人。一九七〇年代,他以七旬高龄,坚持冬泳。一次我去石城采访,住在虹山宾馆,黑早起来赶车,穿着棉衣还瑟缩不已。路过大坝,听见水滨人语,灯火荧荧,竟是一群冬泳者,姜二伯即在其中。他晚年步履艰难,一点一点擦地挪动,不知是否与此有关。晚年住省城儿子处,有一天忽然想去探视老友毛铁桥先生。不听儿辈苦劝,也不要人跟随,独自下楼,独自过街。常人二十分钟的路,他挪了近四个小时。那天我也在毛家,见到了他,脸色红润,神态安详,笑语晏晏,浑不以足疾为意。

宋马刀

在我母亲那代人,小儿深夜哭闹,屡诓不好,就悄声吓唬:“宋马刀来了！”妇女诅咒缺德鬼：“等宋马刀来收拾你！”男人互相笑闹，也会说：“谨防上街撞见宋马刀！”这个社会口头禅，我小时候还听到，也听过一些他的轶事，以为只能是明清时候的人，后来才知道他活到抗日战争胜利前夕，竟是个“同时代”的怪人。他曾任安顺城防司令，居民谈之色变，其时在民国军阀时代，犹国才当省主席之时。

传说他永远身藏一把马刀，经常微服私访，只要见到作恶者，立刻就地正法。据说那把马刀并不是提在手里，而是掖在右手小臂里，外面一点看不出来。要杀人时，右臂一弯，人头落地。被他杀头的人，固然都为非作歹，但并非十恶不赦，这量刑却是太严苛了。抢银号的匪徒不用说，偷斧头的小贼、歪戴帽反穿衣的混混都在杀头之列。甚至男女共撑一把雨伞过街，他也认为有伤风化，把男子杀了，随即得知这是弟弟送姐姐回家，已是无法改正。一个纨绔子弟，打扮得不男不女，被宋马刀捉将官里去，没杀，只陪了一次法场，以示警戒，那人竟吓疯了。据说一时之间，小城社会安定，风气纯朴。真是高压锅炖的鸡快。

另有几个血腥味淡人情味浓的故事，比较可爱。一是米店老板与农人为一只鸡争吵，都说属自己所有。不少围观者袒护米店老板。正值宋马刀私访撞见，问两人喂鸡用的什么饲料。老板说是店中的米，农人说是自种的苞谷。宋马刀当众杀鸡剖腹，破开嗉子，全是苞谷。于是重责店主，并且令袒护富人的人当场表演“舔肥”的丑态。

城西有一家面馆，老板娘是个泼妇，人称“阎殿婆”。光顾这家馆子的多为郎岱、岩脚来的马帮，在此歇脚打尖。都是下力人，阎殿婆更是肆无忌惮地克扣。量极少，味极差，马哥头们心中恨极，却不敢招惹这个母夜叉。宋马刀到岩脚查案听到这些怨言，选了一个赶场天，带了个随从，都作马哥头装扮，前去吃面。面端上来，果然是清汤寡水，再捞出面条过秤，比常规少了一半。他叫来老板娘质问，阎殿婆哪吃这一套，挽手捞脚就想耍蛮。随从拦住她，宣布宋司令身份，泼妇吓得跪地求饶，连连认错。宋马刀痛斥一顿之后，罚她两百碗面作为赚黑心钱的补偿。随从到门外振臂一呼：宋司令今天请客！立刻从者云集。赶马的、推车的、卖柴的、挑粪的，全是下力人，进进出出，足足开了一天的流水席。

上述故事，有几个是从程国经先生文章转述的。程文介绍，宋原名颖真，号醒。湖南临湘人，生于光绪末年。他刚直不阿，清正廉明，后来倦宦辞官，离开石城时，行李只有两副棺材散板和一尊关羽铜像。还有一个养女宋三妹，是郎岱某人送他的小丫头。路费是向同乡金宝森借的，一月后如数寄还。在给金的书信中有“有救国之心，无救国之路”的话。抗战末期，长沙临湘等地相继沦陷，日寇向贵州方向逼近。日伪以宋醒在贵州的声望影响，胁迫他入黔策应。车到金城江，他趁隙逃跑，被敌人杀害，以身殉国。他在石城留下两帧照片，一张骑在牛背上，题词曰：“别人骑马我骑牛”。另一张是科头草履，手执蒲扇，肩背简朴行囊，题词曰：“官是做不尽的，回家务农去也。”程文说这两张照片一直陈列在大箭道文华照相馆里，解放初还有人见过。

宋马刀者，殆申韩之徒欤？

七癖之凤

我自小心仪何威凤其人，近乎今日所谓偶像，但离粉丝学历还远。老来曾想把他写成戏。安顺民间传说中的怪杰之士，真够得上“畸于人而侔于天的”，只有何威凤。

何威凤生在书香门第，高祖是乾隆翰林，祖父是道光翰林，又都精医术。父亲是优贡。到了他竟然不能入学，从小沿街卖糖果补贴家用。高祖以文字获罪，流放贵州，定居清镇。父亲瞻斗在咸丰年间任岩上庄总甲，遭遇三年涝灾，颗粒无收。县官不恤民苦，连番追缴三年田赋。农民无奈，将田中残稻败穗割交县衙，请求减免。县宰迁怒瞻斗，以聚众抗粮之罪上告。这时何威凤已同母亲逃荒在邻县，瞻斗带信让他们远避，稚龄何威凤被母亲背着逃到安顺。后来他父亲果然被处了死刑。

一天何威凤卖糖果路过崇真寺，听见一群小儿在拖声曳气地读书，就站在外面听。这是塾师郭春帆在教背诗，他听了欢喜，从此每天早晨来窗外旁听。日积月累，居然自己做了几首诗，拿来请郭春帆指教。郭先生是石城名士，诗书画印无不精通。见这小孩竟未上过学，偷师学艺做出了诗来，人又长得鼻高眼亮，非常可爱，就资助他来馆学习。郭的好友封蕴卿藏书很多，悉供阅览，几年之中，学业大进。见郭春帆画画，何威凤也跟着学，并且喜欢写生，见马画马，见鸟画鸟，花卉草木，山水竹石，乃至饥鹰攫肉，见什么画什么，无不生气勃然。光绪乙酉（一八八五）中举。在京城时以书画为生活之资，结交了不少士大夫。后来他的文章受到光绪老师翁同龢赏识，往还密切。他纵谈国家大事，引古证今，应对如流，翁同龢非常器重他，誉为"南凤北龙"，一时名满天下。所谓"北龙南凤"，一说是以何威凤比拟明末名震京师的另一位黔人杨龙友；一说是誉何威凤这位南方之"凤"，到北方（京师首善之区）能够成龙。翰林院饱学诸公也纷纷赞许，说是想不到偏僻的贵州，竟然前有周渔璜，今有何威凤这样聪慧绝伦的人物。堂堂京城，瞧不上山野村夫的，当然也大有人在。有个传说，我小时候就曾听说，后来看见载之于《何威凤传》中：

一伙不服气的人，用佶屈聱牙的生僻古文凑了一篇文章，遣一青年拿到贵州会馆向何威凤"请教"。何威凤刚午睡起床，正在洗脸，没怎么理会。同住的严寅亮见青年求教心切的样子，提醒何威凤。何威凤就接过文稿，边洗脸漱口边读，读完一遍，心中明白来者不善，就叫青年人拿回去。严寅亮说：人家诚心请教，就给品评一番罢。何威凤于是把那篇作弄人的文章从头背诵出来，背到有疵谬的地方，就指出该怎么改。在座的人莫不心悦诚服。那个青年回去讲说一遍，那些人听了也不得不服气。严寅亮也是贵州人，以写颐和园匾额得到慈禧太后赏识而出名。

李鸿章见到何威凤的字，向翁同龢称赞，翁同龢说："何威凤的字，藏力于内，筋骨显然。雄秀潇洒，遒劲挺拔，令人生爱。此人初学二王，继学颜欧与秦汉魏晋碑版，又能别开生面。"贵州状元赵以炯想送一把扇子给慈禧，请何威凤操刀。何威凤在一面画桃柳图，一面书法，是模仿赵以炯的字。桃柳图题了一首七律，中有一联说："柳色青于名士眼，桃花红似美人心。"慈禧赞赏说："真是文雅风流，当代无双！"却不知赵状元雇有枪手。翁同龢又把何威凤推荐给庆亲王，说他是国士之才。庆亲王想召见他，翁同龢说：此人性耿介而倜傥不群，召见恐怕他不来，不如去看他。庆亲王就步行去访何威凤，以示礼贤下士。时正酷暑，何威凤穿着汗褟在读书，仓促之间来不及换衣裳，就这么迎接王爷。庆亲王问以国家图强之道，何威凤提出欲国安必积其德，图国强必选贤任能。庸才在位，于国无益。刘备三顾而得诸葛亮，得成帝业；诸葛一死，后继无人，蜀也就亡了。如得今日之诸葛亮，再加贤能之士，集思广益，共议国是，当兴则兴，当革则革。内政自修，外侮自平；国家富强，则百姓安居乐业矣。又提出当权者要指挥得法，赏罚严明，亲贤远佞，事事秉公，重视科学，多派留学生深研造机械、制武器之学，归为国有。又历数鸦片战争以来，一再丧权辱国的事实，都是奸佞用事之过。这些话对着庆亲王讲，无异乎对着和尚骂贼秃。庆亲王坐立不安，悻悻而去，对翁同龢说：你推荐的大才不过是个狂生！再不把他当回事，何威凤自己也不当回事。他看穿官场弊病，不抱幻想，任性度日。翁同龢始终惜他怀才不遇，又推荐给岑春煊当幕宾。岑很尊重他，在四川共事几年。后来岑调两广总督，何威凤不愿跟去，岑苦留不得，只好放他回黔。临别赠他一张"盐引"，每年可收入白银三千两。何威凤回省后，日以琴书自嬉，不修边幅，放浪于形骸之外。几年后，连那张盐引也被盐商哄骗去了，断了经济来源，日益贫困。但他不改其乐，依靠鬻书卖画，虽不至冻馁，终于潦倒终生。晚年只与清泰庵诗僧虚轩交好，经常去庵里与虚轩和尚谈诗唱和，吃庵里芋头为餐，因自号"啖芋轩"，题一联云："物我争存空世界，乾坤不老一阿罗。"光绪三十四年(一九〇八)，贵州革命党人张百麟创办"自治学会"刊物，请何威凤题封面，他慨然答允说：就应该这样，才能摆脱专制枷锁。只可惜我老而衰，不堪为用了。辛亥革命成功，成立民国，他极感舒坦，却不久又遇到袁世凯称帝，举国混乱，于一九一八年郁郁而死，才活了六十五岁，葬于石城南乡的洋海。

何威凤孤高自赏，貌似超然物化，实则心境极端苦闷苍凉。晚年常画墨凤，皆昂首回顾，举足徘徊，若有所企望。识者认为有杜甫"三步六号叫，志屈悲哀频；鸾凤不相待，侧颈诉高旻"之意。他有一首晚年题凤诗，尤为凄厉：

凄风冷雨入梦境，桐叶飘洒天地昏。翅折羽摧何所恋，无端长啸两三声！

威凤死，他的老师郭春帆大恸，作《悼凤》诗哭之。诗云：

> 凤兮凤兮，亦何德之衰耶！非时不出；今之出尚未时耶？谓尔不幸，尔不已名震京师耶？南凤北龙之誉，岂无因而致之耶？师傅异赏，状元问业，是宁不足奇？又况赫赫督帅倾心友事，招之而惟恐不来耶？有凤在门，门亦增辉；今若此，吾道其安归耶？凤兮！凤兮！吾为尔惜；难得遭逢，尔乃易失！友教半生，英才有几？尔且如斯，况其余子！荒斋秋冷，老泪纵横，掷笔一叹，凤乃虚生！呜呼噫嘻！何不来仪？而岐凤已鸣！

何威凤字翰伯，号东阁，又号藻篁。还有许多别号，如梅芬、顾双、药嫦、药道人等。有个别号叫"七癖"，即爱琴、棋、书、画、诗、酒、花七物成癖之意。他遗文中有《上粤督张鸣岐团防联络法》，是论用兵的策略，中分辨五方、立五阵、选游兵、分阵勇、号令、应敌、选人才等篇，可略见他的见识抱负。张鸣岐是与何威凤同受岑春煊器重的幕僚。岑调广东，威凤不去，潦倒而死；张鸣岐跟着去了，因缘际会，官至总督。这只七癖之凤，是"安顺性格"最典型的标本。

我从小受笔记小说毒害，崇拜那种以布衣傲公卿、功成身退飘然而去的高士侠客。

杂忆杂写

钓　鱼

上了立达初一，在学校住宿，多了一些自由。有个星期日，起床后随一位同学往华严洞方向闲逛。其时秋收刚过，满田坝是参差的谷桩，近根部发黑，上面残留些惨黄。同学忽然说要钓鱼。下到田里，随便抓住根谷桩，一撕两半，中间就现出一只肥白的蠕虫。口袋里摸出一截棉线把虫拴上，折根枯枝拴上另一端，渔具就完成了。走到小溪边，弯腰放进水里，立刻见小鱼争着来。一条鱼吞牢了，他就提起线，把鱼扯下，扔在一边，再放线入水。就这样，很快钓起五六条，他也玩够了，把渔具一扔，走了，扬扬得意。渔具之简陋，方法之容易，小鱼之糊涂，都令我吃惊。

后来我自己也试过两次，却是一条也没钓得。我总是等不得小鱼吞牢就提线，甚至它还没下决心咬，我已下决心走了。我能耐心看书写字，却不能耐心钓鱼下棋，一辈子如此。

扁担龙

道武弟看了我写的家乡旧事，说是一定得写写扁担龙。靠挑物为生的苦力，石城话称为“耍扁担龙的”，简称扁担龙。四川直呼“扁担”，省城叫“背篼”，都以工具代名。

我印象中的扁担龙只是笼统一群，没有单独可写的。道武家住西门，他说，小时候有紧邻戚少清其人，就是个扁担龙。每天清晨，见他提着扁担，担头绾根粗棕绳，冉冉走进晨雾之中。到得擦黑，又见他提着扁担踏斜阳回家，但担头多了一壶酒，半斤肉，手掌托着张青菜叶，菜叶里面是二两猪板油。天天如此，现做现挣，现买现吃。道武说这像一幅画，几十年不曾淡忘。我说这像一首诗，值得一写。

挑水表舅，拉车表叔

我有位沈兴祥表舅，城市贫民出身，后任新业公司广州庄经理，公认的干练人才，当然也是股东。一九四九年公司散伙，回到安顺。他就住我家后门，我闻讯跑去看他，他正一样样捡出鱼翅海参鱿鱼给他母亲沈舅外婆看，老人欢喜无限。新中国成立后，他参股的小企业变合营，“五反”运动中认为有偷漏税行为，股金之外，家中积蓄全部罚没，还变卖了些物件，才退赔完事，他也就此失业。老母亲愤极晕厥，卧床不起。我至今清楚记得，我跟着母亲送陈知生医生去诊治，沈舅外婆抓住陈先生手说：陈先生救命啊！老人几天后就去世了。我由此知道真的会“气死人”。沈家是地道的勤劳之家。表舅妈终日坐在织布机上，他家永远响着唰唰唰的机杼声。一切家务归老母亲。家庭破产后，沈表舅买了一根扁担，挑井水卖。安顺人吃井水，每家两只缸，一口装大井水即甜水，供食用；一口装小井水即咸水，供盥洗。天天要买水。表舅渐渐有了固定的主顾。我一直认为这是权宜之计，谁知他一挑几十年，没有向谁另谋过职业。他与我母亲的表姐弟情谊极笃，终生往来不辍，每来母亲就觉欢快，我们都极欢迎沈表舅来做客。有一年在舍间小住，替母亲买菜，每天早晨拎着篮子走几个菜场，比较价格和质量，择优而买。有一次被小偷摸了胸前口袋，但损失很小。次日他装入厚厚一叠废纸，在菜场果然又被摸去，回来说起，很是得意。表舅挑了半辈子水，永远是旷达开朗，不卑不亢，令我钦佩。子女都成器，其中福馨成为优秀的山水画家，与我交往亲密。

又有一位霍本初表叔，是姑父的堂弟，一直在贵阳住家。经历与沈表舅完全一样。他的选择是拉大板车，一直拉到老。他弟弟霍二叔在酱油厂做小职员，谨小慎微，虽为他谋过工作，他却不愿去受拘束。有时我们在路上见到他拉车，上前招呼，他就停下来歇气，从容说说闲话。我父亲病故前，霍大叔曾来看望，话不多，也不久坐。皮肤黑红，身体硕壮，小腿布满拉车拉出来的粗大青筋，宛如两截大榕树。他从未来过我家，这次显然有与老友诀别之意。

烟火架

日本投降，抗战胜利，四万万五千万民众的泪海血江，总算没有白流。安顺城放了一次中断几十年的烟火架，以欢庆胜利、欢送八年离乡背井的难民。放烟火的地方，我印象中烟火架是挂在大厅中央的梁上，上面纵横交错一大片本色梁木。但后来见到几位乡友的回忆文章，都说是在小十字川戏园外面街上。我反复回忆，直到写这行字时，才恍然大悟：我记忆中高悬于剧场梁上的，不是烟火架，而是一个魔术师的道具盒。

烟火架是一个彩色大纸桶，外观简陋。点燃桶底引线后，人们退开一个大圈，引颈而望。引线嗞嗞冒烟，燃进桶底，转眼间爆竹繁响，黄烟嘘花乘枝箭四面乱射，这阵炮火过去，人们发一声喊，那烟花架吊下一台纸扎小戏，人物大约七八寸高。眼尖的首先认出，高喊："水漫金山寺！"于是众人跟着响应："白蛇许仙！""白蛇传！"一片声浪。这台戏渐渐摇摇欲坠，销毁于第二阵炮火之中。但第二次炮火比较短暂，随即吊下来第二台戏，场内又掀起一阵兴奋的热浪。一共大约是四台戏罢，记不清了，但当时是讲究"四"的，如四色礼品、四季衣裳等等。不像现在跟着广东商人怕"四"字。剧目也不记得了，大约"华容挡曹""刘备招亲""孙猴子闹天宫"这些戏是有可能入选的。戏放完了，又一阵鞭炮火花，就结束了。

据说自慈禧“万寿”庆典以后，石城就放过这一次烟火架。它制作技艺比较复杂，主要是成本在当时认为昂贵，又不能公费报销。以今日焰火晚会观之，不足沧海之一粟。而且这种手艺恐怕已经失传了。

“呜唔”和九头鸟

当小孩时，大人（多为妇女）认为有一种预兆死亡的怪物，来去无踪，如夜晚鸣叫，即主附近要办丧事。怪物的名字，依其叫声，称为“呜唔”，似援“鸭自呼其名”之例。母亲时不时会说：“昨晚老呜唔叫了好几声。又有哪家老人要‘老回家’去了。”石城人（尤其是妇女）忌讳“死”字，老人去世叫“老回家去了”。小儿夭折叫“丢了”。一般人死则称“过世”。“鬼”字当然也避，叫“二五”，不知出于何典。有一段时间，我因上课看课本，下课看小说，整日不运动，患上失眠症，几乎整夜清醒白醒，也就难免听见暗夜阒寂之中那阴森森的叫声：“呜唔”。半晌又是一声“呜唔”，尾音很短，像是模糊的喉音。次日告诉妹妹们，她们很羡慕，叫我一定要叫醒她们来听。我巴不得有人陪着熬夜，果然到时就叫她们，可是哪里叫得醒。我对她们的言而无信很是愤怒。

那时，逃难来的兽医学校附属医院张院长夫妇寄寓我家。有一晚父母与他夫妇谈兴很浓，夜深了还未就寝，忽然近处“呜唔”叫了。

这正是观察这个久闻其声不见其形的怪物的机会，于是潜行到里间窗前窥视，发现邻居屋脊上蹲着一物，黑耸耸地显现在暗蓝的夜空之中。轮廓显然是猫头鹰。张院长有小手枪，瞄准开了一枪。没射中，那鸟展开翅膀扑簌簌飞了。这才知道，呜唔就是猫头鹰。但母亲心中不予认同。

石城叫猫头鹰为“鬼冬哥”。“冬”是傻乎乎之意。可能看猫头鹰又诡谲又木讷的外貌，故赐以此名。又鬼又冬，大智若愚，在西方乃智慧的象征。有一年到黔东南侗寨，小孩拾到一只小猫头鹰，大脑袋小身子，可爱极了。

比呜唔更可怕的恶鸟是九头鸟。传说飞过就要死人。若是哪家发现带血的九头鸟羽毛，更是全家要遭大难。于是主妇们夜闻怪声，清早就要小心翼翼检视房前房后院子里。有一次，几位有大学问的前辈闲谈，对《西游记》里描写九头鸟成精的一段很不满，说这个民间传闻中的首席恶鸟，草草刻画，缺乏想象力，太缺分量。

求　雨

一天我在商店玩，听见从东门方向传来一阵小童声吟唱。一会儿，慢慢走来一支农村小孩的队伍，七八个十来个人。中间四个人倒抬一只条凳，凳子上卧着一条黄狗。拥着凳子走的孩子，有大有小，一律戴着个带叶柳枝编成的帽圈。身穿敝旧的蓝衣裤，赤足，两个最小的还敞开单褂，腆着个圆鼓鼓的小肚子。走着走着又参差吟唱起来。后来我弄清唱的字句是：

“苍天苍天，百姓可怜！望天下雨，好打秧田。风调雨顺，国泰民安！”

这是农村大人派出的求雨队伍。路过之处，有人舀些水出来，洒向他们；有人教小孩追着那只抬着走的狗笑闹，说是笑得越厉害，天就越会下雨。都是想帮帮他们的意思。这时我想起《西游记》里孙悟空求雨的场面：一指乌云密布，二指大雨倾盆，三指云散天青。要能请得孙悟空来为这些孩子求求雨，该有多好！

这支小小的队伍，用幼稚的声音吟唱着，向西门方向踽踽而去。

做外家

“做外家”是一种民间纠纷，一种自行解决（或蓄意扩大）纠纷的方式。民国府志释为“女死因不明，外家往闹，俗称‘做外家’”。外家即娘家。娘家人怀疑嫁出去的女子死因可疑，就聚众进驻男家质疑。据大人们说，一般方式是进门先不谈正题，只是一日三餐地吃，吃得他米空盐尽，求饶服软，再坐下来理论。这种办法，如男家也强横，自然会弄出严重后果。府志就有一则：康姓染匠，女儿嫁小屯，忽然死了，她几个弟弟认识驻扎万寿宫的楚军，就约起一帮人去“做外家”。到了那里，男家都走避了，就大呼小叫搜索米肉备餐。捉鸡时，鸡飞过邻家，持刀猛追，吓得犬吠儿惊，引起屯人愤怒，鸣锣聚众，捆送行营。恰好营主不在，监军者也不细问情由，一齐推出斩了。康家父子是老实手艺人，碰上“做外家”这种非常行动，想仗军汉的威风，不料事与愿违，外家没做成，倒做成了刀下鬼。

石城人常把“做外家”当玩笑话挂在嘴上，如警告新郎要善待新娘，或打趣人丁兴旺之家“好做外家”，等等。没想到我母亲还真做过一次外家。

我有一位“廖氏姑外婆”，是母亲的姑母，嫁于镇宁廖姓。早年居孀，守着一个儿子，即我的表舅，在县钱粮部门做小职员。麻脸，黑皮肤，头发很浓，沉默寡言。我随母亲去过两次，很少见他。只见姑外婆一边哭，一边小声说话，母亲跟着掉泪。表舅的妻子非常凶悍，懦善的婆婆，驯服的丈夫，都不是她的“下饭菜”，婆媳关系有如敌国。我们去做客，她出出进进，眼空无物。母亲几次单独去镇宁调解，回来忧心忡忡地说，姑外婆终归要遭她的毒手。有一年，廖表舅家屋梁上出现大蛇，母亲闻讯，连说“不好！不好！”过了一段时间，廖表舅的死讯传来。不久，又有人带信说姑外婆过世，并已经入土了。母亲大震惊，决心“做外家”。她物色了一位主将，是在东街大十字摆小杂货摊的老太太，舅母的同院老邻居，也姓吴，就让我们叫她“吴二外婆”。舅母与她关系很好，我们去了，总要请她过来吃饭，矮而胖，食量过人，尤以能言善辩著称。我上下学经过她的摊子，见她不是在大口扒饭，就是与顾客斗嘴，脸颊下垂，用冷酷刻毒的语言把顾客挖苦得体无完肤。因这种种优势，母亲才把重任托付于她。先是备了礼品正式拜望,详叙了廖家的是非和死因的可疑等等一切。老婆婆听了慨允,第二天就搭乘货车去镇宁。同行的还有三四位女亲戚,但都不善言辞,助阵而已。胜算全操于吴二外婆。去了两三天,母亲回来了,几天满脸怒容,我们也不敢问。后来母亲自己提起,说是去了之后,那位媳妇很快就摸清阵容,使手段收买了主将老婆婆,同出同进,笑语晏晏,对另外的人"一抹不梗手"。到了列坐说理时,老太婆公然站在了媳妇一边。

我知道的唯一一次"做外家"就这样铩羽而归。此后母亲再不理睬那位叛徒,舅母在同一个院子里请客,也不约她来作陪了。

来会

"来会"是一种民间的互助筹款形式。某人急需一笔钱,而手头只有一小部分,就邀约几位信得过的亲友"来个会":各出一股,供他使用,然后定期一集,归另一个人使用,直至每个人都拿出同量的钱,也收回同量的钱为止,这个会就散了。人数多少,股额大小,会期多长,如何认利息,等等一切,都可变通,全依众人协议。首次得款的是发起人,以下则由摇骰而定,每集一摇,得点多者即得该次款项,叫"摇会"。每次摇会聚餐一顿,由摇得款子者会账。

来会一般限于妇女之间,即使是男人需要筹款,也由妇人出面。但听说匠作摊贩阶层,也有径由男子来会的。

我家偶尔见到面孔生疏的女眷夜里来访，就可能是来向母亲“约会”的。小孩当然不问这些事，但母亲有一次却带了我去小十字一家馆子吃“会酒”。因母亲应约会者之请出了两股，所以两个人吃席。开席前她们摇会，我站在临街的窗口看路上风景。轮到最后一位，她忽然叫我替她摇，要借“童子娃娃”的手气。我过去乱摇一通，揭开盖碗几乎全是红点，赢了。她非常高兴，给我发了一点奖金。这是我第一次吃回扣。

来会既是不宽裕者的集资手段，会酒自然办得比较简陋；吃会酒者既非做客赴宴，实际吃的是自己的钱，往往吃起来也就当仁不让。因此，“吃会酒”是石城语汇中一个讽刺吃相不好的词。还编出一个笑话：某人因吃会酒撑得弯不下腰，半路掉了手拎的“鲊包”而无法捡起来。正无法子，对面走来一位妇女，忙请相助。女子以为此人有意轻薄，发怒道：“你眼睛瞎了吗！”此人一看是个孕妇，挺着大肚子，赶快赔罪：“对不住大嫂！我不知你也刚吃了会酒回来。”

“鲊包”是从酒席上带回来慰问孩子的卤菜、排骨、花生、盐蛋等物。石城酒席，男女分座，女客不饮酒，就每个座位前摆一张染有红点绿点的皮纸，把下酒菜带回去哄小儿女。女客入座，各自把纸角捻成绳状，座中年辈最高的一位就慨然自任司库，把几个冷盘分给同席者。拴成小包，席散拎走。简古朴拙风气，可笑复可爱。

老　年

还是上小学之前了。一次走在街上,看见一位老婆婆双手拄着小板凳过街。她佝偻得像一支木匠用的直角尺,一竖一横,方折。脚缠得很小,穿青布绣花尖尖鞋,扎袜带。小脚老婆婆我见得多,都不这样走路,顶多拄拐棍。这位老婆婆上身的蓝布大襟短褂,下身的黑布大脚裤,头上的黑绒额子,都很旧,很洁净。那时的老婆婆们都是这般打扮。那小板凳也刷洗得很白。她弯着腰,拄着小板凳,从容不迫地,尊严地慢慢经过热闹的大十字。没有人驻足而观,没有人用怜悯的眼光打量,牵着马走的乡下人给她让路。只有一个熟人停下来和她讲了几句话,然后走了。她又双手拄着小板凳往前走。

那时我还不知道腰椎间盘突出之类疾病,以为她只是太老了,比谁都老。而且以为每个人老到这时候,都要拄着小板凳走路。以为到了那时候,他本人和别的人,也都会这样坦然,若无其事。

雨　街

一天傍晚,还不到晚饭时候,我在同德看街景。忽然小十字方向骚动起来,行人开始乱跑。接着后面追上来稀疏而大粒的雨点,打得石街噼噼啪啪响。转眼间大雨如注。雨中的人们更狼狈地快跑。一片兵荒马乱。

三个农人,从小十字从容不迫地向钟鼓楼方向走。其中一人扬声大笑,戟指道:

“这些没有见过雨的!”

施　米

每月初二、十六这两天,店员饭桌上要加好菜“打牙祭”,还要用搪瓷大脸盆满满装一盆米,上面插把调羹,放在店门口,施舍乞丐。叫花子们迤逦而来,一人一勺米。施完一盆,又装一盆,直到午后。但不许一人来两次。

平时乞丐讨米讨饭讨小钱,少不了低声下气哀告,或是用红蜡烛油滴在小腿上做假伤口,或是用半截匕首凝在头上作狰狞状,或是打竹片唱金钱板,或是舞竹棍唱莲湘调,或是半躺在十字路口,扯着嗓子唱“老爷——好心的太太哇——”到初二、十六,一切道具化装都不需要了,只背个口袋,走到米盆前,一言不发,牵开口袋接过米就走。很理直气壮似的。

有一次我放学回家,大门口正在施米,觉得新鲜,就拿过汤勺,见口袋舀一勺。大约舀了两三个口袋,下一个口袋接了米却不见缩回去,接着又晃动起来,越晃越凶。我抬头一看,是个人高马大、花白头发乱蓬蓬的汉子,正向我怒目而视。我吓了一跳,退后两步,不知道发生了什么事。店员李老表走过来,接过汤勺,舀起一勺米往口袋重重扔去，口里笑骂道："心狠！"原来他嫌少。

五十年代，读巴乌斯托夫斯基的《金蔷薇》，有一篇说，敖德萨有个老乞丐，用声色俱厉的谩骂代替哀求来乞讨，成绩很好。我就联想起石城那个老汉。都是"走偏锋"出奇制胜的高手。

迷　路

大约是读四年级那年，一个星期日，我心血来潮，充能充干，率领一帮妹妹、表妹，还有寄养弟弟毛毛，去东关给外婆上坟。母亲听了高兴，给我们准备了香蜡纸烛和一包吃的。

这条路是极熟的，跟着大人不知走过多少次。我们信心十足地走着，途中捉到一只硕大的黑躯绿纹的天牛，从口袋里搜出几张纸，层层包好，听它在里面苏苏地乱爬。又脱下外衣来扑大飘带蝴蝶。蝴蝶没扑着，妹妹们说看见衣裳冒出一阵青烟。走了很久，总不见那块熟悉的墓地。又走又走，发现迷路了。熟极了的路，不知从哪一点上开始走岔，就失之毫厘，谬以千里了。妹妹们七嘴八舌地说该怎么走，一伙人绕来绕去，越走越不知置身何处。天色渐渐阴沉。妹妹们开始准备哭。这时候，我们发现来到了马槽龙井。井就在外婆坟后方不远，每次上坟，都要来这里喝一口水。坐标一定，地图就清晰了，脑袋也立刻清醒过来。我们心存感激地喝了一口冰得额头发疼的马槽龙井水，虽然不是季节，这时，负责拿纸包的表妹发现包内没有了响动，一看，天牛咬破纸逃掉了。大家于是认为，迷路与捉这只虫有关。它一逃脱，我们就识路了。那股青烟也是怪事。

顺利到了坟上，从口袋里摸火柴点香烛。火柴盒是热的，火柴头成了炭，衣袋烧了个洞。这才恍然，那股青烟是上衣扑打地面时，把黄磷火柴碰燃了。

香烛无火引，只好折碎洒放四周。这些敬神祭祖的东西是不能再带回去的。随便吃了点点心，就准备玩“争江山”。这是上坟的例行游戏。每人选一个坟头，冲上去站在顶部，自封一个名号，就算占地为王。我总是自称楚霸王，大表妹永宗总是自称花木兰，都是心中的偶像。其他妹妹不记得了。不能自封的，由我颁赐。占地已毕，就发动侵略，冲上别人国土，守土者就往下推，看谁争得江山。往回一般都能玩得热火，尖叫大笑的，这次却兴致索然，也就草草回城。到得家里，妹妹们争着向母亲叙述捉虫迷路的经过，母亲听后尖笑评曰：“有出息！”

至今妹妹还把这两件事联想在一起，认为难以解释。其实，我从小到老不记路，独自走路，十之八九迷失。独自率领一帮小孩，岂有顺利到达之理。

一次全家去给外婆上坟，待得很久，离开时已暮色四合，我忽然跳上路边黄土里露出来的一角白色棺材说：“这是哪样？”母亲一把将我拉到路上，喝道：“不要乱问！”回家后可能受凉深了，生病一个多星期。母亲也把两件事联系在一起。

神　女

一个夏夜，母亲来了位客人，当属舅母姨妈罢。同母亲闲谈得很久，我一直在旁边，母亲送客时就跟在后面。她俩边走边谈，经过一个又一个院子都没道别，一直送出了大门外。也不过十点来钟罢，但在那时的小城，要算夜深了。东大街空荡荡静悄悄，晕着几盏黄黄的路灯。

她们还没有讲完，还在往前走。走到帅晋爷洋楼附近，对面同知巷口的街灯光罩中，忽然凸现出一张脂粉狼藉的女人脸。我吓得差点叫出来，心想这次真见到女鬼了！脸雪白，眉漆黑，唇鲜红，同京戏台上活捉张文远的闫惜姣一模一样，同聊斋故事里的女鬼一模一样。

我扯扯母亲的衣角，示意她看那鬼。她看了一眼，回头啐了一口。我刹那间恍悟这是泼妇吵架互骂的“烂氏”，“烂氏”即妓女。这两字该怎么写，一直没想过。行文至此，起身沏茶时，忽然明白了。封建时代妇女或无名，或有名而不以示人，只称姓，婚后就叫张氏王氏李氏。然则人尽可夫的妓女，自然就是“烂氏”了。很文雅。石城东门坡转进一个木门楼，就是贯城河，地名“皮匠湾”，可知石城初建时这里是皮革作坊，有水好硝革，石滩可晒皮。后经文士易以文雅字面，叫作“碧漾湾”，反倒失了趣味。后来这里有个别名叫“落魂台”，石城居民都知道，就因为成了青楼集中之地。

※　　※

附记:有友人对我说,“烂氏”应作“烂柿”,义在下贱任人摸捏。我觉得不如我的周到。

请扫扫神

有一年大正月间,对门帅二伯伯家的琼姐,约我姐姐去她家看“请扫扫神”。说是很有趣,很灵验。吃过晚饭,两个姐姐就带了我去。

她家正在做各种准备工作,全是女性。一切就绪了,就在后堂屋的神龛前大方桌上摆起香烛,排开供果,请出扫扫神站在上座。扫扫神就是一把高粱饭帚,头上裹白布画眉眼嘴巴,罩着黑毛线头发。脑袋下面横绑一根筷子,挑住一件小衣裳。帚脚分成两股,穿条小裤子。衣裤都是现做的,粗针大线。脚下是一个装了米豆的小簸箕。这就是“扫扫(柱形小扫帚)神”了。

仪式有一个主持者,命两个年青使女分站两侧,一人握住扫扫神的左足,一人握住右足。接着点燃香烛,指挥琼姐等人磕头。然后她长声悠悠祝告、恭请,有腔有调,词句流畅,像是有一套格式。我们作为客人,不磕头,只作壁上观。全屋只有我一个男的。但那时的我也还在性别可忽略不计的年纪,那位指挥一切的妇女没有提出异议。

祝祷过了,那神一动不动。主持人二次祝告,还是一动不动。主持人说,这是左右扶神的人心不诚,请神不遂。于是换了一位帅家的亲戚,另一面由主持人亲任。三次祝告之后,大家屏息而待。那神微微晃动起来,渐渐前俯后仰,动作很大。神降临了。主持人就指挥围观者开始提问题。一切问题,扫扫神都用俯仰来做解答。开始问些带数字的,比如"你是玉皇大帝的几仙女"等等,都好办。涉及难以量化的问题,比如时运、婚姻等等,就得这么问:"如果婚姻能够成就,就拜四下,不能成,就拜两下。"有的问题,扫扫神半天不拜,主持人就说问得不对,神拒绝作答。

很快我们就觉得无趣了,大姐找个适当的时机起身告辞。主人们还在兴致盎然地玩。

单凭这项游戏,就可想见当时不愁衣食的妇女们,日子过得多么寂寞枯燥。

后　记

这是一本久已想写,却自己也不相信真能写成的小书。想写是因为一大堆材料横亘胸中,时时催我;久久不能着笔是因为找不到一个惬心的形式。

我的故乡安顺是个小山城,地理位置对于政治家军事家是"咽喉重地",号称为"黔之腹、滇之喉",是中央朝廷控制边疆的"滇黔锁钥"。历史上又发生过明初的屯军和抗战的流亡两次大规模移民活动,形成"五方杂处"的局面。前一次的遗迹至今犹存,后一次则为我所亲历。小时候看人看景看社会,一切都是天生如此,理所当然。后来离乡出外求学和工作,有了参照物,才发现有差异。进入新时期,眼界拓宽了,尤其是读了一些文化人类学的著作,感到童年的家乡,竟有一份自己的文化,竟是一个完整的文化生态圈。于是,把它们写下来的念头油然而生。

开始是习惯性地想写成一部小说。还曾拉过人物表,拟过提纲。但每次都感到这样一来,那些人和事都失去了鲜活的个性,掉进了类型化的模式里，一切都似曾相识（曾在众多的小说里似乎相识）。正如高尔基在自传三部曲里说的，小说里的人总不如生活中的人有趣。于是一次次废然搁笔，一扔就是好些年。去年读俄罗斯作家巴乌斯托夫斯基的多卷自传小说《一生的故事》，忽然像桃花源里的那个渔夫："仿佛若有光"——这种分为若干小题短文的写法，不正是理想的形式吗！沿着这思路想下去，随即"豁然开朗"了。我从巴氏得到启发，但写法与巴氏有几点不同。他是写小说，容许有或多或少的虚构；我是写忆旧散文，一切按记忆实录，"述而不作"。他以时间先后为序，是纵向的结构，我以一个时段（抗战前后）的这小社会为对象，取横的结构。他有许多优美的风景、心理、环境描写；我取中国笔记体裁的特点，只作白描勾勒，力求信息量大些再大些。他的人物依从与本人交往的过程次第出现；我则"人以群分""物以类聚"，多以群体为单位，写他们的共性和个性。他是作品中的主角，而我只是一个好奇心很重的局外人。

终于下决心把设想付诸实行，要感谢几位文友的不懈催促。他们是李晓、王尧礼、杜应国。尤其是钱理群先生，他知道后不仅当面鼓劲，而且回北京就打电话叫他的学生询问进展情况，他们的好意，我不能不认真对待。稿子先是在刊物上陆续发，后来《安顺晚报》的刘艳特地来要了去连载，报纸刊期短，容量就显得特别大，编辑唐明英一到稿快用完就打电话催。有无朋友的鞭策，对我这个散漫的人是大不一样的。另外，儿媳黄冰为每一章手稿打字，省却我改一次抄一次，多番改抄之苦。这虽是技术层面的问题，却是我从来视为畏途的大障碍。免却了后顾之忧,爬格子就轻松愉快起来了。费大力帮我搜寻和制作图片资料的杜应国、郭秉红、杨子纬,以及我的"总后勤部长"妻子龚兴群,其实都是这本小书的合作者。

在写完绝大部分亲历材料后,觉得还须有一些间接材料,这一卷"浮世绘"才更完整一些,于是以转述的笔墨添加了《畸人》《述异》《七癖之风》等几章。

写完了,回顾一下,似乎写成了一部散文笔调的文化志;或是文化志性质的散文。非驴非马,难以归类。但管不了这些了。

郭译屠格涅夫诗说:

我已久离了我的故乡,

我看它,俨然和昨朝一样……

二〇〇三年十一月廿六日作者草于适斋北窗

※　※

附:改版《安顺旧事:一种城记》后记

本书原名《一个人的安顺》,人民文学出版社二〇〇四年五月出版。近日责编杜丽女士电告,拟收入一套新编的《人与岁月》丛书之中,嘱我按丛书要求,做一些调整修订。写那本书稿时,虽有总的构想,但一篇篇单写单发,汇总后不久就出了单行本,事后发现不少遗憾之处。因此,很庆幸有这个弥补的机会。

作为一种"城记"文学的体裁，主角是社会人事。此次的修订，首先是增补了一篇《妇道人家》，讲述旧时社会绕不开的一个弱势群体；其次根据后来得到的材料，补充了一些有关先父母的文字。再其次，对原书中重复叙述的地方作了处理，对出书后发现的记忆失误（有几处是年长乡友指出）也作了更正。篇目顺序和标题也稍加更易。对全书文字，也趁这个机会作了一次梳理。

由衷感谢关心帮助前后两稿写作的编者和友人。

二〇一〇年立冬后一日于适斋晴窗。

※ ※

本版附记：《一个人的安顺》和《安顺旧事：一种城记》这两个书名，一直不甚满意：叫《一个人的××》的书很多，《安顺旧事：一种城记》又觉累赘。趁这次编入文集的机会，再给它改个名字叫《石城安顺》。

二〇一四年七月十八日